情锁帝心
QING SUO DI XIN

七歌

情锁帝心

雨微醺◎著

我不是不想对你好
只是怕你习惯了我对你的好
若哪天我不在了
你就会难过
不习惯

台海出版社

图书在版编目(CIP)数据

七歌：情锁帝心 / 雨微醺著. --北京：台海出版社，

2013.8

ISBN 978-7-5168-0165-9

Ⅰ.①七… Ⅱ.①雨… Ⅲ.①长篇小说-中国-当代

Ⅳ.①I247.5

中国版本图书馆 CIP 数据核字 (2013) 第 117368号

七歌：情锁帝心

著　　者 : 雨微醺	
责任编辑 : 俞滟荣	
装帧设计 : 吴小敏	版式设计 : 通联图文
责任校对 : 李书秀	责任印制 : 蔡　旭

出版发行 : 台海出版社

地　址 : 北京市朝阳区劲松南路 1 号，　邮政编码 : 100021

电　话 : 010-64041652(发行，邮购)

传　真 : 010-84045799(总编室)

网　址 : www.taimeng.org.cn/thcbs/default.htm

E-mail : thcbs@126.com

经　销 : 全国各地新华书店

印　刷 : 北京柯蓝博泰印务有限公司

本书如有破损、缺页、装订错误，请与本社联系调换

开　本 : 710×1000　　　1/16	
字　数 : 170 千字	印　张 : 16
版　次 : 2013 年 8 月第 1 版	印　次 : 2013 年 8 月第 1 次印刷

书　号 : ISBN 978-7-5168-0165-9

定　价 : 28.00 元

目 录

第一章

引魂灯笼

八月,宛陵国,云碎城。

今日浓雾罩城,晌午过后又飘起秋雨,雨粒细细密密地打在人脸上,既痒又寒。街上本就不多的行人此时更是没了多少,摆着的摊子全都收了,街边商铺多半掩了门不让雨飘进去,生意是半做不做的意思。

傍晚时分,南门大街上悄无声息地出现了一位白衣男子,男子长得很好看,背一把用软皮包裹着的剑,一手提灯笼一手执伞自雨雾中进城,不疾不徐地从空荡荡的街上走过,径直进了桂花街上那家最大的宏财客栈。

客栈今日没生意,老板回后堂抱儿子哄老婆去了,只留了个小伙计在外面看着。那小伙计不过十七八岁模样,有些偏瘦,燕七歌进门的时候他正趴在桌子上睡觉,听到响动,他眯着眼睛抬头,看到推门而入的人时有些呆了,揉了揉眼睛才赶紧跳着起来招呼。

"哟,公子这是打尖还是住店?"

"上房一间,靠街。"燕七歌将一锭银子丢过去,然后径直上楼。

在客栈二楼左侧靠街的天字房里,小二很快送上了热茶热水,还端着笑脸儿打听燕七歌是打哪来往哪去,是走亲访友还是游历赏玩。

燕七歌都没应声,只小心地将灯笼挂在屏风旁,那小二又热心不减地跑了过去,笑道:"公子,现在天还未黑,点这灯笼作甚?若是公子嫌光线太暗想亮堂些,我这就为公子掌灯可好?"

　　说着,那小伙计就伸手要去取灯笼。燕七歌侧目扫过一眼,那小伙计的手立刻停下,似是魂不附体般呆立在原地。

　　"不必了,你去吧。"

　　闻言,小伙计才似醒神般边挠着头转身出门,边口中喃喃念着:"咦,我方才是怎么了?"

　　小伙计的脚步声渐渐消失在二楼。燕七歌立在屏风前盯着灯笼里那一星豆火,片刻后开始屈指在唇边念咒,灯笼里原本昏黄的豆火亮了些,发出一种淡粉光泽。

　　见此,燕七歌弯起一角唇线,转身移步到窗前,推开靠街的木窗。细雨之中的云碎城十分有韵味,粉墙黛瓦连绵铺展,似是水墨之作;临东而靠的半面江岸上江雾蒙蒙,似是仙境;正值花开时节,城北桂花山上的桂花香气裹于雨中,传来嗅之微醺。所谓烟雨江南,正是眼前景色。

　　与此同时,一双眼睛也正在某处黑暗的地方盯着这扇雕花木窗。那双眼的主人在嘴角露出一丝不易察觉的微笑,然后悄然将身子隐进黑暗之中,化成一道不易察觉的灰色细影从黛青瓦顶上飞快消失。

　　云碎城北门街,街尾倒数第二扇大门便是云碎城衙门,有一帮竹妖在县令府的后苑已经很久,具体有多久已记不太清。府中县官老爷走了一茬又一茬,每次来新老爷都要将府内重新修整,好在这些县令都喜欢这片长在后苑的紫竹,惩是苑子里的东西全都变了样,竹林还是老样子。

　　云碎城现任县令姓王,来云碎城接任已经三年有余,这位王县令平日没有别的嗜好,独爱睡觉。说实话,若是城中太平无事,多睡睡本也无伤大雅,可这县令大人啊,睡也就睡了,偏生又爱打呼噜;打也就打了,偏偏那声响还奇大无比,连县令府外后巷里的大狗都能听见,吓得它吠叫着朝前街跑去。

　　整整半年云碎城都未有案件,没有私奔殉情之类的八卦故事,没有迎亲嫁娶、死人亡故之类的红白事情，就连小偷越货之类的芝麻点小事都不曾有一件，所以县令大人整日整日地在后堂打瞌睡，直把后苑的那些竹妖们吵得慌。

竹妖们曾想过挑个时间去吓那县令一吓，可竹妖中年长的华仪觉得这事不妥，那县令虽让她们讨厌，却还算刚直不阿、为官清廉，对百姓也比前几任县官好上许多，万一真把他吓出个毛病来，那就是她们造了孽，要受天罚的。又万一那县令请个道士回来做法，止不准就看出了这竹林的问题，将她们全砍了，倒平添许多麻烦。所以这事也就放下，后来众妖都习惯了这呼噜声，若是哪日听不到，便知是云碎城中有案子发生，县令大人在处理事务了。

近来天气不好，俗话说：下雨天，睡觉天，但意外的却是，县令大人已经接连数日都没有在午时响起呼噜。

"你们说县令这几日为何都不曾打呼了？真让我不习惯。"一只竹妖边修着自己的枝叶，边懒散地开口。

"就是就是，害得我这几日总觉得差了点什么，掉了缕魂儿一样。"另一只竹妖晃着枝叶接口。

"让你们平日不长心眼，城里发生这样的大事都不知晓。"华仪毕竟年长些，说起话来总有股领导之势。

"你听到了什么？赶紧说说。"

"我也是从府里小丫头那儿听来的，似是近来城中出了几宗命案，县衙外的大鼓都快被敲破了，城里百姓人人自危，生怕下个死的就是自己。"

"可是出了谋财害命的大盗？"

"这……"

"不是，那些人都是被割断脖子，以采纳修炼之术被吸干了精血。"徒然闻得一个还带着三分慵懒睡意的声音插嘴，聚在竹林中的众妖皆是微惊。

　　寻声抬头，只见在细雨微染的竹林梢头有个青衫女子微微压弯了一枝紫竹，以竹梢为床，侧身用手支着额角，瞌眼而卧。如绸青丝随着衣纱自竹梢垂下，衬着那些被细雨洗过的碧绿竹叶，美得似要入画一般。

　　见到竹上的女子，华仪眼中露出几分惊喜，随手便勾了一枝竹干借力跃起，在竹林间轻轻两个起落便落到了玉桑对面的竹梢上站住，一身白衣如雪，很是美貌。

　　"百年未见，华仪姐姐别来无恙。"玉桑缓缓睁开眼，卷、长、翘的浓睫下一双秋水般的眸子显于眼前，漆黑的瞳仁中带了一丝人和妖都没有的银灰，任谁看过这双眼便再不能忘记。

　　入夜，依旧是细雨连绵不断，因近来的凶案太过离奇残忍，城中街巷上早早地都没有了人影。

　　云天街介于南北大街之间，平日夜间这里总是夜市商贩云集，吆喝叫卖声不断，街尾那些花柳之地更是红灯高挂、春意盎然，可此时却是静得落针有声，细雨落地，化成这水汽，将一切都变得模糊迷离如真似幻，更添几分诡异。

　　"吱吱……"有什么声音自左侧街边花魁楼的屋顶上传出，然后是几声瓦片相碰发出的轻响，伴着一道灰影从檐顶迅速闪过，进了花魁楼的后堂。

　　自打天色洒黑，玉桑便一直在云碎城中最高的钟楼檐顶上守着，她亲眼瞧着那妖物从城东的某处跳了出来，然后在城中飞檐走壁地到了云天街。见妖物在花魁楼的房檐上来来回回地探看了几趟，她便也一路踏瓦飞檐地落在花魁楼对面的福来当铺檐顶上静观。

　　见到妖物进了花魁楼的后堂，玉桑自腰间摸出一支白玉毫笔在手，以作防备。这玉笔尾梢处垂了缕用明珠作饰的红色流苏，一触手，那明珠便有微光一闪，一看就知不是凡物。笔杆比普通的毛笔略要长上几分，以竹做样，共分七节，虽看不出是何质地，但也是遇手生温的神品，只是那笔头之上竟没有一丝鬃毛。

　　玉桑将白玉毫笔握在手中,正欲有所动作,却在眼角余光扫过下面的街道之际停下了,再次伏下身子静观变化。

　　云天街上,有一点灯火之光自茫茫水雾中渐趋透出,火灯靠近一些,依稀看清那是只被人提着的灯笼。玉桑以为是城中巡夜的更夫,但待提灯笼的人走近些,才发现却是个穿白衣的年轻男子,但又因相隔太远而看不清具体面貌。

　　男子似也是为花魁楼中的妖物而来,提着灯笼走到红绸缎结花的楼门前停下,面向着花魁楼,屈指在唇边念了几句咒,那灯笼里的灯火就立刻亮了几分,然后便听到花魁楼内传来一阵东西翻倒的声响。

　　"喱……"突然,从花魁楼二层的窗口处传来一声厉叫,半扇雕花窗棂被打了个粉碎,一双扭曲消瘦有着长长指甲的手紧紧扣住窗口两侧,随后又有个尖瘦的头伸了出来,瞪着双极大的碧绿眼睛朝站在街上的男子看去。

　　"呲……"妖物扭过头张大还残留血迹的嘴,龇咧满口暗黄的长牙发出一声怪叫。

　　"臭道士,又是你!"那妖物的长指甲狠狠扣进木制窗台内,眼中的碧绿之光更盛,黄牙上下磕碰,在黑夜中发出让人毛骨悚然的声音。

　　"我已经答应过你永远不再踏入花都一步,你竟还不肯放过我!你欺人太甚,就休怪我手下无情!"那妖物咬牙,说着,便自窗口跳出,直朝男子扑去。

　　男子微仰起头看着直扑而下的妖物,并没有作任何防备或是闪躲之势,只是在那妖物离自己只有一丈之时将手中提着的灯笼抬高了几分,那妖物一碰触到灯笼中的光便如被烈火烧炙,惨叫一声,重重反摔到了花魁楼外的街墙上。

　　"引魂灯笼,这……是引魂灯笼……你是谁……你是谁……"在花魁楼街墙下曲着身子翻滚的妖物眼中闪着愤恨的光,又惊恐万状地盯着那只灯笼,口唇发颤。

男子并没有回答他的话，只反手将灯笼抛至空中，那灯笼竟似有物可依般悬在了男子身侧，然后那男子开始屈指念咒，自指间引出一团白色光，润化出一把幻剑。

妖物见男子意在动手，方才从初见那灯笼的惊诧之中回神，就地打了个滚儿之后，身形猛然一张，再次朝男子扑过去，只是这次他讨了巧，并不朝靠近灯笼火光的男子上半身去，而是直扑男子的双脚。

男子闪身躲过那一扑，手中的幻剑挽出朵剑花刺向妖物的下身，妖物身形闪得很快，但还是被剑锋划过脚踝。

"道士，我自知不是你的对手，只要你肯放过我，我甘心奉上百年修为助你修炼，以后也不再出来为恶。"那妖物闪开之后迅速出声。

若是放到别人，听到此话定是要动了恻隐之心，但这男子却似是完全未听见一般，手上的剑势不仅丝毫未慢，反而更加快了几分，挥剑刺上了妖物的腹部，那妖物立刻惨叫一声，被剑定在了地上不能动弹。

"为何，为何……我已经答应不再为恶，你还不肯放过我？"妖物的生命渐渐消逝，依稀已经可以看见一粒内丹自他体内显现，他却还是很不甘心地瞪大了一双碧眼，眼神中的愤恨与惊诧比方才见到男子时还要多。

男子对妖物的目光仿若未见，自顾自伸出修长五指施法，将妖物的内丹收入掌中，瞧了瞧，再看看地上已经快要灰飞烟灭的妖物，微微弯起了一线唇角，将灯笼接回手中，悠然转身离去。

"我最恨有人叫我道士，你偏偏还不知好歹地叫了两次，我怎能放过你？！"

淡漠而清亮的声音在悄无人烟的夜雨街头悠然响起，妖物听着这般解释，先是瞪圆了眼，然后是满心满眼的悔不当初，恨不得自抽几个嘴巴，奈何他已到油尽灯枯之际，身形渐渐幻散。看着男子慢慢消失在街道之间，妖物心有不甘，不死心地撑着最后一丝力气，问道："你……你到底是谁？"

"燕七歌！"

眨眼间，花魁楼外的妖物和那柄将他定在地上动弹不得的幻剑逐渐烟消云散，一切恢复平静。细雨依旧下着，街道依旧笼罩在雾气中，仿佛方才的一切都只是个梦境。玉桑自房上站起身子，四顾了一圈后，悄身跃起，踏瓦离去。

就在玉桑的身影消失在云天大街旁的房顶上时，一个披着黑色斗篷的影子悄然出现在那扇被毁的破窗后，他看着楼下已空荡荡的街道，自斗篷下露出一只握有折扇的手，轻轻敲击着另一只手的掌心。

第二日，王县令尚在梦中便被鸣冤鼓响惊醒，然后有衣衫不整的县衙文书带着个捕快一路跑过来在门外大声嚷嚷着又出命案了。

王县令口中骂着些话，手脚却很是利落地下了床，着身白色单衣就开门，然后将挂在屏风上的官服拿下来丢给了中年酸儒模样的文书，再张开胳膊将背转向文书面前的黑衣带刀捕快道："快说，这回是什么人死了？"

"是花魁楼染晴姑娘的丫头。"

"什么？"王县令惊问了一声，然后又马上发现自己的失态，干咳了声掩饰尴尬后，挡下文书正要给他系束带的手，自己麻利地系上去，接道，"是何人发现的？"

"是花魁楼里早起的龟公。"

"马上去瞧瞧。"王县令扶正头上的发髻，戴上文书递来的乌纱帽，却不想刚抬脚出门槛就和迎面而来的人撞了个正着。

"瞎了吗，连本官都敢撞？！"王县令本就不好的心情这下更是差了几分，一时没忍住就爆了粗口。

定睛再一看，却是府里的管家王旺。知道王旺定是有事才会如此急着来找自己，王县令便忍了火气问道："什么事？快说！本官还急着去办案子。"

王旺边赔着礼边道："是……是老夫人又发火将房里伺候的丫头赶

走了。"

"那就再去从外面找个回来，这种事不必再来问我了。"王县令随口吩咐，然后匆匆地领着捕快和文书同早候在外面的仵作去了花魁楼。

待王县令从花魁楼回府，已是午时。阴沉了半个月的天气有了些许变化，细雨终于停了，甚至空中还出现了一轮模糊不清的太阳。

王县令面色不佳，刚一进府，便看到他那年老挑剔的老母亲正坐在正厅喝茶。王县令有些心烦地暗叹了口气，但又不能装作不见地绕开，只得硬着头皮进厅去请安。却不想走进之后才发现此时厅中并非只有老夫人一个，还有一个白衣公子也坐在右侧的椅上喝着茶。

能同王老夫人安静相坐的人自打十年前其父亲亡故后王县令就再未见过，更莫说还能如此品茶细谈。王县令不禁大为疑惑地上下打量那男子，斜眉飞入，星目炯然，不仅生得清俊好看，更是气质出尘高贵。

"母亲，这是……"王县令向王老夫人行过礼后侧首询问。

"这是燕七公子，今日我去寺中进香，回来途中马车坏了，是燕公子送我回来的。"王老夫人少有地露出了笑容，向王县令介绍燕七歌。

燕七歌冲王县令微微颔首，算是招呼。

虽说在朝中论官品王县令算不得什么人物，可在这云碎城中他却是一方之主，任谁见了他都得堆着三分笑，行礼拍马屁。这男子虽被他娘称作客人，可如此不懂礼数，还是让他心中很不爽。正要指责燕七歌见了朝廷命官不行礼的罪，却见到燕七歌的手指无意间将自己的袖口勾起了一角，有片带着纹饰的物件在王县令的眼皮儿底下一闪而过。

虽只是一闪而过，但也足以让王县令惊呆在原地。将到了嘴边的话强咽回去，等再回神，才发现自己额头上不知何时竟生出了细汗。

燕七歌从椅上起身，走过了几步道："听闻最近城中怪案连生，莫要让老人家受了惊吓才好。"

"多谢燕公子挂心，本官代家母谢过公子。"

"今日还有事，先行告辞。"燕七哥随意地冲王县令抬了抬手腕施礼,后径直离去,走出几步后又转过身来,用目光示意王县令,看了看一直立在王老夫人身后的素衣小丫鬟道,"大人府中丫头泡的茶甚是好喝。"

然后,没待王县令接话,燕七歌已径直离去。王县令抬袖拭了拭额角的汗,复将目光转向王老夫人身后的素衣丫头。

那丫头长得倒是机灵俊俏,却看着很是面生,大概猜到这是王管家新招进府来伺候王老夫人的。

"你是新进府的吧,叫什么名字? "

"回老爷的话,奴婢叫玉桑。"

陪王老夫人食过午膳,王县令回了前衙办公。玉桑伺候着老夫人喝完半壶茶水,老夫人就犯了困,去了房间午睡。

待老夫人睡实,玉桑便悄声出门沿着府中回廊走动,在廊外花叶丛林间仔细四下查看,从老夫人住的东苑一路查到另一头的西苑,在西苑的花池旁,玉桑停下了步子。

花池里的荷叶很浓密, 却没有一朵荷花。玉桑围着花池行了大半圈,最后在花池旁的假山边停下来。凑近假山的镂空石洞朝里看了看,却什么也没看见,只觉得有股阴冷的风从里面若有若无地吹出来。玉桑随手扯了一片假山上的草叶放到洞口,那叶子就开始泛黄变枯,手指一松,枯叶就立刻被吸了进去。

玉桑微蹙了眉头,正要再寻块石头丢进去听听声响,却冷不防有一只枯瘦的手突然从背后伸出,按上了她的肩头。玉桑冷汗一渗,反手就将那人的手腕扣死了,只要她一用力,那背后之人就要被她掐断脉门。

"你不在东苑伺候老夫人,跑到这西苑来做什么? "王管家没好气地指责玉桑。

玉桑一听这声音,赶紧松了手,脸上摆出一副小姑娘怕事的神态,怯生生地回道:"王管家,我知错了,这就回去。"

"嗯,你新进府不要乱跑,省得惹了主子不高兴,平白招骂。"王管家瞧着玉桑这可怜的模样，又忍不住软下些语气。

"我说过多少回不许下人到这里来！滚出去！"一个很尖利刺耳的女声自对面传来。

玉桑抬头看去，隔着半个花池，看到一个十分清瘦的女人正指着她和王管家。

"夫人恕罪，我这就带她走。"王管家匆匆回话，拉着玉桑就走。玉桑这才发现王管家的手心竟全是汗，再一看，他的脸色苍白，额头也全是细密汗珠。

离开西苑，王管家立刻轻松了许多，边拭额头的汗边道："以后再不可私自进西苑，今日之事也不许说出去。"

玉桑试探着想问王管家那个女人是谁，但王管家只是瞪了她一眼，然后便匆匆离去。

虽然西苑里的事情王管家没说，但就在晚膳的时候，玉桑还是没费多少口舌便从府里的宋厨娘口里问出了事情的原委。

不出所料，那个精瘦凶悍的女人果然是王县令的结发妻子陆氏。王县令高中探花后就娶了陆氏过门，也曾风风光光地当过几年京官，只因前些年一桩皇亲案子的牵扯被罢官，后来还是因他平日行事为官的清廉口碑传到了皇帝耳中，加之皇亲的案子已过许久，皇帝才又让他来云碎城当了个县官。虽没了大富大贵，但比起同在牵连之列的其他官员，已经是莫大的幸运，好歹是衣食无忧、名誉尚清。

说到这里，有人肯定要问这与陆氏有何干系？问题就出在了王县令被罢官这事儿上。王县令当年出事时陆氏已有孕在身，本以为会被抄家，却不想第二日来的圣旨只是说被罢官。陆氏大喜之下早产下一只死胎，一夜之后便粒米不能进、滴水不能沾，本以为是要撑不过去了，却不想过了几日，陆氏又突然好了，只是她自此得了癫疾，忘了许多从前之事，且性子变得急躁易怒。

"后来一直那般未曾变好过？"玉桑问。

宋厨娘边收拾着众人吃完的碗筷，边看了看左右后，凑近玉桑道："哪还指望着能好些，是越发变坏了。她不许下人进苑去，也从未见她出来走动过，若不是有人远远瞧见过那苑里有人，大家都只当那是处空苑子。"

玉桑没有再问下去，只是暗自握紧了袖下的那支白玉毫笔，又和宋厨娘闲扯了两句其他的事情才离去。

回到东苑，玉桑见到老夫人竟独自坐在窗边盯着屋外发呆，她用手拭了拭壶壁，发现那茶壶还是热的，便知这茶水是方才续上的。

"老夫人，方才是哪位姐姐替我做事了？"玉桑猜测也许是府里的其他丫头来帮她添过热水，想着回头若是遇上就道声谢。

"是她来了，她回来了……"老夫人喃喃地念了两声，然后又醒神般抬头看向玉桑，改口道，"难不成你以为我老到连茶水都不能自己添的地步了？"

玉桑心知这老夫人又上了火气，赶紧低下头不说话，暗自对自己使了个静音咒，任凭着老夫人好一顿唠叨，她却一个字都没能听见。

等老夫人唠叨累了，已差不多天色全黑，吃了些糕点后，玉桑伺候着老夫人早早地洗漱睡下。从老夫人的屋里出来，玉桑就看到前面院里立着一个身着白衣的曼妙女子，肤白貌美，正是华仪。

"丫头，你好好的妖精不当，跑来伺候一个老婆子有什么好？"

"你以为我乐意呀，还不是为了你们。这府里应该有只妖怪，我需将她拿下。"

"一只妖怪？哪里仅一只呀！"华仪笑着瞧玉桑。

"你知道？"

"后苑那里不是一群嘛，我还是其中之一呢。"

"不是你们，是只吸人精血修炼的恶妖，我一路追踪才到的云碎城。"

"我就说你怎会突然来了云碎城，原来是为了收妖，你果然是不把我这个姐姐放在心头的。"

"此次事情出得蹊跷，再者……我似乎感知到了一些特别的东西。"

闻言，华仪原本几分玩笑的姿态尽收，柳眉微动，试探地问道："是那些东西？"

玉桑点头，后又摇头，道："我虽还不太确定，但引魂灯笼已经出现，一切已经开始，我必须弄清楚。"

"若真是如此，我也应出些力才是。"

"放心，若需你帮忙，我定不会客气。"玉桑笑着，得意地挑了下眉头。

与华仪告别，玉桑先回下人们所住的院子里转了一圈，让众人都知道她已回来，然后她再从屋后窗悄然飞身出去，翻身落在屋顶上。

从下人所在的院子到陆氏所在的西苑，玉桑小心地在一棵树后落下，远远看去，屋内的灯火将一个坐着的女子的身影映在窗纸上。轻步走到白日所见那个有阴风吹出的假山边，假山石洞依旧黝黑不见底。玉桑从地上拾了颗石子小心地放到洞口，轻轻一推，那石子就顺着洞口滚了下去。

玉桑将耳朵贴在假山边，一阵石子在洞中滚落的声响后，那石子似是停了下来，然后有窸窸窣窣的声音自里面传出，似是有什么东西在移动。

玉桑暗自高兴自己所料没错，这假山之下别有洞天，正待要将脸凑近了洞口去看，却冷不防洞中突然伸出一个暗红的蛇头来。那蛇头大如升斗，一双碧眼分外大，獠牙森森，估摸着一张嘴便能轻松地吞下整个活人。

玉桑闪身退后，却因那蛇头出现得太快，她被吓得有些缓不过神，脚下一个不稳就向后跌坐在了地上。

"不许伤她！"就在玉桑以为那蛇头会再次向自己发起攻击时，突然，有一个冷清的呵斥在身后响起，同时有道剑光从自己头顶贴着头皮擦过，迎面刺向朝自己扑来的蛇头。

大蛇硬生生被逼了回去，玉桑惊魂未定地抬头，看到那晚在花魁楼外遇到的白衣青年正站在自己身后，一手提着那只灯笼，一手屈指引咒于唇前。

"瞧什么瞧，还想活着就快到后面去。"未待玉桑发愣，燕七歌已经发话。

玉桑顾不得再仔细看他，连滚带爬地赶紧躲到了燕七歌后面，道："道……"

"道长"二字才到嘴边，玉桑就想到那夜花魁楼的妖物只因说他是道士便丢了性命，又赶紧改口道："公子，多谢多谢。"

燕七歌并没有理会玉桑的话，将手中灯笼抛起，悬于空中，手中凝出幻剑，跃步上前，扬手挥剑，以霸道剑气将赤头蛇逼回了假山石洞。

"你怎么放他走了，那可是只蛇妖？"玉桑一看赤头蛇回了洞，就指着问起来。

燕七歌似是没有听见玉桑的话，退后一步收起手中以法术凝成的幻剑，抬腕将悬在空中的灯笼接回手中，又掸了掸衣襟后，这才慢慢地将目光移向玉桑，微抬下巴慢声道："你也是只妖，我是不是也要现在收了你？"

"你……"玉桑立刻语塞。

"别以为你消了一身妖气我就瞧不出端倪。"

"哼，道士断鬼识妖，那是小把戏，也不见有谁如你这般得瑟。"玉桑低着头小声念叨。

闻言，燕七歌的脸色即变，声音立刻拔高了一成，目露凶光道："你说谁是道士？"

果然，这是燕七歌的死穴。玉桑深谙"好汉不吃眼前亏"的古训，赶紧赔笑着改口道："没没……公子不是道士，公子怎么会是道士呢。"

"真是个没气节的妖。"燕七歌面露鄙夷。

玉桑暗自咬了咬牙,脸上却笑道:"那我要如何才算得有气节?"

"至少要大怒一番,然后不顾性命地向我大打出手以示你维护尊严之决心。"

"然后呢?"

"然后我便可名正言顺地出手将你收了,毫不手软。"

"你……"玉桑想怒,可自知不是时候,只得咽下这口恶气,一甩袖,转身朝陆氏所在的屋子而去。

玉桑小心地靠近陆氏的卧房,换了几次隐身之处后才悄声到了门外,正待蹲下身子从门缝之间探看室内,却冷不防一只穿着黑色靴子的脚自背后伸了出来,闻得一声巨响,门就被踢了个大开。

燕七歌一手提灯笼,一手负于背后,挑着眉梢瞥了眼玉桑后,如登科状元般意气风发地迈着八字步进门。玉桑干咳了两声从地上站起,四顾了一下,并未发现有人,才故作淡定地进了屋。

屋内空无一人,只有梨花木的圆桌之上放着支比普通蜡烛粗的白烛正燃着,桌上放着一只以白纸剪成的人影小样,烛光被纸样挡住,便在门窗之上落下似是有人坐在桌边的影子。

燕七歌走近那白烛,正待要伸手去碰桌上的纸样,玉桑突然出声喝止道:"不要碰!"

同时,自那白烛的火心之中射出一根细如发丝的银针。玉桑不及多想,迅速自指间凝出一片竹叶,屈指弹出,将那根银针击落。银针与竹叶相触,竹叶散了形,化成粉末不见,银针化形成一根发丝落在地上。

玉桑走近,正待伸手拣起那根发丝,燕七歌已抢先伸手将发丝拾起拿到了烛光之下。黑色的发丝微带暗红,近嗅之下有一种香气,若未猜错,应该是根女子的发丝。

"这次你就不怕还有机关?"玉桑看着燕七歌,没好气地出声。

"你不就站在我旁边吗?"燕七歌看着指间的发丝,头也未抬地回道。

"我救你是因方才你也救过我,可不见得我会再救你一次。"玉桑双手环胸,斜努起嘴。

"那我便将你拉来挡暗器,也可保得平安。"

"你……你……"玉桑再次被气得内伤。

燕七歌听她连叫了三个"你"字,这才放下手中的发丝,慢悠悠地抬起头看她,挑了嘴角,似笑非笑地道:"我甚好,姑娘不必多叫了。"

"你叫燕七歌是吗? 我明日一早就告诉县令老爷,说你是个江湖骗子。你虽然会法术,可说到底也还是个凡人,那县令若让捕快捉你,我就不信你能用法术将那些捕快全当妖怪杀了。"

"你倒是试试,看是捕快捉我比较快,还是我去收了这府苑后面的那群竹妖比较快。"

"你知道她们?"

"她们都未曾害过凡人,我也无心为难,只要你不说错话,她们便可继续过逍遥日子。"

玉桑只觉得如此被这个凡人威胁实在是很不爽,可却又着实找不着其他法子,只得忍了满腔怒火恨恨吐了个"好"字。

燕七歌满意地颔了下首,转身提着手中灯笼在屋里四下照看,用手指在落满灰尘的琴案上拭了拭,道:"这屋子想必已许久未曾有活着的凡人来过了,你可知是谁曾住在此处?"

玉桑也正在屋中转着查看,听到此问,本要脱口就说出是陆氏,转念一想,话到嘴边又改口道:"我才来府中一日,怎会知道? 再说便是我知道,又凭什么要告诉你? 方才你可是还在威胁我来着。"

"真是个爱记仇的小妖。"

"错,是个有气节的妖。"

燕七歌没再理会玉桑,又在屋中转看了两圈后径直走到燃着白烛的桌边,将桌上方才倒下的人影纸样重新摆好,提着灯笼出门。

等玉桑追到门口, 只看到燕七歌白色的颀长背影和他手中那只灯笼的光亮消失在茫茫夜色中。她脸上的神色渐渐变得凝重,自袖下取出那支没有鬃毛的白玉毫笔看了看,直到闻得鸡鸣声才匆匆关上房门,沿着来时的路飞檐踏瓦地回到住处。

翌日清早,玉桑服侍王老夫人起床洗漱。王老夫人似是一夜没睡好的模样,脾气也是大得吓人,从开始更衣到食早膳,口中都不停地抱怨,说是昨夜有人不停地在她耳边说话,害得她睡不好,又说床上有东西爬来爬去,定是府里的丫头偷懒未将她的床褥浆洗干净。

玉桑强忍着赔着笑脸,好不容易让老夫人用完早膳到院子里喝茶,正要回屋去将老夫人的被子拆了再送去浆洗,一抬头就瞧见王管家快步进了东苑门朝老夫人所在而来。

"老夫人,有客人来访。"

未待王老夫人开口,已有个熟悉的声音自东苑入口传来。

"王老夫人安好。"

燕七歌今日着一身水蓝滚边的宽袖朱子深衣,腰系深色束带悬以香囊和纹佩,手中的灯笼换成了把玉骨折扇,配上他那张清俊出众的相貌,自还沾着露气的花树后走出来,连玉桑都忍不住心中暗发了下痴,真真是好一出美色。

"原来是燕公子。"本来没有好脸色的王老夫人竟露出了笑意,摇晃着身子就起身相迎。这让玉桑暗自撇嘴,这个燕七歌连老人都骗,果然不是善类。

"老夫人客气了,昨日来得匆忙未曾与您多聊,今日再来,是想同老夫人叙叙旧,不知老夫人可得闲?"

"有有有,自然是有的。"

燕七歌抬首四望,以扇指向四周,道:"贵府格局精妙,花木萋萋,不知可否有幸参观一番?"

王老夫人点头,将胳膊伸向玉桑,玉桑只得扶住王老夫人的胳膊朝苑门口而去。

县府并不大,格局也很是简单,呈"日"、"目"相并的格局。左上方是县衙正门大堂,连着下方是县衙捕快和文书等人的公办班房。右边依次是厨房和下人所居为一处,王老夫人的东苑所在是一处,府内的花园客房和佛堂是一处,最后一处便是陆氏所居的西苑。

一路而去,燕七歌都在观察府内的各处布置,未曾多说几句话,也未曾看过玉桑,直到到了一处石径小路上,王老夫人突然出了声道:"后面已没什么好瞧的,公子不必前行了。"

燕七歌侧头看向王老夫人,面上露出疑惑神色,用手中扇子挑起了挡在面前的树枝朝小路的尽头看去,发现那是一处以粉墙围起的院落,圆形雕花的汉白石拱门上刻着"西苑"二字。

燕七歌微蹙眉头问王老夫人这是谁的处所,王老夫人的脸色变得有些发白,似是不愿提及,轻叹一声道:"那是我家儿媳陆氏所居之处,她精神不大好,命格又硬,平日不喜人近身。"

燕七歌一听便猜出了七八,有意无意地冲玉桑挑了挑眉角,似是在暗示玉桑,即使她不肯告诉自己,他也有办法从别处知晓这西苑的。随即又问道:"老夫人不妨细说一些。"

"五年前我儿被罢官,全家被抄,她在变故中流了产不能生育,大病一场之后,脾性便变得暴躁古怪。好在上天怜悯,让皇帝改了心意将我儿发来当个县令,可怜我那儿媳的病却就一直这么落了下来。"

"原来如此……"燕七歌似有深思地微勾了唇角,细念一声,然后转身道,"老夫人想必也累了,还是早些回去歇息的好。"

王老夫人显然已经累极,闻得此话,便点了点头。

燕七歌方才的那一点神色变化自然是落在了玉桑眼中,她估摸此事王县令当是知晓些内情的,便暗自在心里做下一个决定,面上却丝毫不显,只微垂着头扶住王老夫人往回走。就在玉桑转身离开之际,忽又听到燕七歌说了一句让她觉得犹如平地起雷的话。

"老夫人,如今天色已不早了,我想在府中借宿一宿,不知可方便?"

"玉桑，替我送公子去客房。"王老夫人想都没想便已向玉桑吩咐，唤了一个正从廊下路过的丫头来扶自己离去，似是极不愿在这里多留一刻。

"是，老夫人。"玉桑冲已经走出一段路的老夫人应声，然后抬头看着当空的日头，心中暗骂燕七歌：这正午当中的，亏他也能编得出如此不要脸的理由。

"我猜你此时心中定没好话。"燕七歌摇着扇子边转身离去边道。

玉桑跟上他，一脸笑意地道："公子可真是聪明，那不妨猜猜我在骂什么？"

"你当我如你一般二百五，我若说出来，不就是自己骂自己了？"

"你才二百五，你全家二百五！"

"小妖，你可别激怒我，否则我便有了理由收你。"燕七歌目不斜视地慢声提醒。

玉桑张了张嘴，只得忍下已到嘴边的粗话，装出低眉顺眼的模样领路。

到了客房，燕七歌没等玉桑说话，已自己先挑了一间靠西苑的房间推门而入。房间一进一出，外面摆着书桌和棋案，墙上挂着些山水图，里面以珠帘隔开的乃是卧房，雕花木床上未曾铺上被褥，好在屋子应该是这两日就有下人来打扫过，还算得上干净，桌上茶具一应俱全。

"我不喜欢床上有紫色的东西。"燕七歌走到窗边，边推开窗朝西苑的方向探望，边吩咐似的提醒玉桑。

玉桑走到墙边打开柜子，发现里面放着一青一紫两套被褥，她想也未想就取了一套紫色的出来到床边铺置，等燕七歌回头来时，她已经全都办得妥帖。

燕七歌走近床边，用扇角挑起紫色的被角瞧了瞧，却没有一丝不悦，反似有似无地笑了笑。玉桑一看他这模样，立刻脑门儿一亮，明白自己是中了他的小计谋，顿时内伤得咬牙。

"就知道你会逆着我的意思挑,其实紫色甚好。"

"公子,天色不早了,早些休息吧。"玉桑借着燕七歌的话不冷不热地反讽了一句,然后离去。

用完晚膳,王县令来了东苑,才与王老夫人说上几句话,老夫人便生出了厌烦。王县令本就因案子之事一脸愁云,听了老母的责骂,更是脸色阴沉,离开之时,一直垂着头未有只言片语。玉桑借口去换茶水,随着王县令身后出门,发现他未回书房而是出了府,因怕惹人注意,玉桑只能放弃,不再跟随。

给老夫人换完茶水,玉桑急着想去王县令的书房探看一番,看看能否发现些东西,可老夫人今日却似是精神极好,一直到天色全黑都未有半丝睡意,玉桑不得不施了些法术让她犯困睡下。

玉桑叫了华仪帮忙在王县令书房外盯梢,自己则进了书房轻声关上门,才掏出火折子点燃,立刻被吓了一大跳。屋内的房梁之上悬着一具尸体,双目圆瞪,嘴巴张大,身上有血迹正顺着胳膊滴落在地。

"你是妖,见了死人还如此害怕。"燕七歌的声音传来,再次将玉桑吓了一跳。

扭头望去,见到燕七歌端坐在书案后面,正借着从窗户照进来的月光低头翻看着一本册子,月光勾勒出他的侧脸,更添几分神秘的好看。

"你杀了他?"玉桑问。

"把你的脑子找到了再同我讲话。"燕七歌看着册子,头也未抬地说道。

玉桑咬牙,然后又不得不深吸一口气按下怒火,道:"你来这里做什么?"

"你又来作甚?你来做什么我便来做什么,这还要问出来,真是够笨。"

"燕七歌!"玉桑微怒地瞪眼。

听到这样的惊天一叫,连守在外面的华仪都感觉心头震了几震,赶紧施法引来一阵风将外面的树木吹得沙沙作响以掩蔽屋内的声音。燕七歌却很是淡定,慢悠悠地抬起头点燃了书案上的灯烛,道:"城中案子接连发生,便是王县令再不济,他也应当收了不少与案件相关的资料查出点蛛丝马迹。昨日来府中时见过他一面,我看他面色担忧且有些无奈,今日去了趟花魁楼,问到一些事情,便猜料王县令对此事应该是有所隐瞒。"

"隐瞒何事?"

"我都不屑于回答你这般问题。"燕七歌重新将头低下去看手中的册子。

"燕公子,你信不信我现在叫一声,立刻便有人来绑了你去见官?"

"我说过别用这些威胁我,你这小妖的记性可真是不好。"

玉桑几乎快把牙咬碎了,五指捏得咔咔作响,恨恨盯着书案后面那张好看的脸,真恨不得现在就将他一招打得跪地哭求。

"明日应该是个好天气,午时到西苑外,你就能知晓王县令隐瞒何事了。"燕七歌合上手中的册子起身,对悬于屋中央的尸体丝毫未见一般闲步负手出门,见到立在暗处的华仪时他多看了一眼,从袖中取出一粒似珍珠般的东西丢与她,道,"明日辰时将这个埋进竹林,可免你们不受牵连。"

未待华仪多问,燕七歌已经翩然离去。

不出所料,翌日清早天还未亮,自县衙后院就传来了一声尖叫,把府内上上下下未睡醒的全吓醒了,醒着的全吓得跳了三跳。

玉桑随着其他下人来到书房外,见到负责平日打扫书房的下人正瘫坐在门口,眼泪和鼻涕糊了一脸,身子抖如筛糠。一干还未睡醒的下人此时也都是又惊又吓地小声议论着,不敢看屋内。直到有衙里的捕头带着几个捕快匆匆赶来,后面跟着的是一身便服的王县令。

捕快们进屋将悬着的尸体取下来,大伙儿才看清那五官扭曲的死尸竟是王管家。尸体的肩脖处有钝器重砸和锋利之物刺割的伤口,似是在极力模仿从前那些凶案的死尸伤口，不过玉桑和燕七歌一眼就认出了不是。

"都散了吧，不要妨碍办案。"王县令的声音有些沙哑地冲下人们挥了挥手，抬步进屋。

众人散去，玉桑也不好太显眼地留下来，就又随众人离开，余光扫过，发现有一角水蓝色的衣摆从左侧的花树之后闪过。

正午时分，玉桑寻了个借口溜出来，一路小心地避开府中众人到了西苑，却根本没见到燕七歌，等到了未时，还是没见着半点人影。

玉桑想着这许是燕七歌在耍弄自己，便要离去，可走了几步又觉得心有不甘。那日明明见着陆氏在苑中出现的，为何那屋子看起来已经有许久未曾有人住过？陆氏晚上去了哪？那院中假山之下的赤头蛇妖是怎么回事？难道就是城中命案的凶妖？

思前想后了一阵儿，玉桑终是决定进去一探。小心地进到了苑内，沿着石子小径走到花池边，远远地看了一眼假山石后，绕到了陆氏的屋外。

为保万一，玉桑敲了敲那门框，果然没有人在屋内。推门进去，看到了一间满是尘埃的屋子，床上的锦被已经发了霉，桌柜之上已结了蜘蛛网，桌上的白烛和剪纸都还在原处摆着。

"是你回来了吗？"有声音自屋外传来。

玉桑心头一惊，听出这是王县令的声音，左右四顾着寻找藏身之处，不及多想，就一矮身伏到了床下。见到王县令的黑色官靴踏过门槛进来，玉桑定了下心神才想起自己是妖，对王县令这样的凡人完全可以施个障眼法。

"可是你回来了？"王县令在屋内四下走动着询问，似是这屋内真有人一样。

等了片刻，屋内依旧没有声响，王县令叹了口气，走到桌边伸手握住了桌上那支白烛，用力一拧之下，那白烛竟动了起来，然后桌边的大理石地板竟移开了四块,露出一条通往地下的石阶。

"既是你不肯上来见我,那我便去寻你吧。"

王县令撂起袍摆走下阶梯,玉桑眼看着那大理石砖就要合上,赶紧从床下出来,随着他一道下去。

身后的大理石砖块合上,四周立刻变得漆黑一片。王县令将方才从桌上一起带下来的白烛点燃举起,玉桑才看清自己这是在一处石阶小道里。四周是嶙峋的石壁,走了约有一顿饭的工夫,脚下的石阶变得平缓了许多,依稀可以看清下面有一个似是圆形水池的模样,水光映着王县令手中的烛光,反出诡异的波光。

到达那水池前,脚下的石阶也到了头,身边两侧都是石壁,那石阶的断口处如一道通向水池的门。玉桑发现有水渍沿着四壁渗下,在台阶两侧汇成细流,伸指沾着闻了一闻,水中还有股荷叶残味,想必此时自己头顶的地方便是西苑的花池,而这水池的上方应该是假山。

"你怎么来了?"有沙哑的女声自水池之中传来,回音在水池和石壁之间响起,让玉桑寒毛一竖。

"我见到你房门被打开,以为你上去过了。"

"不是我,是有人潜进来了。"

"谁?"王县令一惊。

池中发出两声怪笑,然后突然水波暴涨,一个灰影蹿起数丈后直朝王县令扑来,道:"就在你身后。"

玉桑大惊,明白自己已被发现,忙转身就想跑,可这石道狭小漆黑,她才跑出几步便摔了一跤,眼看那影子已扑上来,她为求保命迅速自袖下取出了白玉毫笔划出一道法力迎上,借机爬起,继续朝前跑。

站起的那一刻,玉桑也同时看清了那扑来的黑影正是那日在假山口攻击她的赤蛇妖物。此时那蛇身已从池中露出,数十丈的蛇身在石阶道上匍匐着追击玉桑。

玉桑拼了命地跑着,好在那蛇身粗大,在狭小的石阶道中行得不是很快,她才有时间活着跑到了出口。正愁着不知如何从里面将出口的大理石板打开,那出口竟似懂她心意一般哗的一声开了。

玉桑心中连念了两声阿弥陀佛,想着这次出去定要为佛家的娘娘尊者们上几炷香火,可还没等她想完,身后的出口处已经砰的一声炸开,那赤红的蛇头随后伸出来,然后便是丈余高的蛇身立在屋中。

此时正值阳光大盛,方才下去时还全关着的门窗不知怎么的全已被打开,阳光毫无遮掩地照进屋内,正巧落在了地上的入口处,所以当赤红的蛇身从出口处出来时就被照了个正着。

那蛇在接触到阳光的一瞬间发出惨叫,日光所照蛇身之处皆燃起火来,迅速将屋内的两处帘布点燃。

本以为这蛇会迅速退回石阶洞中,却不想她在摇晃了几下后竟将全部身子从洞口抽了出来,在屋中燃烧着翻滚。随着那赤蛇之后从地下上来的王县令见到这一幕,惊得瞪大了眼。

玉桑这才明白过来,原来这赤蛇妖竟是为了不殃及跟随她后面上来的王县令,才主动将全身都暴于阳光之下。看到王县令将烛台一丢就要朝那赤蛇扑过去,玉桑急忙拉住他朝门口处退去,道:"这是个妖怪,你过去就没命了。"

"当年你没让道士收了我,现在却还是动了手,我早说过会有这一日的。"那赤蛇边在屋中翻滚着,边发出凄厉叫声,却没有多少恨意。

"不是我,我从未想过要害你,这不是我所为。"王县令摇头否认。眼看整个屋子已被巨大的蛇身点燃,房梁开始发出吱吱响声似是随时要塌下来,玉桑再由不得王县令磨蹭,一点他的穴位将他拖出了屋子。

离了陆氏的屋子数丈玉桑才停下步子,道:"你是不是疯了,瞎了聋了不成,竟为了那妖怪连性命都不顾?"

"我不能瞧着她死,你让我进屋去救她。"

"真是被迷了心窍。"玉桑被王县令气得够呛,正待要开骂,却听得一声巨响传来,面前的屋子在大火之中轰然倒塌。

　　王县令见此，大叫了一声仰跌在地。玉桑赶紧将他的胳膊扯住让他跌坐下去之时不会太伤着筋骨，却又没见他昏厥过去，而是冲着那片火海睁大了眼睛。

　　玉桑侧头顺着王县令的目光看去，见到在那片辉煌燃烧着的火海中，有一个白衣男子正提着只灯笼走出。身后的一切在烈火燃烧的噼啪声中分崩坍塌，他却置若罔闻，神情悠然，如闲步赏花一般信步走着。

　　虽然很不想承认，但玉桑还是不得不承认，那一瞬间，燕七歌足以让世间所有用来形容高贵或是优雅的词变得失色。

　　燕七歌走近，在王县令面前止步，目光淡漠地打量了一番地上的王县令后，伸指在他身上点过两下，解了穴道，道："若是你想见她，便随我来。"

　　然后，燕七歌也不等王县令说话，提着灯笼朝外走去。王县令想也没想就从地上站起跟了上去，玉桑赶紧随后。出了西苑，燕七歌径直到了府上的那片紫竹林中，阳光被竹叶遮住，方才的烈火烈日之热立刻散去，甚至还让人在顷刻之间觉得周身生出几分寒意。

　　燕七歌直接走到竹林中央，左右瞧了瞧后，伸指在一棵紫竹上碰了碰，道："王县令，你应该多谢这里的竹妖，如若不然，今日你一府上下都要命丧火海了。"

　　"公子真是客气。"华仪从一棵紫竹中显出人形来，笑口盈盈。

　　"那东西已经按你的意思办了，就在这里。"华仪指了指燕七歌面前的一处空地。

　　燕七歌没再说话，将灯笼提到了空地之上，施法悬于空中，然后屈指在唇边念咒，随后又伸出白皙修长的食指在灯笼上划过两圈，那灯笼之中便有赤红色的烟雾升起。

　　不多时，灯笼里的火光弱下去，赤红色的烟雾却在空地之上凝聚成一个人形模样，再仔细一看，竟然是个女子，一身红色纱衣，相貌艳丽。王县令见得那女子，顾不得玉桑的阻拦，快步跑过去，蹲身就要去扶她，却被燕七歌挡住。

"你身上的阳气太重,一旦碰了她,她就会灰飞烟灭。"

王县令闻言大骇,扭头看了看燕七歌,又看了看那女子,最终还是慢慢缩回了手,垂下头退回几步。

燕七歌抬首朝冒着浓烟的西苑瞧了瞧,依稀听到有呼喊声传来,便转首朝立在旁边的华仪开口道:"去西苑布个结界将火势止住,莫要殃及无辜凡人。"

华仪捂口轻笑,摆了个别扭的姿态,嗔道:"那我有何好处? 要知道我们做妖的,可是现实得很。"

燕七歌移步朝华仪走近两步,直视她的眼睛。华仪竟也不怕,抬起一张好看的脸蛋迎向他,不依不饶。

微笑——燕七歌弯起了嘴角,眼梢上挑,冲华仪微微一笑。

"好,冲你这张皮相,姐姐我便帮你做回好事。"

华仪朝着背后挥袖,竹林中便发出簌簌之声,十几个身着各色衣裙的女子从竹枝中走了出来,笑盈盈地朝华仪点了点头,然后都冲着燕七歌浅笑。

华仪带着一干竹妖离去,竹林随即恢复了安静。玉桑打量着红衣女子,双手环胸走过几步后冲王县令发问:"你明明知道府内住着只妖,却还容着她,可真是胆子大得很。她真是你的发妻陆氏? 你知不知道你娶了只妖为妻?! "

王县令自那女子出现便一直看着她,目光殷切怜惜,他虽未说话,但光从那目光中的情谊便可看出这女子于他而言非同寻常。听得玉桑此话,王县令闭目叹了口气,道:"不错,她正是本官的发妻陆氏。当年我上京赶考在山中迷路,是她救了我性命又送我上京,那时我便向她立誓若能高中定要娶她为妻,科考之后我如愿上榜,便发现她是只妖。"

"明知是妖却还是娶了她! "玉桑惊讶,微有感慨地接话,忽然有点同情心泛滥,却被燕七歌不动声色地瞟了眼。

"罢了,你既能将我制伏,我也不再多啰嗦,便承认了城中的命案皆是我所为,你收了我吧。"一直未曾开口的红衣女子看向燕七歌,出声道。

燕七歌神情淡漠地看着她,并没有应声。女子又看向王县令,王县令看着那女子,然后黯然道:"匆匆十载,想我曾高入花都赴琼林,登堂受圣谕,亦曾沦于阶下,起伏不定至今,想想当真如梦幻。只是觉得对你不住,早知如此,我宁愿不去京中赴考,便不会拖累你至此,是我欠你的。"

"大人,望大人和老夫人此后多多保重。"陆氏两行清泪垂下,伸出手来握住王县令的手。只是轻轻一碰,她伸出的手便散成了烟,她在灯笼火光下的魂魄也开始碎散开。

眼看陆氏的身形尽散,燕七歌微垂眼眸屈指念咒,不消片刻陆氏的魂魄便被收进了灯笼。玉桑见得如此场面,不由心中为他们可惜悲伤,但那燕七歌却一直是一副充耳不闻的漠然神色,收完陆氏的魂魄后冲着王县令道:"妖物已除,就此告辞。"

王县令似是忍着极大的心痛,却还是忍着悲伤冲燕七歌行过一礼,道:"多谢公子救一方百姓。"

燕七歌冲王县令随意地抬了抬手,然后径直离去,仿佛这害得别人生离死别的事于他丝毫没关系。

第二章

 妖杀之始

"燕七歌,燕七歌你站住!"玉桑有些愤愤不平地追着燕七歌离开,在廊下赶上了他,一伸胳膊将他的去路挡住。

燕七歌停下步子,侧头看玉桑,等着她的下文。玉桑没好气地哼了哼,道:"从前只知道你这人毒舌,却不知你竟还这般冷血无情,看你这模样,这种毁人情谊、棒打鸳鸯的事从前也没少干吧……"

燕七歌听着玉桑好一通义愤填膺的指责,直到她不说话了,才淡然出声道:"这可是说完了?那便将路让开,我还有正经事要去办。"

"哼,正经事,你的正经事便是去让人妻离子散吧。"

"我就奇怪了,人家王县令都不曾指责我半句,你这个外妖倒是气愤得很。"燕七歌忍不住有些轻笑。

"你竟然还笑得出来,你这种没心没肺的人以后千万别说认识我。"玉桑一甩袖,转身就朝大门而去。

燕七歌暗自摇摇头,只觉得这真是个有些奇怪的妖,竟有一副比凡人还软的心肠。眼见玉桑似是真动了气,他又有些不忍,叹了口气,走上几步伸手将她的肩拍了拍,道:"随我来吧,你便会知道我这是在帮他们。"

"谁要跟你去!"玉桑头也不回地挥手挡开燕七歌的胳膊。

"这可是你说的,那你可就别再跟着我了。"

言罢,燕七歌径直走过玉桑身侧下了回廊,朝大门外而去。眼看燕

七歌就要出了县衙大门，玉桑又有些急了，三步并一步地追了上去，道："你说不让跟，我还偏偏要跟上一跟。"

"跟着也行，闭上嘴，别一个劲儿地问，问得我头都痛了。"

燕七歌出府后一路向左走到街口，转过街角后到了后巷，寻到县衙后苑的墙，翻身一跃，就落在了府内的紫竹林内。燕七歌在府内收了陆氏向王县令告辞，现在又悄悄翻墙而入，玉桑立刻明白此有蹊跷，随后也翻墙跳了进去，发现燕七歌正在对着灯笼念咒，之前为陆氏结魂的地方正生出一团红色光芒的结界，结界中有一个愈渐成形清楚的小蛇。

燕七歌将灯笼送近，那灯笼里的光就立刻亮了许多，然后有一缕魂魄自灯笼中飘出，落在蛇身上，片刻之后那蛇变大了几分，周身散发出寒气。燕七歌将灯笼拿开，一刹那的光芒乍现之后竟已有个活生生的女子立在那里，正是陆氏。

"她……她不是……"玉桑指着陆氏，惊讶得说不出话。

"这叫种身，就是种一个假肉身出来，有意思吧？"一直隐在竹里的华仪突然现身。

"什么时候你变得这般好心了。"玉桑没好气地去看华仪。

华仪笑着顺了顺肩头的发丝，指着燕七歌笑道："自打见了这个漂亮的公子呀！他长得那么好看，又来请我帮忙，我总是不好意思回拒的。"

"真是没出息，不就是长得好看些罢了，有什么稀罕的。"玉桑嘟囔一句。

玉桑已经尽量压低了声音，不过燕七歌还是听到了，他扭过头看了一眼玉桑。玉桑以为燕七歌会反击她一句很恶劣的话，但他却只是神色平静地眨了眨眼，然后又看向陆氏。

"你虽有心被我收去魂魄以息事宁人，但你却非真凶，可愿告知为何要为那凶手顶罪？"

"说我乃是顶罪，有何证据？"陆氏有些不安地微低下头。

"你承认得倒是快，不过太心急了些，便显得是有谋算在先了。你说那些人是你所杀,那我倒是要问问,他们体内的精血都被吸了个精光,你用这些精血做了什么?"

"妖精吸食凡人血气,自然是为了修炼……"她想也没想就回答,却在说到一半时意识到中了燕七歌的套,停下话。

"你若是吸了那些人的血气,何以连抵挡日光的护体法力都没有?你与王大人演这样一出戏,不过是想要我就此收手,护那真凶。"

"我不能说,也不会说,反正此时我不过一息魂魄尚存,你要如何便如何吧。"

"你本是人,魂魄却禁于妖体,若非破了那蛇身本体,我都险些被你骗过。凡魂亡于妖体,长年累积的怨气太重,现在蛇身已毁,你就只是一缕魂魄,若不解此怨,你既入不得人道界轮回,亦入不得妖道往生,这也值得吗?"

陆氏虽明白燕七歌应是已知道大半个中情由,却还是摇头抿唇,不肯再说话。

见陆氏如此固执,燕七歌虽有些无奈,但并不太意外,随后收回灯笼屈指对着陆氏落咒,陆氏周身上下的颜色变得深了一些,看起来竟与活人无异。

"这副假身可让你的魂魄暂附十二个时辰,你且去吧。"

陆氏听得一愣,碰了碰自己的胳膊,在确定是真实存在之后,她提裙向燕七歌跪拜谢恩,刚抬起头要说谢过之话,却发现燕七歌已提着灯笼跃墙而去。见玉桑还站在旁边,她便微笑着向玉桑又行了一礼,说了声多谢后离开,朝竹林前苑而去。玉桑这才发现她竟是没有影子,虽有了个假身供魂魄依附,可她毕竟还是已死。

听燕七歌在墙外没了动静,玉桑以为他是走远了,赶紧跃身落上墙头,正要朝下跳,才发现燕七歌根本没有离去。

此时燕七歌一手提着灯笼,一手负于背后,闻得墙头上的声响,抬头看向玉桑,初升的皎皎月光便在他的脸上洒下,剑眉星目,玉鼻薄唇,那如刻的轮廓、模样，真真是俊美得摄人心魄。玉桑呆立在墙头上，对着燕七歌暗自发了会花痴，忽然脚底一软，就尖叫着从墙头上扑了下去。

片刻后，在确定自己并未摔实在地上，玉桑小心地眯起一线眼角，入眼的是一张月下俊脸，那俊脸上生生地写着"嫌弃"二字，再仔细一看，自己不偏不倚正被燕七歌接抱在怀中，她立刻背后生汗。

"我……我不是故意的。"

"啊！"燕七歌一松手，玉桑这下是真摔到了地上，屁股好一阵痛。

"我亦不是故意的。"燕七歌优雅拂袖，说得坦然。

"小气，真是小气，不过是多看了你一眼，又没少你块肉。"

"肉是未少，不过你那眼神儿太过凶残，提个醒儿给你，才好让你记得以后收敛些。"

"哼，以后让我看，我也不见得会看。"玉桑没好气地哼哼。

"瞧你这点出息样，走吧。"燕七歌向正龇牙的玉桑伸出手。玉桑嘴里说着气话，却还是没拒绝燕七歌伸来的手，握上去，借着他的力站起来。

"好了，可怜你这一痛，许你问我三个问题。"燕七歌提着灯笼前行。

玉桑脑子里的问题绝不止三个，遂想了想，才问道："你是何时发现这些的？"

"哪些？"燕七歌目不斜视地边走边问。

"陆氏并非凶手这些？"

"自然是在你未发现时。"

"她护着的是谁？"

"不知道。"

"我能重新问三个问题吗？"

"不能。"

玉桑这下没有愤然咬牙，只是嘟着腮帮不说话，觉得有些挫败，三个问题的机会全白费了。

眼角余光扫过，发现了玉桑的这个小动作，燕七歌莫名地有些不忍，不自觉地放软了语气，道："那日我头次进府来时正值王县令归来，我见他有些担忧和无奈之意，便觉得有些奇怪，与他作别之时特意走近了他几分，从他的肩上我嗅到了些妖气掺着脂粉香。"

"那又如何？"

"你若是能不打岔，就会知道你想知道的。"燕七歌瞟了玉桑一眼。

玉桑刚要说话反驳，见燕七歌的眼神不善，赶紧识趣地停下话。

"那日他的衣物很干净，应该是清早出门前才换过。"

"是花魁楼里染上的……"玉桑脑中灵光一闪，忍不住说了出来，想到方才燕七歌的话，又赶紧收话不打岔。

"昨日我借故在府中借宿，便是想一查其中之事。你许是也看出些端倪，所以才一路随着他，他出府之后你没能跟去，我却是跟了过去。他果真去了花魁楼，在那里见了一个叫染晴的女子，而那日被妖物杀死的女子正是染晴的贴身丫鬟。"

"若我未猜错，这个染晴才是应该死的那个，那就是……"想到这里，玉桑突然明白了一些事情，扭头朝县衙方向瞧了瞧，道，"所以，王县令与陆氏甘愿顶罪是要护她？"

"也不一定，那染晴看起来有些奇怪。"

"那王大人和陆氏之间的事是假的？"

"妖凡有别，有些报应结果他们早就应该料到。"

想到方才在林中王县令与陆氏的相惜相怜，以及那个不忌妖凡之别的爱情故事，玉桑在得知这样的一角真相后，如鲠在喉。

鸡鸣之后，云碎城在雾气蒙蒙中迎来了新的一日。燕七歌回了客栈休息，玉桑则打着呵欠，翻身到了县衙后苑，才落进竹林，一抬头便被华仪那种似笑非笑的眼神儿盯得停了动作。

"看着我做什么？"

"我是在想，你何时对个男子这么相随相伴的，莫不是看上人家了？"

"他？这个笑话可真是不好笑。"玉桑说着翻身跃起，落上竹梢，寻了枝较粗的竹枝压弯，侧身躺下。

"玉桑，别忘记你是谁。"华仪抬头看向竹梢，言语间已没了玩笑之意。

玉桑装作未听见一般闭眼翻了个身，道："我困了，在你这儿睡会儿。"

"想想你的父王、母后吧……"华仪暗然叹息着离去。直到华仪的声音完全消失后，侧身卧在竹梢的玉桑才缓缓睁开眼，木然地看着眼前的竹叶，眼中露出晦涩难明的忧伤。

玉桑伸手摸出腰间的白玉毫笔，仔细地用指拂过上面的纹路，仿佛这玉笔昨日还放在自己宫中的案头上，以东骨玉为杆，父王亲自篆刻的花纹，笔头是父王和母后的发丝合绞所制，世间独一无二的玉笔。

那日，父王在窗边的书案前正握着她的小手教她提笔写字，可才蘸墨写下一笔，大殿外就传来了城门被破的噩耗。

一支利箭破窗而入，玉桑手中的玉笔落在地上，然后便是震天的喊杀声和宫门被缓缓推开的声音自殿外传来。玉桑踮着脚尖爬到窗口上向外看去，她看见在一个明黄身影的带领下，无数身着甲衣的人正从宫门外涌进来。

"孩子，永远都不要忘记你是谁。"这是父王对自己说的最后一句话，然后她便被送进结界，一切的光明戛然而止。

回忆如同一个伴了她两千年的梦，梦中正燃烧着一场战火，她的父王、母后和她的哥哥死于那一战，她躲在父王和母后用血和法力疑结而成的黑色结界里，看不见任何东西，却可以清楚地听到一声声的惨叫。在死亡的声音中，她还听到有一个男子在发号施令，他要杀尽所有风间族人，他要称霸天下，成为人间的唯一主人……

傍晚时分，玉桑被自己的旧梦惊醒，睁开眼，玉桑看到夕阳正挂在天边，晚霞灿烂华丽，就像梦中那些记忆里的颜色一样——血色。

"小妖，你在想什么？"燕七歌的声音突然在身边响起，把玉桑吓了一跳，她身子一侧，就从竹梢上摔了下去。

燕七歌眼疾手快，随后翻身也从竹梢飞下，伸手将玉桑的胳膊握住，双脚在旁边的竹上轻轻踏过后，将玉桑接入怀中，缓缓落地。

玉桑从惊慌中抬头，看到背对夕阳而立的燕七歌。逆着血红霞光看他的脸，有一种惊心动魄的俊美，感觉心头似是被针狠狠扎过一般，玉桑眼前瞬间闪过了一个在血色战场上驰骋挥剑的身影，但也只是一瞬间的幻觉，然后立刻消失不见。

"你的眼睛……"燕七歌蹙眉，眼中闪过惊讶。

玉桑回神，赶紧从燕七歌的臂弯中跳下站稳，微垂了首不去看他。

"我从未见过有哪种妖的眼睛是这种颜色。"

"我天生丽质。"玉桑有些苍白地笑着抬头。

看出玉桑的局促不安，燕七歌将到嘴边的话重新咽下，转身离去，道："走吧，天快黑了。"

玉桑心中暗松了一口气，然后赶紧跟上燕七歌的步伐。

自县衙翻墙追出去，燕七歌带着玉桑去了正北街。街上的摊贩们正三三两两地收拾着东西回家，燕七歌带玉桑在一处老妪所开的面铺前坐下。

老妪立马笑呵呵地迎了上来，问道："两位是要吃点什么？"

"随意。"燕七歌给了些碎银子与老妪，然后侧头看向街尾处的一条巷口。

"你在看什么？"玉桑顺着燕七歌的眼神也看去。

"似乎有谁在看着我们。"

"哪里？"玉桑伸长脖子去看，见那里空荡荡的，就笑了，瞥他一眼，酸道，"别以为你长得好看就谁都喜欢偷看你，真是自恋。"

燕七歌慢慢侧过头看着玉桑，眼中露出不爽和几丝嫌弃之色，微抬起下巴悠然出声道："我英俊潇洒胜子都，玉树临风过潘安，能文能武还能捉妖，有将相之谋，有翰林之才，我的好乃集天下之尽于一身，又岂是你这类凡夫俗妖能明白的。"

玉桑本也只是想挫挫燕七歌的锐气,心中并无他想,但却怎么也没想到他竟是在这一句闲话上较了真儿。一番话下来,玉桑看着燕七歌,嘴巴张得比鸭蛋还要大,只觉得脑中一阵电闪雷鸣不能消停。

待面铺的老姬端来了阳春面,玉桑用手将自己的头按下来埋在碗前,迅速拿起筷子哧溜哧溜地吃面,似乎此时只有拼命吃东西才能阻止自己想要爆出的粗口。

好一阵后,玉桑将筷子一放,看了看干净的碗底表示已经完事,再看燕七歌,他面前的东西半分都没动的意思。

"吃饱了没?"燕七歌问。

玉桑刚想说话,燕七歌却又没有半分要听的意思,径直起身道:"吃饱了就走吧,天黑了。"

玉桑方才在嘴边的话在舌尖打了个转儿后咽回肚里,让她好一阵打嗝。

云天街的街道要比正北街亮堂许多,虽有些店面不敢在晚上开业,不过还是在门外悬了灯笼。燕七歌与玉桑在花魁楼外停下。花魁楼的门关着,似是料定这段时日里不会有客人光顾,不过里面还是亮着烛光,依稀可以听到说话声。

因为没有生意,屋内大厅三五个身着鲜艳衣裳的女子正围在一起玩着牌九,两个龟公站在身后端着茶壶之类的东西,一边围观,一边伺候。燕七歌推门而入,所有人都吓得缩起身子朝后躲了躲,在看清进门的是个年轻俊美的公子哥儿时,那帮女子又全都打眼底亮起了光,纷纷站起身整了整衣裳,端着满面笑容就要迎上来。

燕七歌目光淡然地扫视了一圈,道:"我找染晴姑娘。"

一听染晴的名字,众女子眼中的光立刻全暗了下去,重新坐回桌边开始鼓捣牌九,似是根本没看见燕七歌所在。

正巧玉桑施法变了男装进门,见此一幕,有些摸不着头脑,还未发问,就已有老鸨闻讯儿赶了出来。老鸨堆着笑脸迎接来之不易的客人,在得知燕七歌是来找染晴的时候,她犹豫了一下,但想到最近生意差到几乎赔了老本儿时,还是没有拒绝燕七歌。

"染晴姑娘在楼上。"

没等老鸨继续说下去,燕七歌已抬步上楼,走过几步后忽然转头看向身后的玉桑,似笑非笑地道:"你且在楼下玩着,身上带的银票多花些也无妨。"

玉桑一愣,她身上根本没有银票,但也只是一瞬间她便立刻明白了燕七歌的用意,心里止不住大叫了一声不好。

果然,那些方才还摆着冷脸的女子们在听到"银票"二字时皆将目光转向玉桑。玉桑一个冷战打过,就要朝门外跑,却已被一个女子迅速地挡住了去路,然后就是其他女子接二连三地围了上来,冲她挥舞起手中的手绢。

见到这般阵势,就算玉桑向来有着不在凡人面前乱用法术的规矩,现下还是破了规,迅速念了个咒将大堂里的众人全都定在原地睡着了。再看燕七歌,他已上楼找到了染晴的房间,敲了两下门。

"是谁?"里面传来脚步声,随后门被打开,开门女子面容清丽,竟和陆氏容貌有八九分相像。

看到门外的燕七歌,染晴愣了一愣,眼中露出惊艳和警惕,问道:"请问公子有何事?"

"我自王县令府上而来。"

听到王县令,染晴略皱了皱眉,左右看了看门外,然后示意燕七歌进门。

燕七歌打量着屋子进门,屋内很是整洁,靠墙处种有一盆桃花,靠床的花瓶中也插着几枝半开桃花,桌上有一盏茶水正飘着薄烟,旁边是一本摊开的《五经》,似是她方才正在看的书。

"王大人可有什么话要转告于我?"染晴问。

燕七歌没有理会染晴的话,负手在屋内走了几步后便在窗户的地方停下,轻手推开了窗看向外面的夜幕,道:"近来城中怪案连连,姑娘的丫鬟也不能幸免，却不见姑娘害怕，连窗都不关。"

染晴脸上露出些笑意道："公子说笑了，奴家哪有不怕的，只是若真是哪一日不走运被妖物给害了，也只能怪自己的命不好。"

燕七歌转身，将桌上的书册信手翻了翻，道："姑娘可真是看得开。"

"不知公子还有何事，若是没有，就请回吧。"染晴走过两步，侧手指门。

"时辰尚早，姑娘不必心急，待我想走之时姑娘想留也留不住。"

"请公子速速离去！"染晴脸色发红，面显薄怒之色。

"若我不呢？"

"那就休怪我不客气！"说着，染晴突然身形一跃落到了床边，伸手自床下一探，已经手握一把利剑，身形轻移间，已经剑锋微挑两朵剑花攻向燕七歌。燕七歌贴着剑身闪过，那剑就正好落在了屋中的雕花圆桌上，圆桌立刻裂成两半。

一招未中，染晴再次挥剑出招直刺燕七歌胸前。燕七歌以两指夹住剑锋轻轻一勾，长剑就自染晴手中脱出，正好钉在了窗棂之上，微微颤晃。染晴见自己剑未过三招便被人空手，便知遇到了强敌，眼中露出了寒意，在袖下备好暗器以备再次出手。

"你到底是谁？意欲何为？"

"你占着陆氏的身子，虽也算是大半个凡人，可妖就是妖，便是有了凡胎肉身也还是会有妖气，所以才不得不待在脂粉气浓重的青楼里借以掩饰，是否？"

"原来是个爱管闲事的收妖道士，就算你知道这些又如何，我现在是人，只要魂魄不离了这肉身，你便动不得我。"染晴不屑地轻笑。

燕七歌在听到"道士"二字时微眯了眼角，不动声色地将到嘴边的话停下，余光扫过染晴一眼后便平静地出门下楼。看玉桑正站在下面没好气地瞪他，燕七歌也没多理会，只随手一挥解了堂中众人的咒，将玉桑拖着出门。

楼上染晴提剑追出，见楼下满堂人盯着自己，便装出可怜模样，道是燕七歌对她无礼。老鸨面色大变,招呼着龟公们出门去追,却发现那两人一出门便没了踪迹,左右大街上空空荡荡,半个影子都没有。

龟公们愣了愣,相互看了一眼后,想到了近来城中的怪事,不由全打了冷战不敢去追,恁是让老鸨骂几句难听话,也不敢以自己的性命犯险,赶紧退回了花魁楼,关上大门。

燕七歌和玉桑在花魁楼的房顶上看着下面的一切,玉桑没好气地道:"看你长得好看,也不像是穷酸鬼,怎会干出如此厚脸的白食勾当……"

正说着,忽然被燕七歌捂住了嘴,燕七歌正用目光示意她朝下看。只见有一个身穿黑色大斗篷的人正自街上走来,悄然进了花魁楼的偏门。等了片刻,燕七歌飞身跃上二楼的房檐走到染晴的房间处,玉桑自然不甘示弱,也纵身跃了上去,一个倒挂金钩翻身悬在窗前,同时还不忘朝旁边的燕七歌挑了挑眉。

"如今她已被收,你可以安心了。"是一个男子的声音,玉桑一听就辨出这是王县令的声音。

"我总是觉得有些不对。"染晴的声音有些焦虑。

"是你太多心了。"

"当年……"

"不必说了!"王县令方才还低柔的声音突然变得响亮,声音似带着颤意,透着一种无法掩饰的恐慌。

"果然如此,你对她……"

"当年之事,是我对不住你,可我这五年亦未曾有一日好过,你若还不肯放手,那便是成心逼我为难。"

"你这是在怪我? 我有何错?"

一阵沉默之后,王县令叹息,暗然叹声道:"你没有错,错的是命。你我本就是孽缘,所以才有此报应,趁一切尚未有其他变故,你走吧,莫要再回来。"

随后王县令开门下楼离去,屋子安静下来,染晴呆坐在原地,一直未有响动。

"叮。"燕七歌将手中一点泥石弹进窗内,正好砸到了梳妆台上的铜镜上。

"谁!"染晴警惕地侧头打量屋内,慢慢坐起身子,轻声摸出藏匿在床下的剑提在走中。

"是谁在外面?!"染晴目光扫过窗户,立刻明白是有人在窗外,扬手就是一剑,刺穿了窗纸。

燕七歌早有防备地将玉桑一拉,半拥着她翻身上了檐顶,檐顶之上悬着燕七歌的那只灯笼,房瓦之上放着一套红色纱衣。

"披上这个,将她引出来。"燕七歌接过灯笼说道。

"你要我假扮陆氏,我要是就不答应呢?"玉桑嘴上说着,手上却没慢,左右看了看后,将纱衣套在了自己身上。

"带她到街上。"燕七歌将一块红色面纱系到玉桑脸上,留下一句话后迅速起身,飞身落到了旁边的后巷黑暗之中。

此时染晴已执剑将窗户推开,伸出头来张望。玉桑顾不得多想,在檐角一踏,迅速从窗前飞过,落在了对面的街上。染晴在看到红衣影子时脸色瞬间惨白,害怕地后退了几步后又提剑跃出窗外追赶那抹红色身影。

引着染晴在街上绕了一圈后,玉桑在街口一处房檐站定。染晴随后自街道追上,提剑仰头望着一身红纱立在迷雾夜色中的玉桑,似乎并未有多少惊讶。

染晴抬手提剑指向檐上的玉桑,双目露出杀机,冷声笑道:"果然是你,你想如何?莫非你是想向我报仇?当年你求我之时我便说过,逆天改命迟早会有报应加身,你偏要一意孤行,你落得现在的下场也怨不得我。"

为了不露馅,玉桑并没有出声。染晴越发地满目恨意,道:"都是因为你,我才想要去偷那东西,结果害得自己成了这人不人、妖不妖的模样,还要提心吊胆地防着她来报复,我受的罪又何尝少。"

第二章　妖杀之始

正说着，街头的雾气中慢慢出现一星火光，依稀看到是个披着黑色斗篷的身影正在慢慢走动，手中提着一只写有"衙"字的灯笼。染晴看到街上行来之人，眼中寒气缓和了许多，指着玉桑的剑也放下几分。

"假意去杀街上的人。"玉桑听到燕七歌传来密音，四下扫看却并不见他人，虽心中不解，却也没多犹豫，做了个姿态以两指为剑倾身向街上的人扑过去。

"小心！"染晴见此，奋力一跃护向了穿斗篷的人，手中的长剑同时在空中划出数道寒光，每一剑都毫无保留地露着杀气，招招夺命。玉桑的胳膊擦着剑锋被割下一大片衣袖，同时传来剧痛。

玉桑这才明白这根本不是什么假装的戏码，而是真正地以性命相搏，燕七歌就是拿着她的性命在作饵。想到这里，玉桑不由心中怒气腾烧，侧手屈指凝聚妖力，以掌化刀砍向染晴的脖子。

就在玉桑的一掌要落在染晴身上时，斗篷之下有修长五指伸出将她腕上的拂力挡下，同时另一只手灵巧地反扣住了染晴的下颌，将一小张黄色纸符贴到了染晴肩头。染晴当即立在原地不得动弹，手中长剑落地，发出金鸣之声。

燕七歌将罩在头上的斗篷拉下，露出一张清俊的脸。染晴顿时面露惊诧。燕七歌伸手在提着的灯笼面前拂过，那灯笼上的"衙"字立刻消失不见，原来这灯笼正是燕七歌平日所提那只。

"我虽不能亲自动手杀你，但别的妖可就不一定了，现在让她杀你就如踩死蝼蚁一般。"

染晴扭头，看着燕七歌咬牙，道："是你这个道士，你以为这样就能吓到我？"

听闻"道士"二字，燕七歌的眼又眯了一眯。染晴丝毫未察觉，可玉桑却看得一清二楚，心中暗自为染晴叹了声：你闯祸了。

果然，燕七歌面色阴沉着转身就要离开。玉桑顺手扣上染晴的脖子，随着力量的收紧，染晴吓得脸色煞白。

"我说便是，你且回来。"染晴极不情愿地冲燕七歌喊话。

燕七歌步子停下，却并未回头。染晴也顾不得方才的傲气，赶紧道："我本是京郊绿林谷中一修行数百年的蛇妖，十年前因一次偶遇，救了个昏在路上的赶考书生，那书生学问好，长相亦好，对我又心生喜爱，说若能高中便娶我为妻……"

"这不是王县令与陆氏之间的故事么，怎会又变成了你？"玉桑疑惑地打断。

染晴冷哼一声，道："陆氏？你是说被囚在县衙地宫里的那位吧？若不是我当年逃了出来，我的确会如她那样。"

"后来发生了何事？"燕七歌无甚表情地发问。

"后来我尾随他去了京城，借着妖术一路助他高中探花，又嫁他为妻。起初倒也相安无事，直到王家被抄，我发现了一件不应被发现之事，便险些死于诛妖八卦阵中。"

"何事？"

"原来在王家不是凡胎的不止我一个，她虽隐藏得好，却还是被我撞见，她便做法设计将我困住欲要杀我。我为求自保，不得已之下走了险招，弃尽修为将魂魄从肉身中抽出，舍下蛇身本体逃走。直到一月前偶然闻得些消息，才知道原来我的肉身竟也被附了个凡人魂魄在内，我来云碎城也是想一探究竟。"

玉桑本来还要驳染晴的话，见燕七歌转过身来，眉头微蹙着似有深思，就又闭了嘴跟上他。

"让我来猜猜，你得知肉身被真正的陆染晴占着，便想要杀她报仇，可你现在又没有法术，便教唆王县令将我引到她藏身的地方，把她当成蛇妖杀了。只是我不明白，王县令就算是想算计这一切，何以陆氏又如此甘心为你顶罪？

"哦，我想起来了，那日我在西苑远远看到有人在那里，就是你，还有放在西苑里的那些障眼法，你弄出这些，就是故意要引我们好奇，去打探西苑。"玉桑恍然大悟一般，伸手在蛇妖的头发上一扯，将一根头发放到灯笼下去看，果然与那日在西苑拾到的一样。

蛇妖心有不甘地侧头，犹豫了一会儿，道："她还活着，是不是？"

"是，也不全是，她本是人魂却死于妖身之内，魂魄既入不得冥界也进不了妖道，现在只是一缕游魂。"

"是你救了她？"

"是她命不该绝。"

"命不该绝又如何，我占着她的皮囊，她只是个不人不妖连鬼都算不上的东西，她能奈我何。"蛇妖冷声发笑，眼中闪现狰狞凶光。

"妖性冥顽。"燕七歌抬手将灯笼举高几分，屈指一弹，灯笼的火光便亮了许多，泛出微微粉色。蛇妖的脸被火光照亮，似是被烈火炙烧一般，立刻发出痛苦的叫声。

"换魂易命之术，非普通妖物能为，说，你是用了何物？"燕七歌漠然喝问。

蛇妖被灯笼火光所折磨，却又无法动弹身子避开，唯有一张脸越发扭曲狰狞。听到燕七歌此问，她却并没有回答，反是笑了起来，闭上眼自嘲道："本只想找个收妖道士将她收伏便是，不想竟将引魂灯笼的主人也招了过来，也是我时运不济，有此一劫，你杀了我就是。"

燕七歌听此，眉头更蹙了几分，却并没有真的对蛇妖下手，反而将手中灯笼移开了。"你的屋内和你身上没有可以支撑易魂的物件。"

染晴睁眼，似是不解他为何不杀自己。皱眉疑惑打量燕七歌，忽然她又如顿悟一般微微睁大了眼，惊讶之后露出意味深长的笑意，道："我知道了，原来你并非为了收妖而来，你也是为了……"

"你的话太多了。"燕七歌冷声打断染晴，将她肩头的黄符撕下。

蛇妖恢复了动弹，立刻后退两步，用一种警惕的目光打量燕七歌和他手中的灯笼，在确定燕七歌并没有再出手的意思后，她才慢声道："陆染晴本是王老夫人拣回来的丫头，她与王大人自幼相识，本是要嫁入王家做媳妇的,不过王大人却不喜欢他。十年前王家中落,王大人准备上京赶考,陆染晴与我偶遇,知我是妖,便求我助王大人能一举高中,还说王家有件魂器宝物,若我能帮她达成心愿,便将其赠予我以为报答。"

"然后你便在途中假意与王县令相遇,后助他一举金榜题名,却不想这中间你与王大人互生爱慕,你就又顺势嫁入王家。如此一来,真正的陆染晴肯定对你怀恨在心,也自然不肯按约交出魂器。"玉桑猜测着接话。

"不错,可她也不能将王大人高中是由我施法相助的事说出来,直到王家被抄,我眼看王家要亡,便乘乱偷了王家的那件宝贝,却不想被她撞见,她拼死护着魂器不放,混乱中我与她互换了身体,闻声赶来的王老夫人见此,大怒,当即就设下八卦阵要将我伏诛……"

"你说的是王老夫人?"燕七歌突然打断。

蛇妖有些害怕地看着神色古怪的燕七歌,轻轻点了下头。

"不好。"燕七歌吐出一句,然后也未看玉桑和染晴,已快速转身朝县衙而去,染晴紧随后面追去。

玉桑一直捂着自己的伤口立在原地,自始至终燕七歌都只顾得问染晴,连看都不曾多看她一眼,这下燕七歌又不管她自己跑了。看燕七歌的背影消失在街巷之间,低头看看自己满是血渍的手和衣衫,心口就如同被堵了一块大石。

"玉桑,这是何必呢?他本来就不是你应该上心的人。"不知何时,华仪出现在了街上,一个眨眼间,她已用法术移形到玉桑身边,看到玉桑胳膊上、手上的血,有些心疼怜惜。

玉桑轻咳了一声,在掌中凝聚法力从伤口上拂过,那原本流着血的伤口立刻就恢复如初,连衣衫上的血渍也都消失不见。

"你就爱瞎猜。"玉桑笑了笑,转身离去。

"玉桑,如果你想要引魂灯笼就夺过来,何必要费这么多事?"

"这个燕七歌能拿到引魂灯笼,又有一身修为,他和普通凡人不一样,也许他能带我找到那四件魂器。"

"若你真知道自己在做什么是最好的,我是担心你会……"

"我知道自己的责任。"玉桑打断华仪,笑着应了一句。

看玉桑这样,知道是多劝无用,华仪也只得叹了口气,不再说话。玉桑笑着拍拍她的手背,朝着燕七歌方才离开的方向追去。

等玉桑赶到县衙,那里已经是一片火光。靠近后才发现这里被落下了结界,玉桑看着染晴径直跑进了县衙大门,自己却试了几次也没能踏进结界。

"收起护体法术。"旁边的燕七歌沉声提醒,同时施法将手中引魂灯笼的火光收起,踏进结界。

"这结界落得好生奇怪霸道,是妖还是仙?"玉桑走入结界,扭头打量着身后,问道。

"都不是,就算仙来了这里,也得弃尽法术才能入内。"燕七歌不紧不慢地边走边说。

"难道是……"玉桑的脑子里跳出一个名字,忍不住吃了一惊,扭头去看正踏进大门的燕七歌。

"算你还有点见识,就是灵媒结界。"

守魂尊者,又名灵媒,上古单脉一系,出六道五界,无正无邪,以易为生,以欲立契,以魂为约,超出一切道界的存在,没有年纪,没有形态,甚至没有法术,但一旦与她立下约定,立约者的力量有一分她便会有两分,遇强则强,依欲望和机缘而现,借欲念之力而活,后被女娲、盘古收伏。

相传盘古开天之后六界渐分出人、妖、仙、魔、鬼五族,但因种族之争,五族经常混战,时有各族死魂不得归界。女娲与佛祖集众族之长再培育出一个超出六界的引魂一族名曰风间族,此族有人之轮回,却又有仙之法术,族人常年提一只引魂灯笼行走六界收集亡魂,灯在人在,灯毁人亡。

佛祖曾亲手种下一棵神树,指为风间族神树,女娲将四位守魂尊者封印在树内成为树灵，让他们负责每日在日出之前打开冥渡之门，让族人将收集的魂魄由冥渡之门送往冥间。

后来六界渐趋太平，众神归位，妖、魔二族被夺入黑暗之地不得复出，鬼族归治于神下，风间一族渐行凋零，族中只有寥寥数百人。唯有人族为数最多，则拥有了中土大陆之地得以繁衍生息，有了自己的文化，进而有了后来的各族领袖。两千年前，人间第一位皇帝统一中土大陆，在中土大陆上建立王朝，人族达到最辉煌的时代。但因人间长年征讨，凡界死魂无数，风间族长为此与皇帝不合，皇帝因而向风间族发起一场偷袭战争，风间一族尽亡于此战，所有引魂灯笼被烧毁，而风间族神树也在那日枯萎，负责守护神树的四位守魂尊者离守，依附在一些物件上散落到凡间，被称为魂器。

相传，谁能得到这任何一件散落到凡间的魂器，只要肯付出代价作为交换，就能拥有实现任何心愿的意念，若是修行者，则能借其使修行大增。

进入县衙大门，玉桑看到里面已经火光四起，回廊和院中的树枝都燃着火焰，有下人或立、或行、或跑地散布在四周，有人手中拿着行李想要逃跑，有人手中端着水盆想要灭火，但此时却都是静止不动地维持着一个动作，好像一个个石雕物件。

"方才疼吗？"

"嗯？"玉桑只顾得看周围火势，愣了一下，才明白燕七歌是指蛇妖伤她的那一剑。

"我还以为你根本看不见呢。"玉桑没好气地把头侧到一边，不看燕七歌。

"生气了？"

"你骗我，害我被刺一剑，难不成还要我高高兴兴？！"

"这话说得可真是不讲理，让你做戏可没说对方也是做戏，是你自己大意才被对方有机可乘，我好心问候，你却还要赖上我，真是好心无好果。"

"燕七歌，以后我要是再信你的话，我就是小狗。"

"随你的意。"

本以为燕七歌此时提出来是有心致歉，可天晓得他竟会如此毒舌奚落，反在玉桑的怒火上泼了一勺子油。正巧看到前面回廊上有块烧坏的帘布挂在那里，玉桑眼珠一转，便随手拣起地上一根枯枝对着那帘布一丢，帘布就带着火苗朝燕七歌落下。

眼看那帘布就要烧到燕七歌，可不知为何，那带火的帘布突然似长了眼一般转而朝玉桑飞来，吓得她连跑几步，躲到了燕七歌身后。

"瞧你也就是个纸糊的胆子。"燕七歌笑出声来。玉桑见那块帘布落在旁边烧着，才白了他一眼，故作淡定地甩开燕七歌的袖子朝前走。

在东苑，燕七歌和玉桑见到了端坐在太师椅上的王老夫人。王老夫人发髻高绾，衣着华贵，在她面前跪着的是王县令，两人也如外面的下人一般，全都僵止不动，只有旁边站着的蛇妖惊讶地在打量这一切。

见到燕七歌，蛇妖急道："这是怎么了，为何他们都不动了？"

燕七歌走近跪在地上的王老夫人，伸手试了一试她的鼻吸，屈指念咒在她额间印下一记，王老夫人便如从梦中惊醒般睁开了眼睛。

见到已经火光四起的屋子和跪在面前一动不动的王县令，王老夫人先是惊慌地自椅上站起，四下打量后又似是明白了什么一般，退后几步，缓缓跌坐回椅上。

"王老夫人，你手中可有一件不凡之物？"燕七歌发问。

王老夫人略有意外地看向燕七歌，犹豫片刻后点了点头。

"何物？"

王老夫人目光游离地看着门口处，坐在雕花椅上的身子微微颤抖，却并不说话。

一块烧坏的木头落在玉桑的脚边，把她吓得连忙跳过两步闪到燕七歌旁边，道："这火已经烧到头了，估摸这里就要塌了，我们还是快点出去吧。"

"出不去了，这灵媒结界是用来惩罚逆天者的，若犯过者不予伏罪补救，一切都要焚成灰烬方才罢休。"燕七歌风轻云淡地说着，顺势在旁边的梨花椅上坐下。

"什么？"玉桑和蛇妖都惊声反问。

"我可不想死在这儿。"蛇妖说着，便蹲身要去扶跪在地上的王县令，却没想到刚靠近，立刻被一道力量反弹回来，跌在旁边。

"你为什么不早告诉我？这下你可害死我了，我又上了你的当。"玉桑想到自己要被烧死在这里，又气又恨地瞪向燕七歌。

"安静，乖，就算要死，这里还有很多人陪你，黄泉路上不会孤单的。"燕七歌如哄着猫儿狗儿一般拍拍玉桑。

"夫人，都这个时候了，还有什么不能说的呢？"就在玉桑要冲燕七歌发作时，一个有些熟悉的声音传来，随即一抹红色身影缓步自屏风后走了出来，缓步走近王老夫人。正是真正的陆染晴，曾被王家收养，与王县令青梅竹马的凡人女子。

蛇妖在看到真正的染晴时忍不住抬手摸了摸自己的脸，除了眉眼之间的妖邪之气不同，与她皆是一模一样。

染晴上前，握住王老夫人发颤的枯瘦手指，王老夫人眨着泛泪的眼握上染晴的手，直叹息。片刻后，王老夫人将目光移向正自顾自在火光下喝着茶的燕七歌，道："你且说吧，要如何才能出去？"

"就如当年一样，再请一次灵，届时如何就要看守魂尊者的意思了。"

"好，就如你所说。"王老夫人应声，随后抬手在发间取下一支银钗，钗头由玛瑙作饰，做工精细。却还没等玉桑仔细多看，王老夫人已将玉钗放在桌上，拿起旁边桌上一只香鼎在钗头重重砸下，随着一声碎裂之声，钗头上的玛瑙裂开，落下，银钗的端头之上泛出微微银光。

"就是这个。"王老夫人将银钗放在掌心，递到燕七歌面前。

　　燕七歌看着那无头银钗，并未伸手去取，只眼中神色变幻不定，许久才道："你是如何得到此物的？"

　　"我母曾是位收妖游侠，此物乃她临终所传，她赠予我时曾说过此物非凡，可通灵结愿、心想事成，但一旦许愿成事便必遭天罚，所以不能擅用，更不可让外人知晓。"

　　"你虽知如此，却还是向它请了愿。"

　　王老夫人无奈叹息点头，道："我本也未曾想过要逆改命数妄求什么，直到十年前王家无端因一场天灾尽毁，自此中落。为了养家，我儿放下学业出门谋事，可他一介书生，肩不能挑，手不能提，未赚得养家的银两不说，反遭了不少外人白眼，奈何家夫又染上重疾。无奈之下我才向这魂器请愿，求我儿能一举高中，却不想他高中之后竟娶了一妖物进门，我便知这就是天罚，从此将魂器收起，再不敢用。"

　　"城中命案是怎么回事？难道……也是与这钗有关？"玉桑摊手不解。

　　"是我，皆是我所为。"

　　"你？你……"玉桑忍不住惊讶，想着王老夫人这样一个上了年纪的老妇人如何能吸血杀人，可刚一说话，立刻被燕七歌给瞪了回去。

　　王老夫人神色疲惫地叹气，道："我自幼承母亲衣钵学习道术，曾师承昆仑上山学艺，虽对收妖一术不甚擅长，但对些较为冷门的法术却甚是上心研习，比如妖术之流的吸血练精修行之法。五年前，我儿因皇亲之事牵连，眼看就要被判斩首抄家，我怎能不管，便又向魂器请了愿，望我儿能平安渡过此劫，纵然以后再无富贵，只图平安喜乐。"

　　"所以那次所有的官员都是流放的流放，斩首的斩首，唯有王大人只是被抄了家降官到地方。不过很快，请愿后的恶果也来了，就是随后蛇妖想要盗走魂器，真染晴和蛇妖互换了身体，王大人知道了所有的秘密。"玉桑恍然大悟，一口气将事情说完，心中对自己如此一点即通颇有几分得意，还未来得及高兴，却立刻遭了燕七歌一记白眼。

　　"更重要的是，魂器丢了。"燕七歌补充道。玉桑讶异且有些不服气，将信将疑地去看燕七歌,见他似十分确定,便将目光投向王老夫人以询问是否是真。

王老夫人对燕七歌这一说也颇感意外,但却并没有多少惊讶,神色间带着疑惑和些许佩服,点点头道:"不错,就是那一日魂器丢了。"

"我不仅知道魂器在那一日丢了,而且还知,那魂器就丢在了蛇妖的肚子里。想必是当时场面混乱,你与蛇妖斗法中她就将魂器吞下,却不想随后蛇妖与染晴误换了身子,那魂器就留在了蛇身里无法取出。"

闻此,众人皆是惊讶神色,王老夫人更是一脸诧异地看着燕七歌,半晌才道:"公子所言一点都不错,只是此事老身从未对外人讲过,就算是我儿都不知此事详情,敢问公子是如何知晓的?"

"猜的。"

玉桑一听,立刻撇嘴,小声嘟囔道:"又在卖关子了,不炫耀聪明会死吗?"

声音虽小,可这话还是被燕七歌听到,他立刻微眯起眼线给了玉桑一记危险警告。玉桑赶紧抿嘴收声,装起懂事的好妖来。

"之前我一直不明白,这么多年王家一直养着一只蛇妖是出于何种心思,亦不明白为何蛇妖明明已逃出生天这么多年了,既是怕老夫人杀她,又何以现下自己又来冒险寻事。前者,我姑且可以理解许是你们觉得对她不住,虽知她已不是人,却还不忍杀她;可后者,唯一的理由便是那蛇身之中有着某种东西让双方都想得到,能有这般诱惑的,就应该是那件魂器了。蛇妖一心想得到魂器,却又害怕王老夫人而不敢露面,她就想借收妖者之手杀了染晴,自己便有机会取得蛇身中的魂器。"

"这跟城中那些命案有何关系?"

"自然是有关系,而且关系甚大,个中情由还是由王老夫人自己来说更好一些。"燕七歌看向王老夫人。

王老夫人从燕七歌的眼神便知此事的头尾他已然全都知晓,他不说而让自己说,不过是为了不冒犯自己。感激而客气地颔首一下,她道:

"老身今年六十有六,离六十五岁大寿过去已半年有余,这样说公子想必是早就明白了吧?"

燕七歌点头。

玉桑却不明白,觉得这哑谜猜得真是辛苦,就想要再问,却被燕七歌挡下。

"王管家是如何死的?"燕七歌问。

"他因撞见了不应撞见之事,我才不得已杀其灭口。"王老夫人应声。

"如此说来,你是甘愿供认这些罪过了。"

王老夫人点头,目露愧意,但却又没说什么,转身抬腕,轻轻一捻指尖,一滴血珠自指尖溢出。她将那血滴落在银钗之上,再将银钗置于掌心平托向上,银钗发出银光向上升起,在空中泄出一片银白光芒。

"求请守魂尊者现身一见。"王老夫人低头恭敬出声。

随即,自空中的银光中间发出刺眼亮光,玉桑本能地侧过头伸手挡住那强光,待她再小心地放下手去看时,发现屋内已经多出一个白衣女子。

在一片火光中,女子执一管银笛腾空而浮,银灰色的长发直垂到脚后与火焰交缠拂动,周身散发着空灵的微光。

"守魂尊者,真的是她!"玉桑在心底默念着,虽然方才进入结界时已经想到是她,但亲眼见到还是忍不住再次吃惊。

王老夫人朝守魂尊者跪倒,伏首行礼,道:"尊者,我自知犯下大罪,不敢妄求饶恕,只求尊者能放过我儿,我愿任凭尊者处置。"

守魂尊者端然立在火光之中,面带微笑,道:"与你之约,成你之愿,一愿一业报,早已不欠。却不想你竟会在阳寿完尽后不舍凡世,借魂器之力害凡人性命,吸取精血延寿,如此大逆不道之罪实不可恕,非还以魂飞魄散示罚不能终结。"

听闻此话,王老夫人绝望地抬起头来看向旁边跪着的王县令,微颤着伸出手去拂拭王县令的鬓角,见他却只如石雕一般不动,忍不住眼中泛起泪光,哽咽道:"为你一世人母,不舍离你,本以为都是为你好,却不想到头来竟是害了你。"

"夫人……"陆染晴似是欲要说话,却被王老夫人抬手止住,道,"当年救你,只是一时心起仁慈,我待你算不得至亲至好,你却是为了王家和我儿毁了一世,只望此事之后你能投得轮回,来世有个好宿命。"

陆染晴抿唇轻泣不语,王老夫人不再看她,目光转落到燕七歌提着的引魂灯笼上,道:"曾听闻引魂灯笼乃是风间一族圣物,两千年前始祖皇帝灭风间一族,引魂灯笼尽数被烧毁,唯有一只因被风间族众亡魂所依附,水火不侵,仅存于世。若是有谁甘愿将魂魄交付引魂灯笼之内为风间族亡魂引祭,便可求引魂者一事,可是否?"

燕七歌没有说话,只微眨星目以示肯定。

见此,王老夫人眼中闪露出些许希望,走过几步,向面色平静的燕七歌屈膝行礼,道:"是我不舍红尘,为续阳寿才借魂器之力吸食阳魂血气修炼,自知罪孽深重,今日必亡于此,只求公子能保我儿平安,我甘愿以魂灵为祭。"

魂灵为祭,这是比魂飞魄散更可怕的事。魂飞魄散不过就是一个死字,若是走运的话或许有一缕半缕的散魂落在哪里,千百年后或许还有重新轮回的希望,可若是以魂灵做了祭礼,那么就如同将自己的魂魄永远地出卖掉,受尽世间折磨,永世都不能再有往生。

听到这个,同为妖类的蛇妖和玉桑都忍不住惊讶,燕七歌却显得异常平静,似是早就料定一般。

言语间,屋内的火已经烧进大半个厅堂,有带着火的布帘梁木纷纷落下,砸在众人脚边。玉桑被两块正落在脚边的小木头吓着,闪躲不已。燕七歌见她这般,不由有些嫌弃,伸手捻着她的袖肩将她朝自己身后拉了拉,道:"到我后边去。"

玉桑刚一站到燕七歌后面,屋内本来的炙热之气顿减,有落下来的飞火才靠近她身侧就被一股无形之力挡到了另一边。

　　燕七歌竟用法术在身边结了个护体结界！一想到方才进来时燕七歌说过在结界里就算是仙妖魔鬼都用不了法术护体，心中大惊失色：燕七歌到底是什么人，这结界对他竟然不起作用？不过此刻燕七哥正全神看着王老夫人，她只能暗自收起惊讶，疑惑不语。

　　燕七歌将灯笼提高，置于王老夫人额前，朗声问道："堂下者，我且在此问你，你可是自愿入引魂灯笼为芯，以魂为祭？"

　　"我愿意。"王老夫人垂目应话。随即，那灯笼如懂话的活物一般发出粉色光芒，自灯笼下显出一缕薄烟，在空中渐渐散开，将王老夫人包围。

　　不多时，王老夫人在薄烟中的身形变得模糊，所着衣物的颜色越来越淡，直至素白。她摊袖看了看变得一身素装的自己，有些凄然地笑了笑，最后将目光停止在跪于地上一动不动的王县令。"我儿，保重！"

　　随后王老夫人用一种带着感激的目光看向燕七歌，冲他微微颔首示谢，看得玉桑不由微皱了一下眉。眨眼间，王老夫人便消失不见，空中的薄烟散开后又重新聚拢回到灯笼内，灯笼的光芒在一刹的刺目后恢复常态，不经意间，有一圈银色的发丝自灯笼下轻轻飘落在地上。

　　随着一声轰响，被烧了许久的房梁几乎在同时倒下，悬于空中的守魂尊者在大火压下的瞬间消失。玉桑佯装尖叫着伏倒在地，同时迅速出手，将就要落入火中的那圈银丝收入掌心，又装作害怕的样子打着滚儿闪到一边。

　　"把手给我。"慌乱之中，燕七歌唤出声来。玉桑看到满是烟尘的眼前伸来一只手，想也没想就赶紧握了上去。燕七歌拉着玉桑自地上站起，玉桑丝毫没有准备就扑到了燕七歌怀里，好闻的书墨香掺着些檀香，嗅了满鼻。

　　"走！"随着燕七歌一声轻喝，耳畔传来急速风啸之声，眼前事物急速扭转模糊，脚下变得空空如也，吓得玉桑不由闭上眼抱紧了身边人的腰际。

　　似是眨几下眼的工夫，周围逐渐变得安静，脚下有了实处，玉桑小心地睁开眼看了看，一抬头就看到燕七歌鄙夷中带着软刀子的眼神儿。玉桑一个激灵，赶紧松手后退，干咳了两声。

好在燕七歌似乎并不太计较玉桑吃自己豆腐的事，转身看向身后已经烧成一片火海的县衙。那层布在外面的灵媒结界已经消失，衙内传来惊叫着逃跑和救火的人声。见到衙门大门着火，阻了里面的人逃生，燕七歌挥手划出一道灵力将燃火的大门推倒，立刻就有衙内的下人纷纷逃出，自他们身侧跑过。

慌乱的人群之中，浩然白衣的燕七歌一手提着灯笼，一手负于背后，英俊五官在火光映照之下无甚表情，却似是在看着眼前的大火深思着什么事。玉桑站在燕七歌旁边，也看着大火，只是在不经意间低下了头，悄悄自袖下探出手来，看了看方才乘乱藏起的那缕发丝，微弯起唇，然后又悄无声息地将它收起，装作全然无事模样。

"走吧，天快亮了。"燕七歌抬头看一眼天色，提着灯笼，转身缓步走开。

"王县令呢，你不救他？你可是答应了王老夫人的。"玉桑边小跑跟上，边问。

"我落了结界护他周全，等这火烧尽自会有人发现他，届时他会忘了种种往事。"

"全都忘记？"

"这是唯一保他的法子，重新活过，于他而言未尝不是件好事。"

"我有个问题……"

"问吧。"

"这么干脆？"

"我若不让你问，你不一样也还是要问。"

"嘿嘿，我只是奇怪，为何王老夫人吸他人精血时留下的伤口和王管家身上的不一样。"

"……"

"哦,我知道了,原来你早就知道王管家不是她杀的,是王县令杀的。"

"你都能想到的事情,我怎会想不到,那不也太笨了。"

"那你还……"

"王老夫人纵然害人有错,可她也是护子心切,她知道一旦自己亡故那蛇妖必要寻上门来报仇,所以才甘愿犯下罪孽以求延寿。说到底,她也只是为了能让王县令好好活着,并非无情无义的大恶之辈。可怜天下父母心,既是王县令将不再记得前事,我又何必非要追究,我只收妖,不过问捕凶。"

"所以,王老夫人才会在最后向你点头致谢。"

"你倒是眼尖。"

"不过,你敢说……王老夫人愿意进你的灯笼作祭,不是也有此原因?你默许她不追究下去,放过王县令杀人之罪,她才那么甘心……"

燕七歌没有说话,神色如故地前行。玉桑明白自己是说过了头,便赶紧收住了话,同时心中也肯定了自己所料不错,燕七歌果然是有自己的图谋在里面。

从初到云碎城,再到找到魂器,收王老夫人的魂魄入引魂灯笼为祭,所有与之有关的人都在一夜间或死、或失忆,这里发生的一切,每走一步似乎都在燕七歌的计划之中。他虽然收妖,却没有如凡人道士一样的心软和伸张正义等诸多原则,与其说他是在收妖平害,不如说他是有别的目的,是在为自己图谋。这个提着引魂灯笼的男子,他到底是谁?又有什么秘密?

不过,这一切的疑问也都只是停留在玉桑的心里,面上她滴水不露,依旧装作无知,好奇地跟在后面,追着燕七歌。

"蛇妖呢,她逃了吗?"

"方才落下的屋梁将她压住了,这般大的火,估摸着应当是死了。"

"啊?你看见了,却不救她?"

"为何要救，她本就非善类。"

"咦，你不救她，却来救我，如此说来我就是善类了，你这是在夸我吗？"玉桑挡到燕七歌面前，边退着走边笑问。

燕七歌瞟了她一眼，道："真是只不知厚脸为何物的妖。"

燕七歌让开挡在面前的玉桑，径直前行离去。玉桑赶紧又追上，问道："那个染晴呢，就是那个真染晴，凡人的那个？"

"你的问题太多了，再这般多嘴就不要跟着我。"

"谁要跟着你，别自大了，我只是有一丁点，一丁点的好奇而已。"

"闭上嘴。"

"干吗这么凶？哦……我知道了，你是因为方才我吃了一小丁点的豆腐，所以……"

"你真烦人。"

"不要那么小气嘛……"

……

天色开始一点点由黑暗变得灰白，在宁静的北门大街上，一盏灯笼的火光伴着两个身影远去，一个清亮冷漠的声音和一个有些聒噪的声音渐渐消失，独留下北门大街尾处的大火在黎明前熊熊燃烧。

不知何时，在烈火焚烧的噼啪声中，有披着斗篷的人轻轻击着扇骨出现在不起眼的街边。看着渐渐消失的两人，斗篷下的唇微微弯起，然后又悄无声息地退回黑暗之中不见。

灯笼的火光最终消失在街巷间弥漫的浓雾中，乐声也在烈火中缓缓消失。依稀有谁家的公鸡打了鸣，晨雾渐散的东方天边有天光浅浅露出，似乎，阴雨数月的云碎城今日会迎来一个艳阳天。

第三章

风间亡灵祭

七月,流火日,忌破土,宜婚嫁,大利西南。

红珠江畔,晨曦。天光微亮,在天水相接的东方,朝霞正如烈火一般将半边天空烧红。天空下,一望无垠的江面被映得发红,远远望去,竟如一江鲜红的血液正在微微泛浪。

"新娘子,穿红衣,嫁了阿芽有福享,红彤彤的珠儿满地走,白灿灿的树儿长过头……"

隐约间,有孩童的歌声自江岸的芦苇后传来,越来越清晰。又有锣鼓声传来,热闹喜庆的乐声渐渐靠近,不时就传遍了整个红珠江畔。

"停!"有年老沙哑的声音自芦苇后响起,所有的乐声立刻停止。

"就到这里了吧,把喜船请出来。"

"是,村长。"

高高的芦苇荡边一些水声响起,哗哗声过后,有一只绕着大红喜绸的竹排漂了出来。竹排上坐着身穿大红喜服的女子,头盖红巾,双手合拢置于膝上,虽看不清面貌,但仅从那双白皙纤柔的双手来看,她还非常年轻。

竹排自芦苇荡中缓缓离开,漂向泛着血红的江面,隐约间似是有谁在芦苇后哭泣了两声,然后便再不可闻。

"送新娘,乐起!"

欢喜热闹的乐声再次在芦苇荡响起来，伴着载有红衣新娘子的竹排漂到江心。在通红的朝霞下，新娘身下的竹排开始一点点渗水，不一会儿，她的鞋裙都浸入了江水中，然后是整只竹排缓缓沉入江中，直至新娘整个人没入水中，只有她头顶的红盖头留在了江面上，随水波微微荡漾。

不知何时，江畔芦苇荡里欢喜热闹的嫁乐声开始变得绵长哀怨，再仔细一听，竟已变成了葬乐。在开始渐行渐远的葬乐声中，天边的霞光渐渐弱下去，太阳自江面露出头来，发出银白刺目的光，新的一天来临了。

"哗！"

突然，就在方才红衣新娘子沉下去的地方，有一个头从水中钻了出来，大红的盖头被她正好自水面顶起，湿答答地覆在头上。

随后又有一个女子的头被拉出水面，那女子一头黑发已经散开，雪白的面孔毫无血色，更衬得身上的红色新嫁衣犹如血色，着实生出诡异恐怖之感。

"燕七歌，燕七歌你给我出来。"头顶盖头的人仰着脖子发出怒吼，边吐着嘴里的江水边四下张望，最终在一处碧绿的芦苇荡边看到了那个一身白衣的男子。

燕七歌立在一只青竹筏上，一手提着灯笼，一手习惯性地负在背后，御水临风而来，衣袂飘飘的模样如兰芝玉树，真真是好看到无力形容。

不多时，燕七歌在浮于江面的人身边停下，微探了腰身伸出手来，纤长的手指缓缓挑起江中那人头顶上的红色盖头。这大红盖头下露出来的可不是那张粉面带羞的美娇娘脸，而是一张怒气冲冲的脸，可不就是玉桑。

"上来吧。"燕七歌冲玉桑伸出手来。

"燕七歌，是你，一定是你，肯定是你故意把我推下去的。"玉桑怒斥。

燕七歌没有直接回答她的话，反指了指被玉桑托在胸前的红衣新娘，道："乖，听话，先把这新娘子弄上来，否则就泡坏了。"

"凭什么听你的，泡坏了也跟你没关系。你要真想救她为什么不自己救，把我推下水，就不怕我也泡坏了？！"

"你是妖，又是竹妖，哪那么容易就泡坏了。"

"我好端端地睡着觉，还做着梦呢，忽然就落在水里了，这多吓人。"

"好了好了，下次，下次定在你醒着的时候。"燕七歌随口敷衍，借玉桑的手将红衣新娘弄上竹筏平躺放下，再把玉桑也拉上来，见她虽是衣衫尽湿，却没什么损伤，燕七歌这才转身蹲下给那新娘子把脉。

玉桑上了竹筏，边拧着衣服上的水，边冲正为那个新娘子验伤的燕七歌撇嘴，没好气地唠叨抱怨开来。

燕七歌任由玉桑数落着，没有理会，直到帮那女子验完伤，确认该女子只是呛了些水，接着再帮她逼出肺腔中的积水。见玉桑似乎还没有停口的意思，这才站起身来，连蒙带哄地道："救人一命，胜造七级浮屠，你这样一想便知道我是为你好了。行善积德，多为善事，没准儿哪家菩萨或是哪位仙尊看见，就能点化你得道，对你修行必是大有裨益的。"

"说我是妖，就推我下水，那你还会法术呢，怎么不自己下水？你怎么不行善积德？！"玉桑没好气地将燕七歌的话全顶了回去，翻了一个白眼，转过身继续拧衣服上的水。

本以为燕七歌会扯出别的理由来推脱，顺便再说教她，却不想燕七歌竟突然没了声音。隔了一会，低头拧着衣服的玉桑突然脑中灵光一闪，意识到可能戳到什么点子上了，慢慢转过身，上下打量燕七歌一番后，贼兮兮地伸长脖子试问道："难不成……难不成你竟不会水？"

燕七歌一听，脸色立马不太好看，方才还哄着玉桑的劲头立马没了，变成了平日那张冰霜脸。

"原来……原来你真不会水，我……"玉桑如发现大稀奇事儿一样叫了出来，兴奋得刚张了嘴想要挤兑，却被燕七歌冰刀子似的眼神儿一瞟,又没了胆子,收了声,把后面嘲笑的话强咽下肚。

"我不过是心疼这身衣裳,上个月才新做的,又是锦锻织纺料子。"燕七歌转过身,负手,远目看向江面。

"嗯,我懂,我真心懂。"玉桑强忍着笑点头,心里却全然不是嘴上应着的那么回事儿。原来,这个看起来总是一脸镇定,遇到什么都面不改色,收妖、诛邪、法术超群的人竟然会怕水,她终于发现他的小辫子了,玉桑在心里偷着乐。

入夜,红珠江畔的芦苇荡后升起一堆火,火堆旁边是间仅供一人能进出的茅草屋子,屋高仅是普通人家房屋的一半。屋子是以枯黄的芦苇梗扎把连结所建成,但却建得很用心,每一处都用草绳连系得很结实。屋内有一张小桌子,仅是普通人家所用桌子的一半大小,桌上摆着香案,设三鼎,鼎中插着许多残香余烬,似乎是时常有人来上奉香火。

在三鼎后面放着一只很小的供奉底台,台上没有平日常见的菩萨或是土地之类的神灵,而是放了一只造型奇怪的八角盘。那八角盘面呈灰黄色,底呈青蓝色,盘内印刻着繁杂的上古文字,八个角呈花瓣形状向外张开,每个角上系有一只小铃,似乎是用来供奉什么东西的。

"这盘子好奇怪,从来没见过这样的盘子。"玉桑支着脑袋趴在桌边出声。

"你没见过的东西多了去。"燕七歌打掉玉桑要去拿盘子的手,顺便扯着她将她自小屋里拖了出来。

"干吗?干吗?衣服都扯坏了。"玉桑挥着胳膊打开燕七歌的手,一脸怨气。

"你是妖,施点法术补补不就全好了,叫嚷什么。"燕七歌瞟她一眼,松开手,自顾自转身就要重新回茅草屋。玉桑一看,立刻又叫了起来。

"喂喂喂,我都在里面铺好了床,那是我今晚要睡的。"

"屋里睡不下两人,你睡屋外,这里还有这么多草,自己再去外面铺一个不就是了。"

"凭什么呀,明明是我先在屋里铺了床,你干吗不睡在外面?"

"吵死了。"

"你嫌我吵?你竟然还嫌我吵?!你给我出来……出来……"玉桑伸手就扯着燕七歌的袖子要将他从门口拉开,可就在拉扯了一阵儿后,忽然感觉有什么东西不对劲。

背后似乎有阴风习习吹来,好像有谁站在自己身后,再看燕七歌的脸色也发生了变化,玉桑更是心头一紧,心里敲着小鼓,缓缓侧过头,立刻被吓得叫了一声。

"啊呀,鬼!"玉桑下意识地跳起来,飞快地扯着燕七歌的衣袖,蹲身躲到他身后。

燕七歌立在原地,一副泰山崩于前而面不改色的姿态,神色平静地看着将玉桑吓得跳脚的人。一身大红衣裙,乌黑的长发从双肩垂下,隐去两侧大半脸颊,苍白到没有丝毫血色的脸在杂乱的发间半露,这样一个女子突然在身后出现,也难怪会吓到人。

"我……我没死?"女子出声,抬手摸了摸自己的手臂,又伸手在脖颈间试探温度。

"原来是你醒了呀。"玉桑这才恍然明白过来,这哪里是什么鬼,分明就是自己今天救起的新娘子。之前那新娘子一直在昏睡,就将她安置在了火堆旁边躺着,却不知她何时就醒了,还悄无声息地站起来。

"公子,是您救了我?"那女子不笨,虽然醒来时很惊讶,但也很快猜测到了些大概,向坐在火堆对面的燕七歌询问。

燕七歌挪动步子,刚要回答那女子的问题,才发现玉桑还拉着自己的衣袖,便侧过头白了她一眼,道:"你是妖,竟然还怕鬼,丢不丢人?"

"我……我乐意,你管得着!"玉桑嘴硬,甩开燕七歌的衣袖别过眼。

燕七歌心里暗自笑她死鸭子嘴硬,不再理会她,转而看向对面的女子,道:"我与婢女路经此地,意外发现江中有人,便将你救起,举手之劳而已。"

听得此说，背对着燕七歌的玉桑暗自叫了声"骗人"，扭过头侧眼去瞪他。天晓得为了救那新娘子自己是费了多大的劲儿，到他嘴里就成了顺便之事；而且，他们是在江边亲眼看那些村民将新娘子送入江中，再眼睁睁看着她沉入水中，明摆着这是一种祭祀，他竟然睁着眼说瞎话还装不知道；还有，最最重要的就是，谁是他婢女了，谁是他婢女了，你全家都是婢女！

面对玉桑软刀子般的目光，燕七歌却是一脸风轻云淡，面色温和，微笑着道："见姑娘这身打扮，应是待嫁新娘，不知何以会落入江中？"

听得此问，那女子立刻面露悲戚，微垂下头，犹豫了片刻才道："我是村里选送出来的祭婚娘子，并非是意外落入江中，而是……而是要嫁入江中，与江司为妻，以换红珠村一年风调雨顺。"

"江司？"

"嗯，就是红珠江的掌水神仙，他可控制江水起落，号令潮汐，让红珠村免于江水泛滥之灾。"

"原来如此……"燕七歌点点头，随后似有深思，透过他眉眼间的那点神色，玉桑顿时明白，此时他心中已经有了计划。

燕七歌没有再问，那女子就小心地开始打量他，见到他被火光映衬的英俊面孔和一身白衣出尘的翩然模样，苍白如纸的脸上不禁微泛起了些许红意，羞怯地柔声道："公子救命之恩，茗然铭记在心，永世不忘记，不知公子要如何称呼？"

"姑娘唤我燕七便可。"

"茗然拜谢燕七公子大恩。"那个叫茗然的女子冲着燕七歌屈膝行礼，样子十分温柔娴静，连玉桑都看得不由心里一软，真是温柔美人呀。

"客气了，不知姑娘现在的身子可有何不适，可要送姑娘回家？"

一听到回家，茗然才转好点的脸色立刻又变得惨白一片，惊恐地退后了半步，然后提裙就向燕七歌跪下，泣声道："公子，我求您不要赶我走，我愿留在公子身边为奴为婢，以报公子救命之恩，只求公子不要赶我离去……"

茗然身材纤细,兼得腰柔骨软,再配上此时那张苍白无血色的鹅蛋小脸,真真是楚楚可怜、梨花带雨。这般的美人儿跪到自己面前,怎是天下哪个男儿看了都会立刻酥了骨头、软了心肠。连玉桑都被她这模样打动,本以为燕七歌也定是同情她得紧,应了她这个请求,可谁晓得燕七歌偏偏就没什么表示,立在那里始终不应声。

"求您了公子,求您不要赶我走……"燕七歌不应声,茗然哭得更是可怜,冲着燕七歌就磕起了头。

半晌过后,燕七歌依旧一点反应也没有。见茗然还跪在沙石地上流着泪,玉桑倒是先看不下去了,也不管燕七歌的脸色,上前就去拉她的胳膊,让她站起来,道:"你快起来,不想回家就不回了,反正……反正我们也没什么急事儿,你先跟着我们,等你想到有去处再离开我们就是。"

茗然听此,如见救命稻草,扶着玉桑的手就又要冲她跪下,口中感激地道:"多谢姐姐,姐姐真是菩萨心肠……"

玉桑被这一声"姐姐"叫得心尖一酥,不自觉地感觉自己长了份儿一样,再听自己被夸得跟菩萨都齐肩了,心中更是得意,更决定要好好照料茗然,笑得跟花一样道:"不用这么客气,不用客气。"

"姐姐大恩,茗然此生此世定不敢忘记。"

"小事小事,你现在身子弱就快去休息吧。"玉桑乐呵呵地推着茗然进了旁边的茅草屋子,还不忘将自己身上的外衣脱下来递给她,提醒她睡时披上。

等茗然进屋休息下,玉桑才心满意足地转身,乐呵呵地哼着小曲到旁边取草,寻处地方铺垫,可铺着铺着就感觉有些不对了,抬头一看,果然看到燕七歌正盯着自己。

"看什么看,没见过勤劳的美女吗?"玉桑没好气地哼哼。

燕七歌负手而立,微偏了下头打量玉桑,有些嫌弃地动了动唇,道:"真不知道你脑子里都装了些什么。"

"你管我! 我脑子里有什么,也比你这种没人性的人冷血好!"

"原来你是在气这个。"燕七歌似笑非笑,像是恍然大悟一般。

见燕七歌这般模样,好像之前他那么无动于衷一点都没做错,玉桑蹭地一下站起来,抬着下巴,义愤填膺地说教道:"瞧瞧,人家那么一个弱女子被送去当祭品,多可怜呀,好不容易逃过一劫,这月黑风高的,你就又要赶她走,你还有没有一丁点的同情心?"

"看样子你很同情她?"

"我又不像某些人那么冷血。"玉桑没好气地丢下一句,转身取了包袱里随身带着的一条毯子,继续蹲下身子铺草垫。

"好了,既然你想留下她,那就留下吧,我不赶她走了,这样行不行?"燕七歌在背后叹了口气。

玉桑皱眉,以为自己是听错了,要知道燕七歌可从来都是用鼻孔看人,从来不服软的。

"真的?"玉桑扭过头问。

"真的,你高兴就行。"燕七歌少有地给了个笑脸,虽然只是一闪而过,但也让玉桑忍不住在心里惊艳,真是一张"拉仇恨、招妒忌"的脸,长这样一副皮相,只要能给个笑脸,立刻让谁都恨不起来。

见玉桑花痴着一张脸,双眼泛桃花的模样,燕七歌心里狠狠鄙夷了她一把,不过面上却笑得更是迷人,还放柔了声音道:"看我对你这般有心,你是否也应当回我些心意?"

玉桑听着,迷迷糊糊就点了下头。

"嗯,那好,先去给我打些水来喝,再结个法阵在这周围,省得招来了蛇虫鼠蚁扰我休息……"

玉桑完全是犯了花痴,连燕七歌说的什么都没听清楚,赶紧又点了点头,然后迷迷糊糊地就接过燕七歌递给她的水囊起身去取水。

走出几步,玉桑脚下一绊,险些摔倒,背后惊出一层细汗,同时她一下子回神,看看自己手里抱着的水囊,这才突然明白自己糊里糊涂竟被燕七歌给当婢女使了,随即有些恼火地转身,刚要说话,看到的情况立刻让她的火气更上一层。

只见燕七歌正悠闲地半卧在玉桑铺好的草床上, 活脱脱一地主模样,看玉桑站在那盯着自己,他不仅丝毫没有收敛,反而指了指旁边的小路方向,道:"朝那边一直走,有溪流可以取水。"

玉桑火不打一处来,刚要出言反驳,燕七歌却似早有料定一样,拦了她的话,接道:"唉,你方才可是点了头的,难不成要反悔食言? 若是这样的话,那也休怪我反悔,赶走你要收留的人了。"

说到此处,燕七歌停了一停,看着玉桑,惺惺作态地叹息了一声,又道:"方才还说我冷血来着,这下有人不仅冷血,还要落个反复无常、食言而肥的名号了。"

"谁说我要反悔了,不就是……不就是打个水、结个阵嘛,还难不倒本妖。"玉桑忍着火气,转身就朝着溪流方向去打水。

"若是方便,再捕条鱼,洗净了带回来烤给我吃,我今日还未曾用晚膳;不方便的话……也要捕一条回来。"

捕鱼,大晚上的捕鱼,真不是件妖干的事儿。玉桑在芦苇荡里跑来跑去花了一个多时辰,才摸着黑捕了一条像样的鱼上来,边洗着鱼边骂燕七歌:天杀的,喝水是吧,希望这水呛死你;吃鱼是吧,希望这鱼刺卡死你。

"丫头,让你弄条鱼,你难不成现去养了? "燕七歌在玉桑身后不耐烦地叫问。

"好了,马上就好。"玉桑扯着嗓子应声,手里把鱼鳔当成燕七歌的头狠狠捏了个粉碎,把带着血的鱼放水里洗了洗, 拎起来就朝火堆边走。

"我说,你是竹妖,捕鱼不应该很容易嘛,折腾了这么久,我都快睡着了。"半靠在草垫上的燕七歌没好气地道。

正在找东西将鱼架到火上的玉桑听到他这样说,疑惑地"嗯"了一下,不明白燕七歌的意思。

"凡人百姓,有削竹为利器,执竹捕鱼之术……"燕七歌继续道。

玉桑的嘴慢慢张大,瞳孔放大了几分,然后便咬牙切齿地眯起眼,道:"按你的意思,难不成要我将自己的胳膊扯下来,削成竹叉,再给你捕鱼吃?"她突然如被点着的炮仗一样跳了起来,看着燕七歌还丝毫不知悔改地摆着那张无辜的脸,只觉得自己很是内伤,指着燕七歌,气得直发颤,连话都说不清楚了,"你……你……"

"要说什么好好说,别好的不学,学结巴说话。"燕七歌似是有些怪嗔地教育玉桑。

玉桑立刻觉得有一道闪电闪过头顶,一股腥血就要涌上来,很想吐上几口血,却无血可吐,只能将气愤发泄到别处。她迅速出手在身侧的芦苇荡里一扯,以指为刃,刹那间将一根芦苇斩断为三节,当空握住中间的一节,咬牙瞪着燕七歌,对着手中的鱼狠狠一插,那芦苇的梗就瞬间自鱼口穿腹而过,自尾部伸出头来。

"瞧见没有,并不是只有竹子能叉鱼!"玉桑恶狠狠地说着,一甩手就将还滴着血水的鱼架到了火上,似乎那鱼就是燕七歌一般。

燕七歌看得有点讶异,微挑了下眉,摸了摸鼻头,轻咳一声道:"我只是想,兴许你的头发能变些竹枝之类的便足矣,哪晓得你竟想着狠心取了自己的手臂为我捕鱼,啧啧啧……"

"你以为我是孙猴子吗,扯根儿头发就能再变个自己出来?"玉桑愤愤地打断。

燕七歌打量了一眼玉桑,随后缓缓念道:"《妖志》有记,'凡诸,妖性惠灵,可通性,以毛发为体,借以小许己力,可取形尊之体为用。'"

玉桑并没看过多少书,自然没听明白这段《妖志》记文的意思,只当燕七歌在扯淡,更是没了好脸色,不断冲他翻着白眼,道:"什么乱七八糟的,说人话。"

"你不会连'取发变形'这类法术都不知道吧?"燕七歌说着,伸手就拔了玉桑头上的一根发丝在指间,将发丝放到玉桑的手中,握住她的手闭目屈指捻了个诀,随着玉桑手中泛起光亮,就平空多出一根大拇指粗细的青竹。

"这……"玉桑看到自己手中多出的青竹,原本的气愤劲儿瞬间消失,取而代之的是惊讶。

"唉,没文化真可怕。"燕七歌嫌弃地摇摇头,收回手,翻身侧过头,闭目休息去了,同时还不忘补充一句,"好好烤鱼,莫要焦了,熟了叫我。"

翌日,天色未明,玉桑还做着梦,忽然就觉得有什么东西不停地在自己鼻头上扫来扫去,弄得她痒着鼻子打了个大喷嚏。

"干什么呀,天还没亮呢?!"玉桑迷迷糊糊地嘟囔着,以为是燕七歌在捉弄自己,可片刻后又想到以燕七歌的性子是干不出这样无聊的事的,便张开了一条眼缝。

只见一团白乎乎的东西正挡在自己面前,像是狐狸的尾巴,看起来软软的,很柔顺。那东西在玉桑面前晃来晃去,正好挠到她的鼻子。

"醒醒,醒醒……"那团白乎乎的东西发出细微的声音。

"谁?"玉桑一下子睡意全无,蹭地从铺着草的地上爬起来。

"怎么了?"原本盘膝在对面草垫上打坐休息的燕七歌被这一声喝问自浅睡中惊醒,睁眼看向玉桑。

"有一只……"玉桑指着自己方才睡过的地方正要说话,才说到一半,扭头却发现刚才那团白乎乎的东西早已经消失无影。

"有什么?"

"呃……可能……是怪兽,白白的,毛茸茸的。"玉桑摸摸后脑,支支吾吾说道。

不出意料,燕七歌又用一种嫌弃的目光看了她一眼,随后重新闭上眼睛入定休息。玉桑觉得有点委屈,自己明明是有看到东西的,可一转眼就什么都没了,任自己怎么解释都解释不清,燕七歌这会儿肯定在心里笑话自己胆小。

天快亮的时候燕七歌将玉桑叫醒,让她去把睡在屋里的茗然叫醒,顺便问问她这附近可有能投宿的地方。因为茗然不敢回家,害怕被村子里的人们再次投到江里,虽然东边红珠村离得近,但却是不能去,只能选择南边的胡柳镇集。

他们在日出之前出发,沿着波光浮动的红珠江走了两个时辰就到了渡口,又沿着渡口一直朝南走,走了约摸半个时辰就到了一处集市上。集市并不很大,但因为将近晌午,街上人来人往,倒也颇为热闹。

"镇子较小,仅此一间客栈。"茗然将燕七歌和玉桑领到一家叫胡柳客栈的门前,开口说。

说是客栈,这里不过两层楼,楼面半旧,许是少有客人的缘故,连大门上客栈的招牌都旧得掉光了漆没人打理,若不是茗然指着说是客栈,还真不容易认出来。

"那就这儿吧。"燕七歌说着,领先进了门。

已经累得没力气的玉桑随后,眼看就要跟着燕七歌进去,却不料燕七歌忽然转过头来,将她推在了门槛外,道:"你去成衣铺子帮茗然姑娘买些衣物来。"

"我好累,让我休息会儿,喝口水先。"玉桑说着就要进门。

"让你去就去,听到没有?!"不知道为什么,燕七歌忽然就变了脸色,声音也变冷几分。

"你凶什么凶,我又不是……"玉桑本就不喜受人约制,更不要说被人命令,见燕七歌这样态度,立刻心里不爽,开口就要反驳,想说自己又不真是他的婢女,却已被燕七歌打断。

"不听话就不要跟着我。"燕七歌盯着她,那脸色似乎不容置疑,好像玉桑只要再反驳一句,真会让她立马走人一样。

玉桑在心里暗暗思虑,若真与燕七歌撕破脸,于自己是百害而无一利。所以,她还是决定要忍得一时,将到嘴边的话咽了回去,改了口,赌气又无奈地接道："我这就去。"

"去吧。"燕七歌没太多情绪地挥挥手。

玉桑转身离开，心里疑惑重重，挪着步子走动几步，忍不住回头看了看，只见到燕七歌正引着茗然朝客栈里走去，那茗然一袭红衣施施而行，婀娜多姿。

胡柳镇不大，可因为不熟悉，玉桑还是费了些工夫才找到间成衣铺子。选了套衣裙买下就要回客栈，却不想刚出铺子走了一小段路，就感觉有些不对劲，似乎总有人在跟着自己。

玉桑警惕地用余光左右探看，脚下却不停，继续朝前走，在一处巷口处她迅速闪身躲了进去，想等跟在她身后的人自己送上门来，可等了好一阵，却什么也没等到，伸出头去看，街上除了三三两两的行人，其他什么也没有。

"都怪燕七歌，把我气得都疑神疑鬼了。"玉桑拍拍自己的额头，嘟囔着抱怨，又重新走上正街朝客栈而走。

而就在玉桑离开巷子不久，方才玉桑藏身之地渐渐有股白烟自地下腾升起来，白烟散尽之后，一只通体雪白的小狐出现在地上，在原地跳动了两下后，小狐便悄无声息地朝着玉桑离开的方向跟去。

回到客栈，玉桑一进门便见到正在收拾桌子的小二。见到玉桑，那小二搭了搭肩上的毛巾，边继续擦着桌子边道："是燕公子的婢女吧？他留了话，让你回来后直接去二楼天字间。"

"哦。"玉桑迷迷糊糊地应了一声，径直上楼，上了二楼口才又想起自己没问清楚天字间怎么走，想要回头再问问小二哥，可回头看楼下，哪还有半点人影。

好在这客栈不大，二楼的客房也不多，按着门上的字牌玉桑很容易就找到了天字间，她以为这是燕七歌所居之处，抬手就要叩门，却听得里面有谈话声。

"公子，尝尝这个，这是胡柳镇特产的酥茶。"

"多谢姑娘。"

"公子,你叫我茗然吧,不要再姑娘、姑娘地叫了……"

茗然语气温柔,似嗔还笑,便是未进门亲眼瞧见,也完全可以想象她此时的娇媚模样。玉桑心中暗笑,想必这茗然多半是将燕七歌当成了救命恩人,又见他生得好看,便动了春心,想顺水推舟再来一出以身相许的戏码。不过按着燕七歌那拒人千里又毒舌的性子,茗然肯定得不到好脸色。思及此处,玉桑收回了要叩门的手,贴近了门框等好戏。

"茗然。"却不想,燕七歌竟没有任何的反驳之意,随口就顺了茗然的意。

听闻燕七歌变得如此温柔可亲,玉桑先是讶异,随即竟莫名有些愤然,看来燕七歌那拒人千里之外、事事毒舌的性子也不是对谁都一样,见了茗然这样貌美的佳人,也会变得温柔起来。想到这些,玉桑瞬间没了看戏的心情,转身就要离去,却被屋内人唤住。

"谁在外面?"茗然的声音自屋内传来,随后门被打开,茗然还泛着微微红意的俏脸出现在了门口。

"原来是玉桑姑娘回来了,姑娘去了许久,还以为是出了什么事呢。"

玉桑心里在暗笑,若真是担心,怎不见她去寻自己,反是在这里和燕七歌相聊甚欢。她这是话里有话,明里说是担心,暗里却好像又在埋怨自己去得久了。

"东西买回来了,给你。"玉桑将装着衣服的小包递给茗然。

"辛苦姑娘走一趟了,进来吃些酥茶吧。"茗然轻言细语地笑说。

"我不饿,不吃了。"心情不佳,玉桑也不愿多与她客套纠缠,随手将衣服塞进茗然手里便转身离开,却不想茗然伸手便拉住了她的胳膊。

玉桑回头,只见茗然已然换上一副泫然欲泣的模样,道:"姑娘这是在气恼茗然吗?茗然自知本应葬命江中,是燕公子救我性命,我本应为奴为婢以报公子和姑娘的大恩,却不想还要劳烦姑娘为茗然操劳……

是茗然有错在先,还望玉桑姑娘不要怪罪……"

虽说玉桑的确不愿为燕七歌跑腿做事,但心里却丝毫未有过责怪茗然之心,看她这姿态言语,就明白茗然这番话无非是想说给屋里的燕七歌听来着,一来更显得自己可怜,二来又在无形中让燕七歌觉得是玉桑不喜欢她,可真是用心良苦要博燕七歌的怜爱。

她以为燕七歌只是个不经世事的公子哥,见了她这般模样便会同情她,然后就爱心泛滥了——那她可就大错特错了。玉桑暗自笑着,觉得茗然这下是打错了算盘,若换别的普通男子,她兴许能博个满彩,可偏偏这人是燕七歌,他见过多少妖物幻化的美貌女子,还不一样说收就收了。

可就在玉桑以为燕七歌不会理会茗然的做戏时,坐在屋里的燕七歌已经起身走过来,他负手看着玉桑,面色带着微微愠怒,道:"你不过是个婢女,让你去做件小事就耽搁了这么久,茗然是好意让你吃些茶,你不领情也就算了,何故还如此无礼?罚你面壁跪上半个时辰。"

"我……"玉桑不服气,刚要说话辩解,却不想茗然已抢先接了话。

"公子莫气,是茗然劳烦玉桑姑娘了,是茗然拖累公子……若是公子要罚,便罚我吧,不要怪玉桑姑娘。"茗然说得声情并茂,泛泪的无辜双眼,配上那她如弱柳扶风般的身姿,活脱脱一个身世飘零无依、幸得人相救性命却又遭人不待见的可怜模样,真是配得上"楚楚可怜"四个字。

"既然是茗然开口,那么就改罚你不许食午膳,下去吧。"燕七歌说着,挥了挥手让玉桑离开,似乎不想再见玉桑。

玉桑感觉窝了满肚子火气,站在门口盯着燕七歌,没有要走的意思。茗然看到火上浇油的好时机,明知此时玉桑心里恨着她挑拨,还是故作无辜地伸手去拉玉桑的手,笑着道:"还望玉桑姐姐不要气恼,要怪就怪茗然,我愿奉茶向姐姐赔罪。"

"不必了!"玉桑甩开茗然的手,狠狠瞪了屋里的燕七歌一眼,快步离开。

　　看着玉桑愤然离开的背影，茗然侧目以余光扫过转身进屋的燕七歌，唇角浮出一丝不易察觉的笑意，瞳孔中有浅碧色的光一闪而过。但也仅是一瞬，随后又恢复如常，重新以一副温柔的模样悠悠转过身，移步走向燕七歌。

　　在茗然那里受了委屈，玉桑就跑出了客栈。出门时已过午时，日头正烈，街上行人甚少，摆摊的人也差不多都收了摊子回家，不宽的街道上显得十分空旷。

　　在街上走了两圈，玉桑感觉腿有些酸了，一觉得累，便犯起了困劲儿，恰巧见到一处巷口有棵粗槐树，树粗叶繁，枝节盘错。她四顾一下，见没人留意，便轻身一跃落在了上面，寻了处斜伸出去的粗杆躺下。

　　"还是睡觉舒服。"玉桑感叹着找了个舒服的姿势，随手又从袖间取了块丝帕覆在脸上，以防有蚊虫趁她入睡时来叮扰她的脸。

　　这一睡也不知睡了多久，直到感觉有阳光在自己眼前摇摇晃晃。她眼睛睁开一线，侧仰过头看了看，发现好像有人正站在自己面前的树枝上。那人逆光而立，辨不清长相，身着金甲，手执长剑，异常霸气威严，竟是记忆中那个领军杀进风间皇宫的人。

　　玉桑的睡意顿时全无，想要坐起身子将那人看清楚，却发现自己竟然不能动了。她像被施了定身咒一般，只能仰躺在树枝上看着那个让她国破家亡的人就站在自己的面前。

　　"你是谁，你是谁……"玉桑努力地冲那人喝问，挣扎着想要坐起来，想要看清他的长相，却因为逆光，她只能看到他身上的黄金甲胄发出的耀眼光芒，根本无法看清他的脸。

　　渐渐地，那人周身的光芒变得刺目，他的身子开始后退着融进光芒里消失。玉桑更加努力地挣扎，同时大声叫着："你不要走，我要杀了你报仇，报仇……"

　　最终玉桑在一声低叫中惊醒，猛然睁眼，身子已从槐树枝上翻落。

她顾不得多想,赶紧伸手攀着槐树干借力一荡,双脚迅速踏过旁边的枝干,借力一个翻身,重新侧卧着落回树干上。揉了揉眼睛,看清面前只有细碎的槐树叶在摇晃不定,阳光从树叶间投下斑驳的光影,根本没有半点人影,一切都是梦。

"真险。"玉桑轻舒口气,目光不经意地扫过树下,发现树下不知何时已站了一个人,那人生得张好看的脸,着一身白衣,负手于身后,微微仰头正看着树上的自己,可不就是燕七歌。

"怎么是你,不用陪着佳人吗?"玉桑侧卧在树干上,没好气地问。

燕七歌并没有应她的话,轻身一跃,就落到了她旁边的树干上,负手看了她一阵儿,竟露出了些笑意。

"笑什么,没瞧本妖正生着气吗?"虽然燕七歌笑起来真是好看,可玉桑还是很气恼他。

"那就扰你生气了,你继续吧。"说着,燕七歌竟然真的纵身一跃重新落回了地上,负着手,头也不回地离开了。

本以为燕七歌出来寻她就是有心要找她回去,就算他那傲气劲不会说什么认错的话,好歹也会说点软话哄哄她吧,这样她也好有个台阶下,也就跟他一起回去了。可谁晓得这燕七歌人都来了,竟然就只是这样挤兑她一下又走了,这让玉桑感觉才消下一点的火气立刻又多烧了几把,偏偏这火还没处发,只能在她自个儿心里烧着,真是闹心又内伤。

"气死了。"玉桑愤愤一挥手,却不想老天爷也有心与她作对一般,她手起腕落之间,衣袖就被一节树枝勾住,随着刺啦一声,一大块袖口被拉了下来。

"连棵树都欺负我。"玉桑又气又笑地苦着一张脸,翻身落回地上,抬腕看着袖口,怒瞪了一眼大槐树。

之前在给茗然挑衣服时,玉桑就在成衣铺子里看中了一件浅碧色的衣裙,样式简单,但料子颇好,做工也是十分精细,她拿着瞧了好一阵,只是当时没想过要给自己买,便还给了老板。现在肯定需要换件新衣,这是她的第一选择。

再去成衣铺子,见玉桑进门,老板立刻当她是回头客,立刻笑呵呵地迎了上来。

"姑娘,我就算准了您会回来。"

"是吗? 看不出老板不仅会做生意,还能掐会算呢。"

老板嘿嘿一笑,将之前玉桑看过的衣裙取出来,递到玉桑手上,道:"姑娘,这衣裙着实与你相配,您先试试,肯定包您满意。"

玉桑去了里间屏风换衣,片刻后出来。那老板将玉桑打量了好几遍,一脸感叹的模样,道:"姑娘穿了这身衣服,真如天仙下凡一般。姑娘若是穿着这套衣服上街走一趟,那些个青年伢子后生肯定全都要将眼珠子瞪下来了。"

玉桑挑着裙摆左右看了看,不得不承认,这身衣裙穿在自己身上着实合身,而且自己也的确喜欢,便问道:"这个多少钱?"

"看姑娘穿着好看,我就去了零头,收姑娘十两整就好。"老板乐呵呵地眯起眼。

玉桑听着这价,心里咯噔一下,且不说她是只妖,平时对银钱没多少概念,便是有心去弄银钱,可她现在还没学会平空变出银钱的法术啊。

"老板,我没带那么多银子。"玉桑扭过头,将眉毛垂成了八字形,竟扮起了可怜。

"这么着吧,姑娘您说说,你一共有多少钱能给我。"老板故作豪爽地挥挥手。

玉桑赔着笑脸,有些忐忑地比了个"八"字。

"八两?"老板反问,然后连连摇着头道,"姑娘,你这个价太低了,不行不行。"

玉桑觉得自己已经多说无益了,虽然不舍得,可自己买不起,只能垂下头转身就要去里间打算将衣服换下。

见生意就要这样黄掉,老板的脸色立刻变了样,有些犯了急,一伸手拉住玉桑的胳膊,改口道:"哎哎哎,别急呀姑娘,生意都是谈成的。"

"我……"玉桑面色愁惨,想要解释,却还未出声,忽闻得一个隐隐带着笑意的清亮男声插了进来。

"老板,这衣服这位姑娘要了。"

只是很普通,很市井的一句话,却听来有一种令人无法言表的异样感觉,似是三月春风拂面般怡人,又似是春水映花那样的唯美姿态,让闻者心头舒然,不能拒绝。

玉桑听到这个声音,心中微微诧异,脑海中迅速划过一道身影,许多往事自心头呼啸而过,如团团白雾自面前拢来,然后又一一散去,诸多压抑在心底的记忆此时纷至沓来。片刻后,她缓缓侧过头看向门口,果然见到一个有些熟悉的身影。

此时门外日头正盛,照在成衣铺的门槛外。门槛处站着一个男子,黑发玉簪,凤目潋滟,身着玄色宽袖朱子深衣,腰系浅色玉勾束带,身形修长,阳光自他身侧穿落过屋内,将他的身形勾画得如梦似幻。

"这身你穿着好看,不必换下来了。"那男子向玉桑开口,同时将一锭银子丢向正呆呆看着自己的老板。

"走吧。"男子冲玉桑伸出手来。

玉桑看着那只手,愣了一阵儿,这才肯定是他真的找到自己了,一时百般滋味,朝前走过几步,将手伸出去。店外已有一辆暗红色的金丝楠木六角马车,两匹白马在前面静候,有一个身着青色衣袍的清秀少年执鞭坐在车前,男子带着玉桑坐进车内,马车就开始缓缓前行。

车内布置很简单,以青色绸底饰壁,浅色花纹烫花,两凳一桌,桌上置着一只红泥小灶,上面放着一壶茶水。

"坐吧。"男子在左侧的凳子上坐下,不急不缓地出声,只随意地在桌上的小灶边拂了下袖,那小泥灶里就升起了橙色的火苗,看那火光颜色与普通火光不同,便知是特意用法术所点的灵火。

玉桑小心地在男子对面坐下，动了动唇，似是想要开口说话，却又有丝犹豫，只是目不转睛地看看男子的一举一动，不愿意遗漏他的细微表情。

时间一点点流逝，虽然男子再没说什么，甚至没有抬头看她，但玉桑的脸却显得越来越紧张，开始不自觉地绞动着自己的手指。

"叮。"马车轻轻地颠簸了一下，桌上放着的青瓷茶盏发出一点响声，吓得玉桑忽然从凳子上站了起来，退后一步低下头，慌恐地道："我……我知道错了。"

男子并不抬头，只继续摆弄着小灶上的茶壶，片刻后才微抬了手，示意玉桑坐下，道："你许久不曾回霁雾山，也应该许久不曾喝过云霞茶了，尝尝这味道可有变。"

"我知道自己不应私自下山，仙君若是气恼玉桑，玉桑甘愿受罚。"玉桑微低着头，语气很是慎重，没了平日的那种不羁玩笑。

男子伸出修长的手提起茶壶，取过一只桌上的青瓷茶盏斟了茶推到玉桑面前，自茶水升起的浅浅白烟后抬起头来，一双潋滟的双目，像是拒人千里之外，却又带着一抹看似温暖的笑意。

"我闭关一百年，留你独自在霁雾宫中毕竟是孤单了些，不怪你。"

"真的？"玉桑不敢置信，微微抬起一点头去偷看对面的男子，想确认这是否是真话。

"怎么，不信我？还是，你觉得要领些罚才甘心。"男子在唇际勾起些笑意，那样的笑，立刻让整个车厢都温暖如三月。

玉桑受宠若惊，连连露出笑，道："不不不，仙君不怪我，我就放心了，不用罚。"

"瞧你这模样，似是从前我对你有多狠心一般，不知道的人还以为是小苦女遇上了恶霸主。"男子落拓笑言。

"谁不知道白芷仙君是天下最好的仙君！白芷仙君宅心仁厚，是天底下最善良的仙君了。"玉桑笑嘻嘻地说着好听话，重新坐回凳子上，双手捧了桌上的茶水喝下一口,立刻满口生香,自喉而下有股熟悉的感觉沁人心脾,玉桑忍不住深吸了一口茶香。

"瞧瞧你,方才还跟老鼠见了猫儿一样吓得脸色发青,这才一转眼就换了嘴脸来打趣儿我,看来还是对你太过仁慈了,需要治治你,立些规矩才好。"

白芷仙君虽这样说着,可却没有一丝责怪之意,抬手在桌上一拂,桌上就又多出一个精致的小食盒,盒里整齐地放着五色糕点。每一块糕点都有独立的小格盛装,糕点颜色纯正,是一种透明的质地,有水晶一般的光泽,这是以霁雾山独有的五色米磨粉所制成的,六界八荒之间,除了雪域之北的霁雾山上,再无二处可有。

"五色糕。"玉桑惊喜地睁大了眼睛,心急地拿了一块送进嘴里。

白芷仙君微笑着看着玉桑那猴急的模样。若是放到别人,这样的举止多少让人有些难堪,但玉桑做来却似乎一点都没有让他觉得不适。相比方才那个一举一动都噤若寒蝉的玉桑,他似乎更喜欢这个举止无度,甚至有些无礼的玉桑。

"真好吃,我快一百年没吃过五色糕了,想死这个味道了。"玉桑边吃边含糊地说着。

"那就随我回雪域去吧,留在霁雾山上,你可以随时吃到。"

听到这句话,玉桑正伸向糕点的手停下,抬眼看向对面的白芷仙君,脸上没了笑意,眼神中透出不愿意。

"仙君,我……我不能回去。"

白芷有一点失望,但却没有意外,很平淡地点了点头,如早就料定,道:"那可有为以后做好打算?那件事,你若是决心为之,便再不能回头。"

玉桑摇摇头,后又点点头,道:"我不知道,但若不试一试,我不甘心。"

"你呀,就是这样固执,将来迟早会后悔的。"

"仙君……"玉桑有些不安地开口,想要说话,发现白芷正看着自己,她又一个字都说不出来了。

白芷端起面前的茶盏浅尝,半晌后,淡淡地道:"你为什么就不愿意留在霏雾山陪我?你若想修行,我可教你得道;你若不愿意,我也能让你平安喜乐度此一生。你要的任何东西我都可以给你,这样不好吗。"

玉桑听不出白芷的任何情绪,但正是因为如此,玉桑明白,白芷这次是真有些生气了。她握紧了手中的茶盏,暗自深吸了一口气,这才鼓足了勇气,一字一句认认真真地道:"我知道,在霏雾山我可以得到任何想得到的,享受世间最好的,千万年继续受你保护。但若那样,就算隔了千万年我也不会真正死心,甚至将来我还会后悔。我姓宇文,我永远都记得父王对我说的最后一句话。"

许久,白芷都没有任何表示,没有说话,也没有特别的表情,微微敛目,长长的眼睫半垂着,眼神平静得如一汪湖水,似是在看玉桑,又似不是。

"白芷,你放我去吧,我会永远感激你。"玉桑放低声音请求道,做出最后一搏。

白芷像是丝毫没有听到玉桑的话一样,只愣愣地盯着前方。马车不知何时停下来,四周安静异常,只有桌上小泥灶中那一团火苗发出的细微的声响。就在玉桑以为白芷是拒绝了她的请求,要强行带她离开凡间时,白芷突然冲她挥了挥手。

玉桑微惊,在瞬间的讶异后明白白芷这是同意了她的请求。玉桑惊喜地站起身欲走,见白芷还是坐在那里一动不动,依旧没有抬眼看自己,她知道自己这次也许是真伤了他的心。

玉桑想要说些什么,比如安慰,或是解释一下,总之就是不能让白芷因为自己的离开而难过,可她想来想去,最后还是什么都没有说。白芷并不是她可以出言安慰的,如果他要怪自己,任自己再怎么解释也是无用。

　　思及此处，玉桑咬咬牙，在自己还没更多的时间去想更多、犹豫更多之前，飞快地掀起帘子跳下了马车。马车停在一处树林中，似乎已离集市很远，玉桑也没有多看，匆匆离开。

　　玉桑害怕看到白芷那种波澜不兴的沉寂神色，虽然从前也不曾见过他有多少情绪显于面上，就算他露出看似温和的笑容，她却总感觉很疏远，不能真正靠近，但那至少没有让她感觉到不安，可今日面对神色平静、一言不发的白芷，她真的觉得很不安、很难受。

　　如果不是白芷，当年她早就死在了结界里。她还记得，那日，有人将奄奄一息的她自结界中抱出，紧紧握着她的手唤她的名字。

　　"不要睡，我带你出去，你要坚持住！你是宇文桑，风间族的公主！你不能死，你要活着，一定要活下去！"

　　在生死的混沌中，她就是靠着这句话、这个声音撑了下去。

　　在后来的两千年间，白芷将她养在霁雾山中，为她续命，给她世间最好的一切。她因为精元受损，眼睛看不见任何东西，耳朵听不见任何声音，是白芷陪着她走过了最痛苦难熬的岁月，直到他找到了可以为她补足精元、重塑神形的方法。

　　白芷以一只紫竹妖入灵，将她的魂魄交汇其中，让她重新有了真实的生命，能听见、看见这个大千世界。在近两千年的岁月里，在茫茫无际的雪域北地上，白芷是唯一与他相伴的人，她有无数感激白芷的理由，伤害白芷的事情她这辈子都不想做。

第四章

离开白芷，玉桑回到胡柳镇已是日落西山。街上没了行人，静得出奇，显得有些诡异，但玉桑只顾着低头想心事，根本不曾留意。直到撞到了一堵人墙，玉桑才慌里慌张地回过神，边退后边忙说道："不好意思，不好意思……"

可等她看清面前的人竟然是燕七歌时，她长舒了一口气，有气无力地翻了翻眼珠，道："原来是你，大晚上的站在这里做什么？"

燕七歌没回答她的话，只是不冷不热地看着她，一手负于背后，一手提着灯笼，气质卓然。

"这么看着我做什么，难不成我脸上长了花？"玉桑见燕七歌只看着自己不说话，便又没好气地嘟囔了一句。

燕七歌依旧没出声，还是就那样看着玉桑，眼神似是清明一片，却又像是深邃如井。玉桑不自觉地感觉脸颊上泛起了热意，有些不自然地挥了挥手，道："好了好了，算你赢了，我没心思和你置气，你爱站这儿就站吧。"

说完，玉桑有点慌张地绕开燕七歌，错开他看着自己的目光朝前街走去，走了十几步，却没听到背后有跟上来的脚步声，玉桑又忍不住停了下来，回头去看燕七歌。

燕七歌依旧站在那里看着玉桑，月光皎皎，映衬着他一身白衣浩然，灯笼的光亮在他身前发出光晕，竟似入画一般。

"你不会真要站在那里盯我一晚吧？"玉桑指指他的脚，在感觉到他的目光一直滞留在自己身上不曾移动后，脸上不知为何更热了。

就在玉桑已经不知道该说些什么时，燕七歌终于动了身，还是端着他平日闲庭信步的姿态，提着灯笼走了过来，径直走过玉桑身边，朝前走去。

玉桑立在原地，没明白这是什么意思，好在已经走过一段的燕七歌没有继续沉默，虽然声音很淡漠，但好歹还是出了声，道："还不跟上。"

"哦……"玉桑拖长着音，像是极不乐意，但脚下还是小跑着跟了上去。

两人在街上走了一阵，都没说话，玉桑在心里腹诽了一阵后，还是先沉不住气，侧过头试探地问道："你是特意出来找我的？"

"你说呢？"

"我是在问你，你不要每次都让我自己说，那我还问你做什么。"

"那你可以不问。"

"你……你……你果然不是好人，每次都非要气死我不可。"

"凡人也不曾听过有多少是被气死的，你是妖，若是有一日真被气死了，那也只能说明你自己不争气。"

"燕七歌！"玉桑咬牙切齿地吼了一声，停下跟着燕七歌的步子，站在原地瞪向他。

燕七歌走过几步，在发现玉桑停下了步子没有跟上来后，料想她是真有些生气了，才停下步子缓缓转过身去。

"我是妖，但我不是白痴，也不是铁打石头做的，你若真那么讨厌我，大可直接说了让我走便是，我不是离了你就活不了，也不会死皮赖脸地贴着你不走……"玉桑愤然开口，将这两日的火气全撒了出来。

见玉桑发火，燕七歌依旧很平静，好像这火完全不是冲着他来的。他只静静地看着玉桑将火气撒完，悠然眨了眨眼，道："知你这两日受了委屈,见你那憋在心里的模样,活活像个受了气又不敢说的小媳妇,这下可舒服些了?"

玉桑没想到燕七歌竟然会说这样的话,一下子懵了,在明白燕七歌竟是故意要让自己发火,不让自己将事儿憋在心里之后,原本的火气没了,竟在心里生出了点甜丝丝的暖意。

"走吧。"燕七歌向玉桑伸出一直负在身后的手,唇畔少有地显露出些许笑意,虽然不太明显,但已实属不易。

这前后不过瞬间,可形势也许转得太快,虽然玉桑心里不气恼什么了,可又觉得就这样跟着他走了,显得自己多没骨气呀,于是她侧过脸,努起嘴抬头看天上的月亮,学着燕七歌的样子将手负到身后玩深沉。

见此,燕七歌叹了口气,竟软了语调迁就她道:"好了,我是特意出来寻你的,这样可行了?"

玉桑一听,心里乐开了花,扭过头来看着燕七歌,道:"真的?这可是你自己说的哦。"

可是方才给过好脸儿的燕七歌,在玉桑露出笑脸后便又恢复了平日的冷淡,转身,平静如常地继续朝前走,好像刚才服了软去哄玉桑的人根本不是他。

不过玉桑确实不是只太有气节的妖,得了刚才的话,乐得已然什么都不计较了,小跑着跟上燕七歌,颇为自得地道:"其实我对你是很重要的是吧?你离不了我的,我可是上得厅堂、下得厨房的好妖,我不仅能帮你捉妖,还能帮你救人,重点是我会水,若是没了我,你得损失多大一个帮手……"

"你怎不说,每次收了妖,你都将妖丹拿去自己炖了当补品吃?"

"互利互惠,不浪费嘛。你拿了那些妖丹也只能装在小盒子里,又不能用来修炼。"

"你不说还好,既然都说到这了,我倒是想问上一问,我玉匣里装着的从前收集的妖丹怎么少了十几粒,你可知是去了哪?"

"这个……这个呀,兴许……兴许是化掉了,也兴许是你自己打开时掉落了。"玉桑四顾地转着眼珠,故作无知地搪塞。

燕七歌自然都知道,那些个妖丹全都是玉桑趁他不在时偷偷吃掉了,不过他没有捅破这层窗户纸,只是目光略带揶揄,看了玉桑一眼。

"哦……原来如此,既是化掉了,落掉了,那我就不追究了。"

玉桑如闻喜讯,为了不让燕七歌反悔,快步挡到前面冲着燕七歌伸出手掌来,道:"这可是你说的,击掌为盟,不管以后怎样,你都不许追究我吃妖丹的事。"

燕七歌从来都是独行,遇事自有断定,决定之事便必为之,不愿意之事便是任何人都不能约束强求半分。对击掌为盟之事,因从不曾向谁许过诺,他更从来不曾做过,可见玉桑正笑着一张脸等着自己,他竟有些不忍拒绝,不自觉地就抬腕与她轻轻击了一下。

"哈,你中计了,以后你那一盒子妖丹随便我吃,你都不许追究了,否则就是食言毁约。"玉桑为自己玩了一回文字游戏得逞而兴奋不已。

燕七歌这才回过味儿来,原来她竟是为自己偷吃得了块免死金牌。虽说这事儿说大不大,可他燕七歌是谁啊,还没几人敢跟他玩算计。这要是放别人身上,他也许就是一招过去打个七荤八素也不一定,但就是眼前这只小妖,他竟是一点都不气恼,反是看她那像得了宝贝的模样,生了好些兴致。

"夜深了,回吧。"燕七歌提着灯笼继续前行,玉桑欣然跟上。

一夜好睡,玉桑几乎是笑着入眠的,到底在乐什么,她自己却又有点弄不明白。就为了燕七歌哄自己?不不不,她否认,那是他欠自己的,他欺负自己、气自己的时候可比他哄自己的时候多多了。肯定是因为自己以后可以随便拿妖丹当零嘴儿吃,对,肯定是因为这个。玉桑给自己找了个理由,然后才在关于很多很多零嘴儿的美梦中欣然睡去。

是谁说的来着,好梦虽美,但却易醒。第二日一早,就在玉桑还沉浸在关于很多很多妖丹当零嘴吃,怎么也吃不完的美梦中时,却被一阵惊天的敲门声给折腾醒了。

"谁呀?"玉桑在忍无可忍之后自床上跳起大问。

"你家公子让你去伺候他起身。"店小二的声音自门外传来。

"什么?"玉桑拉开门,以为是自己听错了。

"好了,话带到了,你赶紧去吧。"小二只当玉桑是个跟着主子的婢女,也没太给好脸色,说完就走了。

玉桑自然没当燕七歌真是主子,不过还是去了他所住的房间,她要向燕七歌说个明白,不许再自以为是地指使自己做这做那。

到了燕七歌门外,见门半掩着,她颇有些怨气地随手就推开了门,进门便道:"我要和你讲清楚,想必你是弄错了些事,我不是……"

话说到一半,玉桑戛然止住,双目圆睁,立在了原地。只见燕七歌长发未束,正衣衫不整地站在床边,一件素色单衣未系带子,半敞着露出大片胸口肌肤,那模样……瞬间,玉桑感觉有血气上涌,直冲鼻腔。

"你不是什么?"燕七歌随口问着,泰然自若地挑着衣带系上,又施施然地去取衣袍穿。

玉桑忽地红了脸,眼睛在屋里转来转去,像是看哪都不对劲儿,刚才理直气壮到嘴边的话,现在不知为何又变得特别没了底气,哼唧了半天才道:"我不是你的婢女,不要总使唤我。"

"不想当我的婢女,那倒是说说,你想做什么?"

"都可以,只要不是婢女就行。"

"嗯,好。"

玉桑很意外,燕七歌竟然这么爽快就答应了,可还没等她来得及高兴,燕七歌就又接道:"那以后就说是我的跟班吧。"

"什么?这和婢女不还是一样吗?"

"怎会一样?婢女不过是奉茶伺候起居听主子差使,跟班则还要负责打理行李,必要时还需舍命护主。"

"就不能不是下人吗?"玉桑哭丧起脸。

燕七歌穿好外袍，拂了拂袖，有些嫌弃地打量了一眼玉桑道："可以你的本事，跟着我，除了做下人，也委实做不了其他，我倒是差只灵兽坐骑，不过……你还是算了吧。"

"我自然是不能当坐骑的，其实……你可以考虑一下，我能成为你行走天下的好搭档、好伙伴之类的，我们可以双剑合璧。"玉桑厚着脸皮提议。

"和你双剑合璧？我难道是想不开了？"

"你……"玉桑咬牙。

在镜边正束着发的燕七歌侧目看了她一眼。被燕七歌那眼神儿一瞟，玉桑瞬间又没了胆量和底气，眉头一垂，竟然用起了撒娇的烂招数，赖皮道："你就答应我吧，我发誓，我肯定会帮你很多忙的。"

燕七歌没理玉桑，自顾自用青玉簪子将长发梳理好，这才转过身子，朝还苦着张脸扮可怜的玉桑勾了勾手指，示意她过去。

玉桑一见，以为这招奏效，赶紧靠了过去。

"要跟着我，又不当婢女，而且还有妖丹当补品吃，这些都可以，只要你听我的话，按我说的去做，可好？"

玉桑眼珠转了转，觉得这话听起来似乎对自己没多大坏处，便连连点了点头。

燕七歌见此，颇为满意，微微笑着，又动了动手指，示意玉桑将耳朵凑近……

半个时辰后，燕七歌一行三人开始在大堂用早膳，两碟青菜，一碟卤牛肉，一盘馒头，再配上三碗小粥，看起来清爽，闻起来也不错。

平日里燕七歌对吃喝之事素来无感，更不似玉桑般爱贪些小食，可今日不知为何，他忽生了兴致，问起小二这镇上可有什么特色小吃，还特意询问茗然的口味。

小二说前街有家店的松子糕很好，在胡柳镇是出了名的好吃，燕七歌就掏了几钱银子给小二，让他去买些来给茗然吃，余下的零碎就打赏他。小二一听,自然乐呵着就去了。茗然则羞红了脸低下头,说什么麻烦公子费心之类的话。玉桑看着这些,没好气地哼哼了一声,燕七歌立刻白她一眼,手指一松,指间的筷子就落了地。

"你去重新取一双过来。"燕七歌冲玉桑指派。

玉桑一脸心不甘情不愿地起身,作怨女状,露出敢怒不敢言的姿态去了客栈后堂。后堂是一间小院,院子不大,一口井,三间屋。左右四顾,在确定没有人在时,玉桑收起脸上的怨色,麻利地自怀中取出燕七歌之前交与她的一只紫玉罗盘和两张黄符。

玉桑将黄符抛出,同时足尖点地迅速跃起出手,一手将紫玉罗盘托于掌心摆在面前,一手屈指于唇畔。

随着玉桑闭目念咒,她掌心的紫玉罗盘里的指针快速旋转起来,空中的黄符绕着罗盘飞过两圈,直朝右侧的一间小木屋而去。就在玉桑随着那黄符靠近木屋时,大堂方向传来一声叮当细响,那是她方才进后堂时在门口设下的结线铃,只要有人进来,就会发出只有她才能听见的声响。

玉桑不敢耽搁,迅速落回地上收起紫玉罗盘和黄符,果然见到小二自外面进来。见到玉桑,那小二的面色立刻变得紧张起来,很不悦地道:"你怎在此?客栈后堂是不许外人随便进出的。"

"哦,我是进来取双筷子的。"玉桑说着,手指在身后迅速翻转,将方才收回的黄符折成了一个小小的三角。

"快出去,快出去!"小二不由分说,挥着袖子就来赶玉桑。玉桑退后半步,背后双指发力,轻轻一丢,就将黄符丢进了小屋的门槛内,同时面上故作不悦神色,没好气地抱怨着离开。

早膳过后,燕七歌称需要购置些物品以作明日赶路之用,茗然陪他左右同去,而玉桑则被打发去市集最南的马场雇马车。玉桑摆出十足幽怨的姿态看着燕七歌,似是在抱怨燕七歌有了茗然就不想要她一般,又一副敢怒不敢言的委屈模样做足戏,哼哼唧唧地着应了几声,这才朝南边去了。

在马场选了合适的马车,玉桑并没有回胡柳镇,而是赶着马车直朝红珠江而去。约摸半个时辰后,玉桑到了江边。正值日升江中,时不时有水鸟自江面成群鸣叫着飞过,江风习习不断,江水波澜起伏,带着一波波白水花扑打在岸边的沙滩上。

玉桑驻车而立,见到有身着麻衣、头裹方巾的妇人正提着竹篮在沙滩上拣拾海货,便跳下马车小跑着过去。

"大婶儿,能向您打听个事儿吗?"

"你说。"那妇人应声,却没有抬头,依旧低头弯腰拣着地上的东西。

"我想问问,红珠村怎么走?"

"向西一里,长着一棵大枯树的地方就是了。"

"哦,多谢。"

玉桑以手遮额,拂着被江风吹乱的头发向西眺望,不经意间,眼角的余光扫过妇人的手,见到她正从浪花退去的细沙里拾起一只贝壳。那贝壳如巴掌大小,表面凹凸不平,呈斑斓色彩,一下就吸引了她的目光,她还从来没见过这样漂亮的贝壳。

"姑娘,这彩贝可漂亮?"就在玉桑心中暗自稀奇时,那妇人竟似能听到她的心声一般发问。

"漂亮,真漂亮!"玉桑看着那彩贝感叹。

"那就送给姑娘吧。"妇人说着,竟真的将彩贝递到了玉桑面前。

"这……这怎么好意思。"玉桑惊喜,心里觉得有些不妥,但手却已不由自主地将其接了过来。

"姑娘,水里生出来的东西都是有灵性的,可不要弄丢了。"

"嗯,我知道,这么漂亮,我肯定会好好保存的。"玉桑应着,低头仔细看那彩贝,伸手摸了几下,想到妇人拣这些东西应该是拿去换钱的,便摸了摸腰间,将仅余的一点碎银钱取出来想要给妇人,可当她摸出银钱抬头时,却发现那妇人竟然已经走出了很远。

玉桑心中大骇,想不到这个妇人走起路来悄无声息不说,竟然快到如此,若不是沙滩之上留着她走过的脚印,她就要觉得她是个靠划地移形的妖怪了。

离开红珠江岸,向西行了一阵儿,果然便如那妇人所言见到一棵枯树。树高丈余,粗如石磨,树根盘错于地,少说也有几百年寿命。树下有一尊像是狐狸的石雕,看起来栩栩如生。

"看你这样子,也是有些年月的古树了,若是有灵性的话,也应该修炼出精魂来了,只可惜你死了,现在就剩下这枯干。"玉桑跳下马车,走近那枯树,抬头望着那枯死的枝干感叹。因为马车太大,村路通行不便,玉桑便将马缰系到了枯树的一节盘根上,还颇有些调皮地拍了拍树干,道,"老树,就劳烦你代我看管了。"

又用脚踢了踢树下的石雕,道:"雕得到是挺像,就是太瘦矮了些,拴马都不行,真是中看不中用。"

系好马,玉桑向村内四顾看了看,发现眼前是一处三面开阔的地方,自己所来之处及左右皆是长满矮小草木的平原之地,独有正对着枯树的地方有一条泥路,路不宽,但尚算得平坦。依稀看到那路的前方有屋檐林立,想必便是村民房屋。

玉桑沿着泥路入村,村子不大,走在其中,身侧偶有妇人和老者行过,不过大家似乎都不怎么开心,全都低着头朝前走,步子虽然不快,但却显得很赶时间一般,都不作任何停留。

玉桑觉得想要弄清关于祭嫁的事,得先找到一个知道前因后果的知情者才好,想起那日在江岸边听到芦苇后面的谈话声,似乎是有一个村长在主持大局,便伸手拉住个过路的老妇想要问一问村长家怎么走。

"啊!"就在那老妇抬起头的瞬间,玉桑被吓得忍不住暗叫了一声。那是一个身着蓝色粗布衣袍的老妇,十分消瘦,满脸皱纹沟壑,双目混浊,眼眶凹陷,乍一看来竟然像是披了层旧皮的骷髅。

"请问村长家怎么走?"玉桑浅吸了口气,才尽量镇定下来客气发问。

那老妇人看着玉桑,似是听到了她的话,又似没听到,好像在全神打量她,可眼睛却没有一点亮光,这让玉桑怀疑这老人是否还看得见东西。

就在玉桑打算再去问别人时,那老妇人抬起枯瘦的手,指了指玉桑身后十几丈外的一所泥墙围起的房屋院子。

玉桑顺着老妇人所指看了看后收回目光,扭头要向老妇致谢,转过身却发现那老妇已经不在,四下张望了一番,依稀看到她的蓝色布衣背影消失在一所房屋的墙边。

"看不出来,她眼神儿不好走起路来倒蛮快。"玉桑嘀咕着,转身朝村长院子走去。

院子不大,但也算不得小,四周以两丈高的泥墙作围,居中是一处风化得厉害的木制正门,门上还粘连着一些掉了颜色的残破年画,门两侧贴着同样掉了颜色的对联,不过依稀还能认出上面的字。

"有人在吗?"玉桑抬手扣了扣门,在等人前来开门的空闲,她将目光落在了两边的对联上。

"春满乾坤福满堂,水覆姻缘树遮阳。"

玉桑虽然算不得文采斐然,但好歹也知道对联要的就是图个吉利,图个工整,可看这对联,上联到还很像百姓人家求福常用的,可这下联真是错了十万八千里,不工整不说,而且还不吉利。

玉桑下意识地抬头去看门楣,更是让她吃惊不小,虽然两侧对联已经掉色风化,可那横联却十分新,赤红的纸张上面用明黄的颜料写着四个大字:八角祭魂。

玉桑疑惑着思索,忽然,一个想法在她心中涌起,背后的寒毛在瞬间立起,转身就要退开,但还是晚了。就在她转身之际,木门突然大开,赤底黄字的横联发出刺目的光,打开的木门内升腾出一道像是丝绸又像是烟雾的东西拂上玉桑的脸,绕过她的脖颈再迅速绕上她的胸和腰,不多时,她就被裹成了蚕蛹。

"第八十一个,终于够了……"在玉桑失去最后知觉前,她依稀听到有个雌雄莫辨的声音在耳边响起。随后,玉桑的所有知觉消失,一切陷入黑暗。

燕七歌正与茗然在一处皮制铺子边挑选皮水囊，手中刚拿起一只文着竹样纹饰的犀牛皮水囊时，突然不知为何，感觉胸口剧烈一抽，他手中的水囊掉落到了桌上，一种前所未有的不安和不祥涌上他的胸口。

"公子，你怎么了？"旁边同样挑着东西的茗然见他如此，便细声细语地发问。

"无事，这个很漂亮，让老板过来包起来吧。"

"好的，我这就去唤老板过来。"茗然微笑着应话，然后转身去唤柜台正低头看账的老板。

就在茗然转身之后，燕七歌迅速在胸前屈指，口中轻念着口诀，闭目以念力去感知玉桑的情况。

"公子，您要哪个？"老板走过来出声。

燕七歌不动声色地收起手，转身恢复了淡然神色，将那只水囊递与老板。

"公子稍等，我这就去帮您打孔织线，这样方便在外赶路时挂在马上。"老板笑着去了，铺子的大堂仅余下茗然和燕七歌。

燕七歌转过身，装作继续挑选的模样，茗然也转过身去，似乎也在看着什么。但是就在下一刻，他们几乎又在同一时间突然转过身来，茗然的手中多了一把鱼骨匕首，一改平日温柔娴静的模样，瞳孔泛碧，目露杀机，直朝燕七歌的胸口刺来。

燕七歌退后一步，双手迅速在胸前以指结阵，口中念念有词，以灵力在自己面前结出一道护体屏障，将茗然刺向自己的匕首夹于两指中间。

"就凭你这些本事，也想杀我？"燕七歌冷冷地出声。

"你竟然早有防备，看来是我低估你了。"茗然愤然冷哼，显露出些许不甘，问道，"我已经学了几百年凡人女子的举止，自认为没有破绽，你是何时发现的？"

燕七歌并没有出声回答，神情淡漠如常。茗然迎视着他的目光，渐渐地，开始露出不敢置信的挫败和愤然，道："难道，自从江中将我带上岸你便知晓？"

"妖就是妖，就算变幻得再像人，伪装得多么好，也还是只妖。"燕七歌冷冷出声。

"不可能，若是你早知我非人，那为何这两日要带我在身侧？莫不是……你这凡人竟对我这个妖的美貌于心不忍？"茗然露出妖艳妩媚的笑。

燕七歌此时心中只担心玉桑出事，不愿再与茗然多耗时间，有些怒气外露，很不耐烦地问道："你把玉桑怎样了？"

"我差点忘记了你身边的那只宠物，原来你是为这个才急着和我翻脸的。"茗然自以为找准了燕七歌的死穴，说起话来颇为硬气了几分。

"若不是她，你以为你能近我的身？她本无辜，放了她，你们要如何，直接冲我来便是。"

"你怎知道我是冲着你的？你以为你是谁，不过就是个会点微末法术的凡人，说到底也是个凡人，有何资格同我谈条件？当然……你长得如此好看，若是你愿意留下来陪我，我可以考虑放了你的宠物。"

"是吗？"燕七歌冷冷一勾唇，似笑非笑，神态邪魅，茗然在他这样的目光和笑意之下竟生出丝犹豫和滞愕。茗然是妖，见过不少年轻俊美的男子，但对燕七歌这种气质和相貌都属世间难求的男子，毕竟还是动了些私心，手中匕首上的力量似乎浮动了一下。

就在这一刹，燕七歌突然发力，手中灵力爆涨，在茗然尚未来得及反应前，已经将她手中的鱼骨匕首打落，同时一道灵刃划破她的护体气波，自她的肩头至前胸留下伤口。

燕七歌侧身探手接住掉落的鱼骨匕首，前一刻还对准他的锋刃，在下一刻已经抵上茗然的喉咙。

"红珠江本是天下三江之一，乃宛陵国龙脉之江源，此地本应该物泽丰灵，江水清澈，可眼下却是妖气遮天。说，你的同伙还有谁，到底是何方妖孽？"

茗然被匕首所制，不能动弹，但却没有显露出多少害怕和恐惧，她看着燕七歌，一脸冷笑，竟不紧不慢地道："想不到你不仅长得好看，脑子还聪明，手也快，比以前那些来这里的收妖道士、和尚什么的要聪明许多。不过聪明又怎样，那只小妖现在在我们手上，你若敢动我一根寒毛，她就要断一只胳膊，你若心疼她，就舍不得动我。"

"不过是跟在我身边的一只小妖，天下妖物何其多，你若以为我真会为了她而放过你们这群作乱的妖物，那便是大错特错！"燕七歌的眼里杀机毕现，抵在茗然喉间的匕首划破了她的皮肤刺入肉中，血自她脖颈涔涔流出。

茗然看着燕七歌那冰冷沉静的脸色和眼神中的毫不妥协，倨傲的脸上渐渐显露出害怕和恐慌，她开始相信燕七歌真的不在乎玉桑，颤声道："我说……我说……"

燕七歌停下刺入茗然皮肉里的匕首，似在等她说下去，但还未来得及听到她下一句话，突然便觉得后背被什么东西重重一击。

燕七歌手中的鱼骨匕首掉落在地，身子向后倒下。茗然冷笑着拾起地上的匕首看了看，向对面正举着棍子的店老板点点头，道："你的功劳我记下了。"

"多谢神姑，多谢神姑。"店老板大喜着丢下手中的棍子，跪下就冲茗然叩拜。

茗然有些得意且有点不屑地看着地上的人，正要说些什么，突然，天际乌云遮日，方才还大太阳的天空一下变得昏暗阴沉，在一道闪电之后，有个雌雄莫辨的声音从四面八方传来。

"第八十一个魂魄已经够了，将她看好，今晚月圆之时进行祭礼。"

随着话语，一个人被扔下落在地上，仔细一看，竟是玉桑，只是她被施了咒术不能动弹，双目闭着。

"是，我会办好。"茗然走到门口，抬头看着天上的乌云回答。

如同乌云来时的迅速，也只是在眨眼间，天际乌云消失，白晃晃的太阳光重新照向大地。茗然用脚踢了踢玉桑的腿,见她不动后,便放下心来,随手招了店铺老板让他将玉桑同燕七歌关起来,等她回来后亲自处理。

茗然心满意足地出门离开,店铺老板口中念着诸神保佑的话,小心地挪动玉桑,殊不知,就在他不经意间,玉桑缓缓睁开了眼睛,那眼神明亮清醒,丝毫没有一点昏迷或是迷糊之意。

半个时辰后,玉桑被老板扛进了一间屋子,丢在墙角,随后那老板嘴里边念叨着"对不住",边匆匆离开,哗的一声将门关上,整个屋子顿时陷入黑暗中。

玉桑睁开眼睛,努力动了动四肢,刚要想办法站起来,门又被人拉开,她赶紧重新闭眼靠上墙角。

"你也先待在这里面吧。"是店铺老板的声音传来,随后是另一个脚步声靠近,纵然此处的光线不能看清来者容貌,但从那不紧不慢的脚步声中,玉桑还是辨认出是燕七歌。

"你助妖为害,就不怕遭天谴吗?"果然是燕七歌惯有的冷漠声音。

"天谴?那好歹也是老天爷在看着,可他却偏偏不看我。莫要怪我,我若不听她的话,就见不到明日的太阳了。"老板似玩笑似无奈地说着,将燕七歌身后的门重新关上,随后传来锁门的声音。

门外的声音渐渐消失,应该是老板离去了。玉桑睁开眼,面前是伸手不见五指的黑暗,但她知道燕七歌就在离自己不足两米的地方站着。

"玉桑,你在吗?"燕七歌的声音自黑暗中传出来,语调平和,听不出是紧张或是关切,但也没有平日的冷淡。

玉桑没有出声,对着面前的黑暗,她的耳边响起燕七歌面对茗然的威胁时所说的话,觉得胸口一下一下地闷闷抽动,夹杂着些愤怒和失望,很不舒服。

一声火苗腾起的轻响,黑暗之中亮起一盏灯笼。燕七歌屈指引诀召出引魂灯笼,灯笼自空中结灵显现,化成实物落到燕七歌面前。燕七歌伸手自空中接住引魂灯笼,提在手中,抬高了几分手腕,照向玉桑所在的墙角。

玉桑闭目靠坐在墙壁边，头微微朝旁边侧着，露出一段雪白的脖颈。她白皙的侧脸，长睫掩映着的大眼，挺翘的鼻子，这一切都被灯笼的光亮勾勒出完美的线条落在墙上，化出一个动人的影子。

燕七歌第一次如此认真地打量玉桑，才发现其实她是如此好看，并非是那种妩媚动人、一笑倾城、张扬妖艳的惑心之美，而是一种很淡的感觉，像风或是淡淡花香的那种，不能指出好在哪，但却比任何其他的美更动人。

"起来吧，别装了。"燕七歌半蹲下身子，将灯笼提近了几分，说道。

"我愿意装，如何？"玉桑依旧靠在墙边动也不动，不睁眼，只没好气地哼了一声。

"真是不知好歹，我担心你被妖物所伤，你还摆上架子了。"燕七歌也没好气地站起身。

"担心我作甚？天下小妖千千万，还不是任您挑、任您选，我的死活与您有何干系？"

燕七歌一听，心里明镜似的明白这玉桑早在开始就听到了他与茗然的对话，此时正心里窝着火同自己犯忏。虽说自己那样说是为了不让茗然占上风，可那话让玉桑听来毕竟心寒，但就算他明白，能理解，可他习惯了从来不向谁服软，练就了嘴硬的性子，此时让他去解释，他到底还是有些放不下身段架子。

"还有两个时辰便天黑了，要知道你可是被他们挑中去当祭品的，若是你真要耗在这里坐等，那也只能随你了。"燕七歌作势转身，似乎有些爱理不理之态。

玉桑睁开眼睛就从地上跳了起来，燕七歌以为是说到她的害怕处了，转过身去看，却见她正怒目看着自己。

"是你说我于你没有任何价值的，现在这般说辞像是有多关心我一样，你到底当我是痴傻的呆子，还是仅是你带在身边的一只小妖宠物？"

就算那日在客栈,他当着茗然凶了她,也只是回头去示个好便让她乐得找不着北了,可这次燕七歌从玉桑的语气中明白,她是真的计较上了。

"你就这么在乎我如何看你?"燕七歌看着玉桑,放柔了目光,声音变得温柔。

"谁在乎了,我才不在乎!"玉桑大声地反驳着吼出来,却不知为何,眼睛却发了涩。

燕七歌没有料到玉桑竟会有如此激烈的反应,却也未显出诧异,只依旧目光柔和地看着她,任她冲自己大吼,丝毫没有不悦。

"你是收妖人,我是妖;你法术高强,我道行微末,我们本就不是一路人。是我贪图便宜赖在你身边,借你之力收些妖丹吃了修炼,从前是我脸皮厚了,此次逃出去,我再不会厚脸缠着你了。"

"还有没有别的?"等了片刻,看玉桑似乎没有再冲他吼的意思,燕七歌发问。

玉桑狠狠剜了燕七歌一眼,将头侧到一边不说话,默示没有了。

"若是暂时想不到了,那便先缓缓此事,当务之急是先离开此处,你觉得如何?"燕七歌有些揶揄地询问。

"哼。"玉桑用鼻孔出气。

"不说话,那便是同意了。"燕七歌边说着边举起灯笼走到门边,手扶上门,似在试探,同时将手中的灯笼朝玉桑递过去。玉桑看见那只递到自己面前的灯笼,一下子忘记了赌气,惊讶得立在原地出神。

"帮我将灯笼提着。"在燕七歌的催促声中,玉桑才小心地微颤着伸出手接过灯笼。在她的手握上灯笼的提杆时,种种回忆自眼前闪现,让她猝不及防。玉桑的心脏急速跳着,手指慢慢收拢握紧,那灯笼中的火光不停摇曳闪动,似乎有火星在灯笼里发出噼啪声,然后有几点粉红的小火星自灯笼中升起,像是萤火虫般飞近玉桑,绕着她移动。

"还好,那老板心眼虽坏,却心眼不多,这门未曾加持法术,我可以从里面破门而出,不过……"燕七歌边说边转过头来,却发现玉桑正全神地看着面前的灯笼,根本没听他说话。

"不过什么？"意识到燕七歌在看着自己,玉桑迅速伸手在面前一抓,将那几点小火星收到掌中握住,抬头看向燕七歌,掩饰自己的走神。

燕七歌略有些狐疑地看着玉桑,心中有疑惑但面上并未表示,也不追问,只顺了她的话,道:"不过,如此一来,我们便是逃了出去,免不了又失了先机。"

"哦。"玉桑很随意地应了一声,径直走过燕七歌身侧在门边站定。手指屈在唇边念了几句咒,随后将手指伸进门框与门板之间,她的食指之上便生长出一枝竹枝来。那竹枝如爬虫一般附上门框,向缝隙生长,不多时就在其间挤出了一条小缝,自那小缝向门外生长。

随着一阵门锁响动,门外传来锁落地的声音,玉桑收起法术,扶着门轻轻一拉,门就被打开了。

"记住了,不是只有你有本事,这次可是我救了你。"玉桑抬高了下巴,十分有底气地对燕七歌说完,负手到背后,昂首挺胸地迈步出屋。

此时已是日头偏西,阳光正照到这间屋子。玉桑走出屋去左右看了看,发现这是一处废弃的院子,呈口字形,四周皆设回廊,但却不是普通的用以住人的院子,而是每面回廊下都是同样的屋子,以青石为门,不设窗户,似乎是用以存放东西的库房院。

在看清这四周环境后,玉桑回头看了看方才被自己用竹枝打开的门,那却是一扇风化了的木门。算起来她现在是竹妖,竹系草木科,五行属木,只要在草木之类事物中,她皆可施得法术自救,所以她才能以灵力融入依附其中,让竹枝穿透木门而开锁,但若是换成青石,她就算有千万能耐也是不能以软灵力自石中穿过生长的。独独关着他们的屋子门不一样,这难道只是意外巧合？玉桑心中升起一点异样疑惑。

"你在看什么？"自屋内出来的燕七歌将门重新锁上,见玉桑盯着门锁发愣,便问了出来。

"没什么,赶紧走吧。"玉桑醒神,挥挥手转身就走,并不向燕七歌说出自己的疑惑。

跃上院墙，四下看了看方位，两人落到了院旁的一处巷子中，再沿着巷子走了一阵儿就到了正街。就在数个时辰前还人来人往的街道上此时空无一人，林立两侧的商铺全都关了门，只有褪了色的幡旗在风中有一下没一下地翻转。

玉桑走进旁边一处凉茶摊子，看桌上茶壶和大茶碗还在，只是那桌子却风化得厉害，裂开了许多纹路。伸指在桌上划过，那桌子竟哗的一声就碎倒，在地上扬起一阵灰尘。

"这里看起来好像几十年都不曾有人来过了。"玉桑边挥手挡着烟尘边说。

"把罗盘给我。"燕七歌打量一番四下，向玉桑伸出手。

玉桑将紫玉罗盘取出递给燕七歌，道："看来我们之前所见景象皆是以法术拟出来的，这妖怪还真是厉害。"

"你倒真会长他人志气。"燕七歌没好气地说着，接过紫玉罗盘托在手中，屈指引咒，开始施法寻找方位，沿着空荡荡的街道向前走。

玉桑随着燕七歌朝前走，并不急着反驳他，反带上了些幸灾乐祸的笑，道："我懂，一个收妖人却落在了妖设的幻境里不自知，还被妖怪的美色所迷惑，此时心里不舒服是难免的，我能理解，我又不笑话你。"

燕七歌听完，侧头冲玉桑莫名一笑，然后继续用罗盘引路，朝前走。玉桑大为意外，不敢相信刚才是真的见到燕七歌笑了，更不明白他为何在被自己戳到痛处后竟然不怒反笑，忍不住小跑一步跟上他，追问道："你笑什么？"

"我是在笑呀，你的脸皮可真比花都城墙都要厚。"

"我……"

"想想吧，当初可是你要留下她的，我可从来没说过要留她下来，若真要说谁落了圈套，那也是你。"

"你……难不成你早就知道……"玉桑回想之前的种种，这才恍然觉悟过来,继而忍不住有些愤愤不平,道,"你早就知晓,竟不告知我,真是居心险恶。"

"你也不太笨,至少知道去村中暗察。"

"这个你也知道……"

"不过有一件事我尚不知道。"

"什么事?"

"你背着我见的那人是谁?"

玉桑一惊,虽然大概猜料到燕七歌已知道自己与白芷见面,但还是不肯承认,刻意地想要否认掩饰。

"什么谁?你……你在说什么?"

"给你买衣服,又请你喝茶的人。"燕七歌语气平淡,却有一种暗隐的威慑,似乎是在警惕什么。

"你跟踪我?"玉桑大惊,随即大怒。

"我只是随口一问,你如此激动,反倒是更显得他对你不一般。"燕七歌停下脚步,侧身看向玉桑。

"就算有人请我喝茶,给我买东西又如何?关你何事?你……你以为你是我的谁?"玉桑狠狠瞪了他一眼,转身大步向前走去。

重新回到了客栈门外,紫玉罗盘的指针在这里不停浮动,一股异样的妖邪之气自楼内传出。玉桑驻足仰望客栈,之前这客栈看起来虽说陈旧,却好歹还算是得体,此时才隔半日再看,这里竟然只是一处半塌了的旧楼,门窗上挂着破洞的旧窗纸,店门破旧,靠在门框中间,伸手一推就倒了,扬起地上一片灰尘。

"这……这是我们住的那间?"玉桑有点不敢置信,目光不经意落到大堂中间的桌上,桌上放着些残破的碗筷碟子,走近一看,里面竟然盛着一堆堆的腐肉。

玉桑想到自己曾吃过这店里的东西,忍不住立刻胃里一阵翻涌,捂着鼻子转身就跑到门边吐了起来。

"我去后面。"燕七歌瞥一眼玉桑,忍着笑意,穿过大堂去了后面。

玉桑差不多把胃翻过来吐个干净后,才扶着腰,面色苍白地去了后堂。原本格局分明的后院此时已经只余乱砖满地,荒草遍地生长,当初玉桑有感觉出异样的那间小屋根本分辨不出位置,燕七歌正拿着罗盘在残砖上四下贴符。

见到玉桑过来,燕七歌头也不侧地伸手将一面小镜子递到玉桑手中,再将她拉过几步站在一处他画好的圆圈内。

"将这个举起来站到这儿。"

玉桑拉拢着身子,有气无力地将镜子举起,正要施法撑起结界的燕七歌没好气地瞪了她一眼,道:"举高些。"

玉桑翻了翻白眼,这才将胳膊再举高些,同时问道:"喂,你还没告诉我,你怎会知道我与白芷见过,难不成你真跟踪我?"

"原来他叫白芷。"

"别打岔,我问你呢。"

"你脑子太过简单,我不太放心你一个人在这里乱跑。"

"我……我哪有。"玉桑有些心虚地念了一声,明白燕七歌原来是担心自己才跟着自己出去的,心里却忍不住有些温暖。

就在玉桑低头之际,燕七歌已经布好阵法结界,他走到靠近一处残墙的地方引诀,自身后取出引魂灯笼,随后将灯笼举至面前闭目念咒。随着他一声轻喝,以玉桑为中心的后院中出现一个八卦五行结界,散发出紫金色光芒。

"还不速速现形。"燕七歌气势威严地出声,那声音似乎自四面八方传开,然后又纷纷朝中间聚拢,震慑人心。

"砰!"随着一声裂响,原本一处荒草茂盛的土砖堆炸裂开来,一个灰色的身影自裂口处跳出来,直朝着玉桑高举的镜子跳去,随着一声闷响,那灰影迎头撞上镜面,摔倒在了玉桑脚下的圆圈里。

瞬间,八卦阵光芒大盛,迅速向中间缩起,变成一张无形的网将那灰影困在其中。见妖物被捉,玉桑蹲下身将那东西的耳朵提起来,发现这是一只很奇怪的东西,鼠头,狐身,兔尾,此时他短小的尾巴上正黏着那日自己特意抛下的符咒。

"这是什么? 老鼠? 还是狐狸? "玉桑揪着那只小东西的耳朵提起来打量,发现这就是那日她在红珠江边看到的小怪兽。

"若我是你,我就不会将他提起来。"燕七歌似笑非笑,意味不明地说着。

"为何? "玉桑不解,话才出口,就忽觉手里的耳朵仿佛在发生变化。原本小小的动物突然变成了个大活人,自己的手正扭着那人的耳朵。

"呀! "玉桑惊叫,吓得退后一步躲到燕七歌身后,再定睛仔细一看,竟是个发须皆白的老者。

"我……我变回来了! "那老者自顾自低头看着,摸摸胳膊又摸摸腿,拍拍脸又拍拍头,显得十分高兴。

"你一直暗中跟踪我们,所为何意? "燕七歌冷声发问。

老者听到此问,才从自恋中回神,抬头看向燕七歌,看他脸色冰冷,不由露出害怕的神色。

"你不必害怕,我们不伤你。"玉桑出声。

"真的? "老者似有些不信,将玉桑上下打量。

"我们是来收妖的。"玉桑解释。

老头儿将燕七歌上下一阵打量,然后又如恍然大悟一般,点点头,道:"哦,原来是个道士。"

听到"道士"这个字眼,玉桑的心却咯噔一下,再看燕七歌的脸色,果然变得冷如寒冰。

"那个……你是谁? 妖怪吗? "见燕七歌这般表情,玉桑赶紧接了话去问,生怕他一个不高兴就把这老头儿杀了泄愤。

"我本是红珠江的河伯,可不是什么妖怪呀。"

"河伯? 哦,你就是那个要年轻姑娘淹死祭祀的家伙。"玉桑指向老头儿。

老头儿一听,赶紧又是摇头又是摆手,道:"这可是冤枉我了,我没有,我真的没有呀!"

"那是怎么回事?"

"是诅咒报应,唉!"老头儿叹息。

"什么诅咒?"玉桑问。

"那也是二十年前的事,那时红珠村里有户胡姓人家,胡家有个小子与柳员外家的小姐好上了。那柳员外自然是不同意这桩婚事的,就一心要将胡家小子赶出红珠村, 还将柳家小姐许了江南一家钱庄的公子为妻。就在柳家小姐出嫁那日早晨,胡家小子不知怎么的就死了,尸体直挺挺地立在村口的老槐树下,好像在那里等着柳家小姐的花轿,啧啧啧……那模样,别提多吓人了。"

"说重点,然后呢?"玉桑催问。

"柳家小姐在轿里哭个不停,想要下轿去看看,可媒婆说这不吉利,硬是将她关在轿里抬走了。然后便将花轿抬到前来接亲的绣船上,却不想船才到江里一会儿就开始刮起大风,那么气派的大绣船竟活活被风给吹翻了。"

"这跟诅咒报应有何干系?"

"那船大得能装下几千人,说沉就沉,多邪门儿呀,老人都说不吉利。果然,当天有从江里逃回来的人说,自打柳家小姐上船,她就披着红盖头站在船头,风要把船掀翻的时候,那人看到柳家小姐的盖头被吹开,她竟然在笑,那是一种死人一般特别阴森的笑,然后柳家小姐就自己跳到了江里。

"当晚那个逃回来的人就疯了,整天叫嚷着说昨晚柳家小姐回来找他了,还说柳家小姐要回来报仇,所有人都会遭报应。大家自然不信他的疯话,却不想就在柳家小姐死后的头七,一向风平浪静的红珠江突然发起了大水,村里大半人都死于水难。柳家小姐重新回来了,还有了一身法术,那些活下来的人只得听她差遣,否则便是性命不保。而我这个原本负责此地江水起涨的河伯也完全不是她的对手,她将我的肉身变成石雕放在了红珠村头,我就再也施不了法术,只能终日躲藏。至于跟踪你们,是因为这里实在危险,想给你们提个醒儿,让你们快走,只可惜那柳家小姐太厉害,我一直不敢露面。"

"这么说来,茗然就是那个柳家小姐?她为何会有了一身妖术?她听命的那团东西又是什么?"玉桑皱眉,疑惑地看向燕七歌。

燕七歌没有回答玉桑,只将一张黄符递给老者,道:"你将这个带在身上,去将还活着的其他人都召集起来,叫他们今晚不要露面。"

"这个,有用吗?其实,在你来之前也曾有几个路过的道士,不过他们都被柳家小姐给杀了……你……"

眼看着燕七歌再次目露凶光,玉桑赶紧伸手拉起他的胳膊朝外推,似乎生怕他出手将那个河伯拍个粉碎,嘴里忙不迭地说着:"时候不早了,我们还是赶紧再去红珠村里看看吧。"

红珠村外,老枯树和树下的石雕狐狸依旧立在那里。因为听了那个关于柳家小姐的故事,知道那个胡姓的后生就死在这里,玉桑开始重新打量起这棵树,沿着枯树走过半圈,仔细一看之下就发现了不一样的地方。

"这里有个东西。"玉桑指着树身下石雕狐狸旁边一处凹陷的小洞,看见里面有什么东西似在发着亮光。

燕七歌走到玉桑身后,蹙眉看了看,随手就将玉桑插在发间的一支碧玉簪子取下,然后用簪子小心地向那团发光的东西靠近。

"叮!"就在簪子刚伸进小洞时,突然像是被什么东西击中一样,玉簪应声碎裂,折断成了几节。

"我的簪子,你赔我的簪子。"玉桑扭头瞪了一眼燕七歌。

"别吵。"燕七歌有些严肃地阻止她,从袖中取出一条红线,绾了个活结放到小洞前,然后将线头递给玉桑,道:"去树后面躲起来。"

玉桑努着嘴,一脸的心不甘情不愿,接过红线朝树后走,边走边抱怨道："那簪子可是我去凡人皇帝的皇宫偷的，据说还是前朝燕妃的爱物，就这么被你糟蹋了，真是个败家子。"

"燕妃的……"不经意间，燕七歌的神色发生了细微变化，唇角有一点勾起，但随即又消失，归于平常。

等玉桑在树后站好，燕七歌再次将引魂灯笼召出，将灯笼举近小洞，屈指引咒。一道天雷自空中闪过，落在老枯树的顶端，早已风化的树枝燃起了大火，树内的那点亮光变得明显，并朝外移动。随着燕七歌的咒念越来越急，那小洞内的东西一寸寸出来，竟是一只人手，只是那手却没有实体，只是一具形魂罢了。

"你不是她，你是谁？"有男子的声音幽幽响起，一双闪着碧绿光泽的瞳孔出现在洞口，那只已经伸出来的手似乎要重新缩回去。

"收线。"燕七歌出声，玉桑一听，立刻将手中的线绳迅速拉紧收起。

随着男子的吃痛叫声，燕七歌当即将红绳在指间一绕，一勾一拉之间，将那个男子的魂魄自洞中拽了出来，收进灯笼里。

一切做完，天际异象消失，抬头看了看天色，此时已是日头西下。

"灭。"燕七歌挥袖，自指间弹出一道符纸贴上老枯树，原本树上烧着的火立刻消失。玉桑这才明白过来，原来方才那一声天雷竟是燕七歌所召而来。她虽知燕七歌的法术比普通凡人修行者高出不少，却从来不知他竟可以召唤雷电。他到底是谁？他还有多少事情是自己所无法想象的？

燕七歌收起引魂灯笼，负手离去。玉桑立在原地，看着燕七歌夕阳下的背影，疑惑地皱眉沉思着，直到燕七歌唤她，她才赶紧小跑着跟上去。

"我能问你一件事吗？你背上的是剑吧，为何你从来不用？"

"那你先告诉我，那个叫白芷的是谁，与你是何关系？"

"算了，当我没问。"

几句闲语渐行消失在夕阳映照的荒原中，黑夜开始一点点降临，两人的身影渐渐离开。却不知道就在他们刚停留过的那棵老枯树下，一个身影悄无声息地出现，带着些许危险的笑意在唇畔，但只是一眨眼的工夫又消失不见。

燕七歌与玉桑赶在天黑之前回到了那个用以关押他们的院落,回到屋内,重新将门锁上,不久就听到屋外传来脚步声。燕七歌将原本点在屋中的引魂灯笼收起,将原本捆绑住自己双手的麻绳重新绕到腕上,玉桑则靠坐回墙边装作一直昏迷未醒的模样。

随着门被打开,一盏灯笼的光亮照了进来,柳茗然与那个店主一前一后进来。柳茗然让店主将地上的玉桑扛起送到外面,自己则留下来冷笑看着燕七歌。

"燕公子,可改心意了?"

燕七歌淡淡瞥了柳茗然一眼,没有理会,这让她目生怨恨,一伸手就将一根小小的鱼骨刺扎进了燕七歌的肩头,又渡以妖术将燕七歌的灵力封住,然后推着燕七歌出门。

院外已有一辆马车在等候,燕七歌被推进车内,玉桑正闭目躺在里面。柳茗然随后上车,对坐在前面的店主说了声"走",马车就摇摇晃晃地朝前行驶。

"你不是柳茗然。"燕七歌淡然出声。

柳茗然侧头看了一眼燕七歌,然后笑了,弯腰从凳下取出一只包袱,边打开边道:"我自然不是她,她一介凡胎岂有我这般本事。"

"你占了她的皮囊,她的魂魄又在何处?"

"待会儿你就知道了。"柳茗然邪魅地笑着,对着燕七歌使了一记法术,燕七歌便闭上眼昏睡过去。

随后,柳茗然从包袱里取出一套火红的嫁衣,将旁边倚在车厢壁面上的玉桑扶起来为她穿上,松掉她原本绾着的发,然后开始为她梳发髻。

半个时辰后马车停下,柳茗然让店主帮她将玉桑自车内移出。玉桑微微睁开眼,看到车内靠坐着昏迷的燕七歌,心中有些为他担忧。但为了不破坏大局,玉桑还是只得装作昏睡不知,任由柳茗然和店主将自己弄下车,放在一个有些冰凉的东西上面。

第五章

以血结魂

等柳茗然转身之际,玉桑悄悄睁开眼打量了一下四周,发现竟然已在红珠江边,自己被安置在一只竹排之上,旁边是那日他们过夜时所来过的江边茅屋。

"时辰快到了,摆香。"柳茗然说着,点燃一只火折丢到旁边,四下立刻烧起一圈火光,火光呈八角阵形,玉桑所躺的位置和那个小茅屋被包围在中央。

柳茗然退出火光的包围圈,伏身跪倒在地,冲着小茅屋三次叩拜,随后取出一把鱼骨匕首将自己的手腕割破。血水自柳茗然的手腕流出,滴落入燃烧着的火中,那些火焰立刻高出了数倍,四周的火圈也迅速升高,如同一道墙将中间的玉桑和小茅屋围隔到一起。

天际传来一声裂响,有闪电自高空落下,正好劈落在火圈中央的小茅屋上。玉桑吓得一个骨碌就打着滚从地上站起来,扭头一看,发现旁边的茅屋也燃起了熊熊大火。

四周的火势更旺,形成数丈高的火墙将玉桑困在其中,旁边的茅屋越烧越盛,随着一声脆响,茅屋应声倒塌。玉桑退后数步躲开四溅的火星,却冷不防踩上了后面的火墙,新买的罗裙立刻被火苗烧去一大片。

玉桑匆匆拍掉裙上的火苗,刚一抬头,立刻被眼前的景象震惊住,只见方才茅屋倒下的地方此时正自地上烧起一团通红的火,火焰高约三丈，火中泛紫，一看便不是普通的火。玉桑再不敢怠慢，自腰间摸出白玉毫笔，将灵力凝聚于掌心，只待一有危险便立刻出手。

那团紫红色的火越烧越旺，四周开始产生异象，原本还月朗星稀的天际开始闪电，乌云自四处聚拢，在头顶形成一团黑厚的云团。一声巨响之后，乌云中间落下一道闪电，正中茅屋位置的那团紫火。

在火光四溅间，火堆中央有一件东西正冉冉升起，泛着刺目的紫白色光芒。玉桑侧脸以掌护眼，不敢直视那光亮，直到那团东西升起约两丈高，她才小心地放下手去打量，发现那火焰中间正悬浮立着一个长相无比妖艳的人，分不清男女，但却笑容诡异。从他那与火交融的发丝和立于火中的姿态，玉桑立刻想到了在云碎城中所见的守魂尊者。

"第八十一个魂魄，有了你，我就能摆脱这只祭魂盘的禁锢了。"火光中的人开口，声音雌雄莫辨，正是今日正午听到的那个声音。

"你本应在风间神树中为风间族永世守候，却在风间族临难时逃跑，现在还为摆脱依附物件、拥有人形实体而在人间为恶，你可知罪？"玉桑冷声发问。

"风间族？哈哈哈，那不过是一个已经过去了两千年的笑话，他们已经消失，我已然自由，想要制伏我，除非是风间族血脉复活。"守魂尊者在火光中大笑，不屑地看向玉桑。

玉桑迎视他的目光，面露微笑，竖起双指在胸前轻轻划动，她的眼睛就渐渐变成了银色。守魂尊者看着玉桑的眼睛，笑容渐渐僵止，再次睁大眼睛，不敢置信。"你……你……"

"想要我的魂魄，那就要看你的本事了。"玉桑冷笑，化掌为刃，退后半步，翻身跃起，在空中侧身，以毫笔化出一柄幻剑，刺向那火中的守魂尊者。

幻剑在守魂尊者的眉心处停下，他只是眨了下眼，那幻剑便化成了火焰消失。玉桑又迅速退后半步，双掌合十，足尖点地跃起，开始闭目快速念咒。随着玉桑渐渐地离地，四周开始刮起大风，飞沙走石汇集成一团像是龙卷风一样的风柱自远方的山头朝这里移动。

立在火光中的守魂尊者脸色大变,他露出了惊讶的神色,道:"你竟然会驭风之术,你是宇文氏的血脉……"

"正是。"玉桑回答着,猛然一推掌,化出一道灵力直击守魂尊者面门,同时龙卷风越来越近,大地开始颤动。但是,没想到玉桑打出的力量在碰到守魂尊者面前的火焰时突然反弹回来,反击向玉桑面门。玉桑一个侧身躲过,却还是冷不防被击中了肩头,连退数步。

"现在就要看我的了,就算你是宇文氏的后人,又能奈我何。"火中的守魂尊者露出森森笑意,随即轻抬双掌,在面前划了一个圆圈,圆圈中央就形成了一个火红的火球。守魂尊者轻轻一指,那火球立刻化成了数百颗火光亮点迅速朝玉桑而来。待玉桑再仔细一看,才发现每一颗亮点就是一柄带着火焰的幻剑,此时竟是数百柄火焰幻剑一起朝自己而来。

玉桑不敢大意,使出全身灵力想要在面前化出护身结界,奈何那些火焰幻剑来势太快太密,她根本来不及凝力。那些剑身上火焰的热量已直逼到玉桑面前,就在她不知该如何自救时,有一只手轻轻揽上了她的腰,随后一股强大的护体结界笼罩上了她,那数百柄已到眼前的火焰幻剑碰上结界的壁面后纷纷坠落。

"站到我后面去。"燕七歌的声音响起。玉桑放下撑在面前的手扭头,果然看到燕七歌那张好看的脸在四周火光的映照中灼灼生辉。

玉桑嗯了一声,赶紧退后两步到了燕七歌后面,发现他身后的火墙已被法术熄灭掉半丈宽的位置,火墙外的地上趴着那个店主,似乎是昏迷了,柳茗然则捂着胸口正伏在一旁凝力聚神,似乎是方才被燕七歌打伤了。

"你刚才一直醒着?"玉桑问。

"难不成你以为她能制住我?"燕七歌头也没回地说道。

"问问而已。"玉桑撇撇嘴,随口应了燕七歌一句。

燕七歌没再回话,召出引魂灯笼提在手中,另一只手以二指为剑在面前驱出幻剑,朝那个立在火中的守魂尊者刺过去。

"不自量力,以为这样就能杀我?"火中的人不屑冷笑,仅伸出一根手指迎上直刺而来的幻剑。

本以为只是普通的一招,却没想到就在燕七歌的幻剑碰上守魂尊者的手指时,突然自引魂灯笼中射出一根红色的细线,燕七歌原本驱剑的双指迅速变化,并无意于伤他,只是捻过红线径直绕上了那火中人的手指。

一声长啸自火中传来,火光中噼里啪啦四溅出火星,玉桑被震退一步,燕七歌也被这样的爆发震退,落回原地。但他的双指却并未离开那根红线,而是用两指夹着红线一路后拉,退到火墙边沿之际时,脚下重重一踏,一个侧身就将那红线绕在指间,用力朝身后一拉,红线那头就有个东西被牵引着朝火墙外面而去。

不多时,原本在引魂灯笼那头的红线被拉出,上面系着今日从老槐树下拉出的那只魂魄,那魂魄离开灯笼后被燕七歌捻在指尖,他迅速将指间的红线松开,然后迅速侧身揽起玉桑,奋力一点足尖,跃出了火墙。

就在玉桑被燕七歌揽着落回地上时,方才的五角火墙轰然炸裂,火星四飞,将旁边的大片芦苇点燃。

"哐当。"有什么东西落到了地上,同时一个男子自火光中摔落出来,扑倒在地。

看那男子慢慢自地上支起胳膊,摇晃着站起来,玉桑认出正是刚才立在火中的那位守魂尊者,虽然并没有那么妖艳,但五官却极其相似。玉桑握紧了手里的毫笔防备,却被燕七歌伸手挡住。随后那男子站起来,却并没有一点进攻他们的意图,而是疑惑地看着四周,十分茫然。

"请问二位这是何地?"

"你不记得刚才的事了?"玉桑有些不解。

"刚才?刚才发生了何事?"男子不解地看向玉桑。

玉桑刚又要说话,燕七歌却抬手示意她停下,收起原本在指间凝聚的灵力幻剑,提着灯笼上前一步道:"不知公子如何称呼?"

"在下姓胡,字子悦。"

"你可还记得你做过何事?"

"我……我记得然儿要出嫁了,我到江边祈求江神为我示意,然后……然后……"胡子悦的脸色随着回忆一点点开始变化,他紧皱起眉头,然后捧起自己的额头,似是极为痛苦,蹲下了身子。

"然后你可是答应了谁什么事?"燕七歌淡淡地问。

"他说能让我与然儿永世不分,只要我甘愿交出自己的魂魄,他就能帮我留下然儿。"胡子悦闷声痛苦地回答。

"他现在在哪?"燕七歌上前一步发问。

但还来不及听到胡子悦的回答,燕七歌忽然一声闷哼,他眉头微动,眼神变得深沉而愤怒。他慢慢侧过身去,发现自己的腰际正深深扎着一把鱼骨匕首。

"你毁了我所有的一切,你该死……"柳茗然眼里泛着碧绿的光,恨恨出声,同时又将握着的鱼骨匕首刺深了几分。

燕七歌皱眉,未待他有所言语,一旁的胡子悦慢慢站了起来,睁大眼睛,颤抖着声音叫起来,"然儿……你是然儿……"

柳茗然闻声,侧过脸,发现那个自火光中摔落出来的男子正看着自己,目光深情而吃惊,可她却没有丝毫反应,泛着碧光的眼冰冷无情。

"我是子悦,我是子悦呀!"胡子悦激动地说着,伸手就要去拉柳茗然的手腕。

"不要。"燕七歌出声阻止,但为时已晚,柳茗然侧手为掌,狠狠拍在了胡子悦的额头。胡子悦的魂魄随着他不敢置信的表情一起四下飞散,随后柳茗然跃身飞走,落进了连片的芦苇荡中不见踪影。

在柳茗然逃跑前,她意味深长地看了玉桑一眼,显得有些不解。这让玉桑不由心头一紧,因为就在刚才,她看到了柳茗然在燕七歌背后的偷袭,但她却没有阻止,显然是被柳茗然发现了。

燕七歌顾不得去追柳茗然,他迅速将引魂灯笼高高抛起,屈指念诀,以指为笔在空中划出数道召魂用的符,将胡子悦的散魂困集于中间不让其四散,再以牵引之术将散魂引进灯笼,待他收手时,已经是满头细汗。

看燕七歌身形趔趄,玉桑上前扶住他,发现他浅色的衣袍已被腰际伤口渗出的血染红了一大片。玉桑这才想起,燕七歌虽厉害,可他毕竟还是凡胎,这一刀伤得他着实不轻,不禁有些担忧问道:"这伤口好深,你还撑得住吗?"

燕七歌侧头看玉桑,面色泛白,抬手摇了摇,似乎是想要否认,可话还没说出口,他就慢慢闭上了眼睛,身子软软地倒在了玉桑的肩上。

"燕七歌,燕七歌……"玉桑叫了他两声,见他丝毫没反应,才知道他是真的昏死过去了。

玉桑扶着燕七歌,四顾之后,目光落到了旁边大火烧过的残石上,伸手一探,便有一样东西自石后飞起,被玉桑握到了手中,正是刚才自火光中飞落出来的那样东西,那只她曾见过的八角祭魂盘。

玉桑的嘴角露出笑意,将祭魂盘收起,再侧眼看了看自己肩头的燕七歌,见他正双眼紧闭,又觉得有些对不住他,但若不如此,她又没有机会在这种情况下拿走祭魂盘。

"燕七歌,别怪我。"玉桑嘴里念叨着,扶起他走出火墙。

那辆他们来时所乘的马车还在,玉桑将燕七歌安置了进去,再看燕七歌,大半的衣衫已被血浸染,脸色白得如同白纸一般,再这样下去,估计他就要一命呜呼了。思量片刻之后,玉桑从怀中取出平日用来装妖物内丹的乾坤袋,从里面取出一颗通体莹白的丹药塞进燕七歌嘴里,运气帮他咽下后才转身下车。

"从这一刻起,你所经历的事情在下次醒来后都会忘记。"

立在马车旁,玉桑闭目听风,捻指于胸,许久,她周身渐渐散发出银白色的光,直到那光芒将她包围淹没。她取出白玉毫笔在面前用力一划,天地之间就似是被突然撕开了一道口子,飓风自裂口处刮出来,将玉桑的头发和衣裙吹得向后飞扬。玉桑翻身一跃跳上马车,牵起马缰,狠狠拍了一下马背,那马嘶鸣一声,冲着那道裂口直奔而去。

马车通过裂口,玉桑被巨大的风力吹翻,跌进车厢内,随后马车猛然摇晃着向前颠簸。玉桑努力揽住昏迷的燕七歌,不让他因颠簸再受伤,突然,马车似狠狠撞到了什么东西,停下。

前一刻的天翻地覆归于静止,玉桑抬起头听了听,四周十分安静。起身将燕七歌重新扶着靠回马车的厢壁上,她掀开车帘走出去,一幅巍峨壮丽的景象映入眼帘。

数十丈高的红色高墙左右铺展,一眼看不到尽头。红瓦白墙的四角飞檐城楼高耸于面前,雕栏刻龙,描金漆,四角威坐的鸾兽面向四方,鸾兽口衔琉璃灯,下束金铃铛。从前那四盏琉璃灯长明不灭,而灯下的金铃铛在有风的日子里就会吹奏出悦耳的曲子,那乐声和灯光象征和传递着风间一族的魂旨:有风即行风间,有灯即引魂归,风过千面不息,灯照四方不灭。

但是,现在这里灯灭风息,四周安静到没有任何响动,如同处在真空一般。玉桑跳下马车,牵起马缰上前,推开那扇红色的大城门,随着吱呀的门轴转动声,一幅宫城景色就尽展眼前。

只是这里并没有外城墙所见的那般富丽恢弘,有的只是断井颓垣,曾经高耸入云的金色宫殿已然褪去光泽,偌大的广场上尽是荒草断壁和大火烧过的残迹。玉桑重新跳上马车,挥动马缰长驱直入,沿着大理石铺就的直道一路向前,穿过坍塌过半的午门,再穿越残破的中央大殿,所经之处唯留下马蹄和车轮声。

直入上林苑,经过一处残破的花院,眼前的一切突然开朗起来。花院之外就是方圆百里的一个内湖,名曰太液,太液湖中央依稀可见一座雾气缭绕的孤岛,湖上有白玉栏桥相通。相传那里是凤凰栖息之处,上古凤凰一族在开天之后出了王母这样的大角色,曾辉煌一时,但又在几万年后渐趋凋零,最终仅余了一脉凤凰神族于世。那一族的祖先与风间族的祖先私交甚好,就将栖息的太液岛搬到了与风间族毗邻的地方,现如今这岛上就仅有一位凤凰族的少主留在那里。

玉桑驾着马车行上桥,一路轻车前驰,进入湖中央后便如入云间,伸手不见五指,只觉周身置于云雾中。

前行了约摸半个时辰,玉桑停在了桥头。面前有株樱花树在云雾中半开未开,树下蹲坐着一只小白狐狸,模样十分可爱讨喜。

玉桑跳下马车上前,蹲下身伸手去逗那小狐,却不想那小狐忽然就跳了起来伸着利爪直扑她的面门。玉桑大骇,扬手将那小狐狠狠挡开,那小狐转身就跳进了雾中不见踪影。玉桑跟着朝前跑过几步,在经过那株樱花树时,忽然觉得像是被谁一拉,朝前趔趄了一步,待她再定睛去看时,眼前景色已然变样。

没有了一丝雾气,面前是灼灼十里的樱花树林,繁花如云堆叠在枝头,时不时有绯白色的花瓣洋洋洒洒地飘落下来。地上落英缤纷,放眼望去,满地花色,这里的一切与方才所见的残破之景犹如两个世界。

"我还说,谁有这样大的胆子敢私自来闯我的太液岛,原来是你。"有清朗慵懒的声音自上传来,打破了四周的宁静。

玉桑寻声抬头望去,果然见到前面一株樱树上立着个男子,面容清俊,唇红齿白,堪比女子。一头黑发如瀑泻落在肩头,身着紫色锦袍,绣大团的牡丹花样,袖口边是金线织就,十足的富丽,但穿在他身上却丝毫不显俗艳,反是更衬得他贵气。

"紫凤,好久不见。"玉桑看向那男子,露出些许笑意。

"还真是好久不见,自打你离了大靖城就再不曾来看我一眼,信儿也不传一个,我还以为你都不记得我在这儿了呢。"立于树上的男子冷冷回声。

"这不就来了嘛。"

"来是来了,不过是有事求我。"男子瞥了玉桑一眼,抬起下巴微侧过脸,显得十分倨傲。

第五章　以血结魂

"紫凤,好紫凤,别生气了,回头我帮你煮壶花酿。"玉桑软言软语地向紫凤卖起乖。

"你以为一壶花酿就能打发我?"

"那你要怎么样,难不成我都来了,你还真要把我赶出去不成?"

"两壶,至少两壶。"

"成交,你快些下来,帮我去瞧个病人,再晚些我怕他就没命了。"

紫凤自树上轻轻落下,被玉桑拉着就走,他不禁有些抱怨,道:"瞧你那心急的样,难不成是你家小相公受了伤?"

玉桑白了紫凤一眼,拉着她回身化地移形,转眼间就到了停靠着马车的桥头处,掀起车帘示意紫凤上去。紫凤却很是嫌弃地瞥了一眼,道:"将他送到云锦阁去吧,把我的医箱送过来。"

"是。"就在一瞬间,旁边的那些个樱树草木后面一下子走出了十几个容貌艳丽、衣着纱裙的女子,温柔地应着紫凤的话。

半个时辰后,在太液岛的云锦阁外,玉桑呆呆地立在一株万年青旁边,身后站着一个捧着茶具的小婢,屋里紫凤正在为燕七歌治伤。

不久,屋门打开,玉桑回过神来,快步进入屋内,看到紫凤正在一只铜盆边由婢子淋水洗手,身后的床上躺着依旧昏迷的燕七歌。

"他怎样了?"玉桑问。

"流了些血,中了些妖毒,不过这些对我而言都是小手段,隔个一宿保准他比从前还结实。"紫凤边接过婢子递上的手巾拭手,边回道。

玉桑暗自松下一口气,然后笑道:"那就多谢了,回头我就去取花酿给你。"

这本是没什么大碍的一句话,却不知为何紫凤一听就变了脸色,将手巾丢进铜盆中转过脸来看向玉桑,意味不明地笑道:"听你这话似是有多急着要还清我人情,巴不得我和断得一干二净才好。难道你忘了吗? 你可还是这太液岛的女主人呢,我的娘子?"

玉桑在听到最后几个字时脸色变得煞白,低下头微微握紧了五指,

隔了片刻才道:"紫凤,我不想与你争吵,我先出去一会儿。"

说完,玉桑转身出门,大步离去。紫凤却更显气愤,追上几步冲着门外大喊道:"宇文桑,你回来,你给我回来……"

玉桑并没有因为紫凤的话而停下脚步,转而屈指闭目念咒,迅速移形离开了云锦阁。

玉桑离开太液岛,回到大靖城,去了一处残败的乱墙之下,周围杂草丛生,四处都是大火燃烧过后的痕迹。玉桑退后几步,又上前几步,伸手在那墙上拭了拭,就找到了一处久远的划痕,沿着墙一路向前,墙上面的划痕愈加零乱不堪,更有的已深见青砖,这些都是刀剑留下的。

走过断墙,玉桑看到了一座雄伟的宫殿,五脊六兽居于飞檐之上朝八方观望,蚩吻雄踞殿脊,昭示着大殿曾经的辉煌威风。大殿高居于百丈基台之上,左、中、右三道千步石阶向前延伸,直通大殿,但因为年久失修,殿阶多有残坏,有的地方还生出了杂草青苔。

玉桑站在台阶之下仰望宫殿,抬脚想要走上去,却在走了一步之后又退了回来。坐在台阶上,她从怀里取出那支没有鬃毛的白玉毫笔轻轻抚摸,这里的每一个地方都是那么熟悉而陌生,每一个地方似乎都留着那些熟悉的身影。

想着想着,玉桑握紧手里的笔闭上眼睛,侧头将脸贴在台阶旁边的石雕上开始打盹,记忆开始从脑海中显现,父王、母后、哥哥,还有那些将他捧在手心上的族人们,他们的笑脸、声音,似乎就在身旁……

他们说她是风间族的明珠,是风间族最宝贝的公主,所有人都爱护她,所有人都宠溺她,她曾拥有那么多人的爱,就算是在最后的死亡时刻,他们也没有改变,他们将最后活下来的机会留给了她。

"我好想你们,好想,好想……"玉桑闭着眼睛伸出手在空中轻轻拂动,似乎那些熟悉的面孔就在身边,不知不觉间就有东西自眼中滑落,滴到了台阶上。

"你在哭?"突然的声音传来,玉桑有些被惊吓到,慢慢睁开眼,才发现燕七歌不知何时已立在了几步之外的荒草之间。

玉桑站起身来,尴尬而茫然地看着他,道:"你怎么来这儿了?"

燕七歌并没有回答玉桑的话,只是负手走过来,在她面前站定,打量玉桑片刻后,仰头看向面前高高的宫殿,道:"大靖城,风间大靖,这里是上古风间族遗址。"

玉桑走过几步,扭头顺着燕七歌的目光向上看,那大殿就如同一位孤寂的老者矗立在那里,等待主人的归来。

"世间有传言,当年风间一族被人间始祖皇帝尽亡于一战,唯有风间族长最小的女儿逃过此劫。"燕七歌侧头微微仰望,立在高阶上眺望着玉桑。

"两千年前风间族灭,大靖城破,大靖皇宫也被毁,所有风间族人尽亡一战,唯有我活了下来。没错,我就是风间族的最后一个公主——宇文桑。"玉桑笑着侧头冲燕七歌嫣然一笑,随后又重新眺目仰望。

燕七歌没有再说话,只是立在原地看着面带微笑却眼神悲伤的玉桑,许久之后,他伸出手握住了她垂在身侧的手。

玉桑愕然扭头,发现燕七歌正用一种从未见过的眼神打量着自己。燕七歌伸手将玉桑眼下的一点残泪拭掉,道:"以后不用背着我掉眼泪,也不用见了我就强撑笑脸,若你想哭可大方地当着我的面哭,我不会笑话你。"

玉桑愕住,半晌,才木然地点了点头,然后有些叹息地转身离开,道:"谁知道你一转身还认不认账,回头还不照样欺负我。"

"其实……"燕七歌欲言又止,玉桑从未见过他这样,就又转过身耐心地看着他,等待他的下文。

"其实并不是我想欺负你,只是……只是我有太久的时间独身一人,已忘记如何对一个人好。如果可以的话,多给我些时间,我会学一学用普通人的方式照顾你、对你好,只要你不离开我,我就一直陪着你。"

燕七歌说得很慢,脸上是一种从未有过的局促和尴尬之色。玉桑看着他，一动不动地呆愣在原地，这太让她惊讶了，这哪里像总是高高在上、用鼻孔看人的燕七歌说的话，她怀疑这是自己的幻觉。

"你不信吗？"看玉桑迟迟不出声，燕七歌显得有些失望。

玉桑回过神，停顿之后笑了，眼里笼罩上一层无奈和悲伤。她在心里默默地道，"信又如何？不信又如何？等我们离开此地，你肯定不会再记得今日的话，只要你离开此地，今日在此的所有记忆都会消失。"

但玉桑并没有把这些讲出来，只默默地点了点头，道："我信。"

玉桑上前轻轻拥抱燕七歌，不想让他看到自己的表情。燕七歌轻轻揽着她的腰际，有那么一刹那，玉桑觉得这种感觉似乎非常熟悉，但却又记不起熟悉在哪。

"伤口还疼吗？紫凤说要休养一晚的。"玉桑在闻到燕七歌肩头的药香时发问。

"紫凤？就是那个大夫吧？他似乎是不太想让我继续留在那里休养，火气大得很。"

"我们自幼相识，他心地不坏，只是脾气不太好而已。"

"你求他救我？看来我要欠你人情了。"

"你想还我这个人情吗？"玉桑笑问着推开燕七歌。

"你说。"

"现在我尚未想到，待我想到了再告诉你。"玉桑调皮地说着，带着满面的笑容就要离开，却在转身之际眼眶有些发酸，明明知道离开这里后这里的一切都会被忘记，她又怎么敢要承诺。

玉桑带着燕七歌去取花酿给紫凤作为谢礼，提着两只酒瓮回到太液岛已是两个时辰之后。进了云锦阁的厅院，玉桑就看到紫凤正立在廊下，她沉了沉气，唤他的名字打招呼，可连叫两声都不见紫凤应声。

玉桑以为他还在生气，便走近了些，这才发现他的肩上贴了一张定身黄符，玉桑大惊，立刻侧头去看燕七歌。

燕七歌一脸坦然地负手走过几步，道："他一直吵闹，又逼问我和你是何关系,我本无意与他相争……"

"你就用符定了他？"玉桑惊骇,双目圆睁到有些不敢置信。

"似乎是如此。"

"燕七歌,待会儿若他要杀你,我定不拦着。"

"那就要看他的本事了。"

"你好自为之吧。"玉桑叹息,一闭眼将紫凤肩头的符纸撕下,未等玉桑看清,只觉得眼前紫影一闪,旁边就传来了两人交手的声音。

紫凤直逼着燕七歌退后数步,进了厅院,两人就开始斗法,一个使的是幻剑,一个用的是花影形术,把整个厅院里的花木激震得簌簌落叶,连带着院外的樱花也被震飞进了院内。

玉桑任由他们斗着法,自顾自将两只酒瓮提进屋,自己泡了茶坐在窗边喝,喝完一壶花酿后,她有些犯困,看他们还未停下,就自己关了窗和门上床睡觉去了。

等玉桑再醒来时已经是翌日清晨,阳光摇摇晃晃地照上她的眼睛,她用手挡了挡后睁开眼,发现面前逆光站着一人。

"燕七歌？"玉桑疑惑地出声,随后从床上坐起身。这才发现面前站着的是紫凤,只见他衣衫零乱,胸襟半开,长发散乱地披在肩头,那张俊秀的脸上露着凶光,显得十分气愤和不甘。

在玉桑的记忆里,紫凤是最爱干净的,从小他就自负优雅俊朗、天下无双,如此邋遢的造型还是头一遭,不禁又惊又想笑,问道:"这是怎么了？谁干的？"

"燕七歌！"

"这……"玉桑哑然,想不到燕七歌竟扒了紫凤的衣服,一时脑中轰响不止,随后又急问,"他现在在哪？"

"你就知道问他,我站在你面前也不见你问候一声,你的心是越来越硬了,滚出去！"紫凤挥着袖就开始赶人。玉桑一个骨碌从床上起来,麻利地穿上鞋闪身出门,这才发现昨天还树茂花繁的厅院此时已经叶落树残,满地狼藉。

玉桑赶紧出了厅院去找燕七歌,出了院子就看到来时的马车停在门外,车帘掀起,燕七歌正闭着眼靠坐在里面,显然是施了法术正在昏睡。

"你带一介外人来大靖城,对他又有多少了解?"紫凤随后走出来,换了一件新的衣衫,但脸色依旧十分难看。

"他是个收妖人。"

"收妖人?哼,他与我大战一夜不落下风,这样的修为法术又岂是一介凡胎能有的,早知如此,我昨个儿绝不救他。你老实说,他到底是何来历?"

看是隐瞒不过去了,玉桑只得小声地道:"引魂灯笼在他手中,他的确不是普通凡人。"

紫凤一听,脸色微变,显得惊讶而愤怒,道:"引魂灯笼?你还在想着那些事?白芷呢,他就不拦着你?就算你要引魂灯笼,那就直接夺过来,若不成,我帮你夺过来就是。此人绝非善类,你留在他身边迟早要吃大亏。"

"我心意已定,白芷没有拦我,你也别管我了,好吗?"玉桑恳求。

"我不管,难道任由你就这么自毁前路吗?当年让白芷把你带走,便是指望他能保你永世安康喜乐,现下看来,还不如当初我与他拼一死战把你夺回来。"紫凤显得有些激愤。

"你有心护我,我能明白,但我已经不是当年那个只能躲在别人后面的小女孩了,我也有我自己的想法。我一直不愿回来,就是不想同你争吵。紫凤,你还不明白吗?"

沉默,因为没有风,四周安静到了诡异。紫凤拧眉看着玉桑,玉桑也是无奈地皱着眉看他,两人互不相让。

"宇文桑,当年你父王与我父亲指腹为婚,若不是那场灭族之灾,我现在就是你的夫君,你别忘了这一点,我对你是有责任的。"

"紫凤,我知道你不会逼我的,不要以此逼我。"玉桑有些叹息,无奈地看着紫凤。

又是许久的沉默,玉桑盯着紫凤,毫不相让,最后紫凤侧过头狠狠挥袖离开,道:"我知道了,其实我早就知道会如此,当年你不肯留在我身边,现在自然也不会。你走吧,马上走!"

玉桑张了张唇似是要向紫凤解释什么,可见他头也不回快步转身离开,又将话咽了回去,取出毫笔在面前划开一道裂口,转身跳上旁边的马车,拉起马缰进入那裂口中消失不见。

再次落地,马车已经停在了红珠江边,江边芦苇荡中的大火已经熄灭,只留下许多黑焦的残枝。江上天边已经升起红色朝霞,似乎是天快亮了。太液岛上的一日一夜,在这里不过是几个时辰的事情。

玉桑进车厢看了看燕七歌,见他还在昏睡,就蹲在车厢前盯着天边发呆,看着日头一点点自地平线上升起,似乎是从另一个世界而来。

"我睡了多久?"燕七歌醒来,抚着额角出声,似乎有些头晕。

"几个时辰而已。"玉桑扭过头看着他回答;停了一下后问道,"你记得发生了何事吗?"

燕七歌皱眉回想,许久后摇了摇头,道:"我记得从火中牵出一只魂魄,然后……然后……"

"然后你被偷袭了,柳茗然逃了。"

"嗯,知道了。"燕七歌点点头,从车内出来,跳落到地上,召出引魂灯笼,提在手中看了看,道,"走吧,我们回镇上去,今日要把这里的事情结了。"

燕七歌径直向前走去,如从前一样神情冰冷。玉桑在背后看着他,觉得他又是那个燕七歌了,冷漠淡然甚至有些无情,与在大靖城里对自己说那番话的人完全不同。

回到红珠村,站在老槐树下,燕七歌取出紫玉罗盘开始引路,到了玉桑曾去过的那扇门前。燕七歌跃起,撕下了门楣上的横联,翻过来一看,果然背后画着一道黑符。就如收妖人的黄符一样,黑符是妖魔用来加执力量的法器之一,显然这里有个不一般的妖物存在。

"等会儿站在我后面就好。"燕七歌头也不回地提醒了一声,在手上凝聚法力防备着,推开了木门。

这是一间不大的农家院落,三间土墙房子居中而建,中门大开,似乎是在等候着谁进去。燕七歌收起紫玉罗盘进屋,玉桑紧随其后,一进门就发现屋内相对坐着一男一女两人,正是胡子悦和柳茗然。

再仔细一看,那胡子悦面色发青,身体僵直,分明只是一具尸身;柳茗然近乎透明,地上也没有影子,也只是一只没有实体的魂魄。

"想必这位公子就是破了祭魂的人吧,奴家柳茗然见过公子。"魂魄柳茗然起身,娉娉婷婷朝燕七歌行了一礼,相比已然妖化的那个柳茗然,她要清丽许多。

燕七歌并没有理会她,只负手缓步上前,将坐在椅上的尸身打量一眼,道:"胡子悦死去少说也有数十年了,却尸身不腐,这需要极大的法力加执,更需人气喂养,想必你为此也是费尽心思了。"

"当初我也只是不甘心子悦与我阴阳相隔,却不想一步踏出,便再无回头路,害了红珠村众。是我之过,我甘愿伏法。"

"可否告知个中究竟?"

"父亲逼我出嫁前日,我本与子悦相约在老槐树下私奔,却不知为何我那日重病不起,误了时辰,待我醒来时便听闻他已死在槐树下。我心灰意冷之际去了江边,想投江追随子悦而去,却不想就在那里遇上了一个拾海货的老妇,她告诉我她非凡胎,可助我与子悦再次相会,只需我在大婚那日跳下海中,把肉身和魂魄交与她作为条件。之后我被困在了八角祭魂盘中,受她控制,还不停地帮她收集合适的魂魄增强她的法力。直到你将子悦的魂魄带到我面前,我才想起自己是谁,拼命逃出了那东西的控制。"

"你的身体在易魂之后被一妖物所据,可知是何来历?"

"乃是一只鱼精,她一心想拥有无上法术,可凭自己之为任意幻化人形,那只八角祭魂盘便是她从海中寻出的。她与那只祭魂盘也有交易,只需为之集齐八十一只魂魄,她就能得偿所愿。"

"如此说来,一切都是那只祭魂盘所为,倒是需要好好会上一会了。"燕七歌冷笑着侧头,目光落向旁边立在门边的玉桑。玉桑被他的眼神盯得发毛,忍不住退后了两步,心中忐忑不安,不知是不是应该承认是自己把那祭魂盘拣走了。

"现在还想害人,还不现身?!"燕七歌说着,忽然以指化剑直捣玉桑腰际。玉桑吓得连连后退数步,抬袖挡住脸不敢去看。

本以为燕七歌会重伤自己,但就在他的手碰到玉桑腰际之时,突然伸手将她的腰一揽,轻轻朝怀里一拉,拥着她就旋身落到了屋子的另一角。等玉桑惊魂未定地回头去看时,才发现她方才立的地方已经站了一个粗布衣衫的老妇,一手提着竹篮,一手托着那只八角祭魂盘。玉桑下意识地悄悄去摸袖子和腰间的乾坤袋,里面果然已经没有了祭魂盘。

"一介凡人能有如此修为和眼力,当真厉害!"老妇旋身之际自袖间迅速射出几道幻刃,速度极快,泛着青光。

燕七歌将玉桑朝背后推了半步,伸手凝力就将那些幻刃全部激碎,同时召出引魂灯笼,跃起,迅速屈指念咒。随着咒语声,屋外开始刮起大风,将地上的残枝枯草全吹起来拍打在窗户上,啪啪作响。屋子亦是摇摇晃晃,房上瓦石纷纷掉落,似乎下一刻就会轰然倒塌。

"还不快出去!"燕七歌手中动作不停,微侧过脸提醒玉桑。玉桑才回过神来,匆匆看了一眼燕七歌后,小跑着出了屋。

玉桑刚一出门,屋子的木门就应声重重合上。她站到院子的围墙下,虚着眼从狂风中去看那屋子,只见那屋内泛着灵力激荡起的光芒,各种碎裂的声音乱作一团,随着一声巨大的轰响,屋子竟然平地拔起升上了天,被通天的风暴卷到了其中。

玉桑被大风刮得站不稳身子,不得不以手挡住脸不让风沙吹进眼中,等到她找到一处风力较缓的墙角靠住,再抬头去看升起的屋子时,空中突然传来一声炸响,巨大的火光由上飞溅开来,泥砖石墙和残碎的家具用物带着大火自空中散落下来。

"燕七歌。"玉桑的心一紧,似是下意识地就大声叫出了一个名字,同时看到有一张缺了腿的木桌正燃着大火朝自己落下来。

"小心。"就在玉桑被吓得不知所措时,燕七歌沉稳淡然的声音在耳边响起,随后她被人从背后圈腰护住转过身去。一声响动过后,燕七歌松开双臂,玉桑才慢慢睁开眼,她看到那张残桌在燕七歌背后两米开外的地上四散开来,周围满地狼藉。

玉桑惊魂未定地立直身子,上下打量了一番燕七歌,见他虽衣衫上沾了许多污迹,但并没有伤处,这才松下一口气道:"吓死我了,我还以为你……"

"以为我被那个老妖婆给杀了吗?不是谁都像你这般无用,被她附在身上跟了那么久都不自知。"燕七歌不屑地白了玉桑一眼。

玉桑一股火气就冲了上来,刚想反驳,又像是想起些什么,复将话咽了回去。既然燕七歌误认为是那只祭魂盘附上自己的,那么也正好省了她怕被察觉的担心。

燕七歌并不留意玉桑,侧过身提起引魂灯笼,将灯笼提高几分后,对着灯笼屈指念咒,灯笼泛起亮光,从中间升起一团灰色的魂魄散影。

"子悦。"方才不见踪影的柳茗然在那团散魂出现后自一处角落出现,痴望着空中悬浮的散影,模样悲伤。

"他的魂魄被禁太久,又经妖术震碎,现在这只是他的魂魄碎影,听不到你的话。"燕七歌提着灯笼,负手转身看向柳茗然,将灯笼朝她面前递了一些,似是想让她看得更清楚些。

"公子,你法术高超,定有法子救他,我求您救救他。"柳茗然跪倒在地,一双妙目里尽是恳求。

"天理轮回,因果际会,因你二人之事引出如此多的罪恶,总是需要有人受过的。我可以为他结魂,送他入轮回,但你需要付出代价,你可愿意?"

"我……我……"柳茗然茫然地看着燕七歌。

"你想想吧,你知道如何找我。"燕七歌并没有任何的强求或是劝慰,一挥手收起灯笼,转身示意玉桑离开。

从红珠村出来,路过那棵老槐树时,玉桑停了下来,燕七歌止步看她,道:"怎么了?"

"若不是祭魂盘,它想必已然修行小成,真是可惜了。"

"是它自己不够缘分,走吧。"

玉桑撇撇嘴跟上燕七歌,有些怨气地道:"你是凡人,不经修行就有三魂七魄,又有高强法术,一世不过数十年,哪里会知道草木动物修出人形、练出魂魄有多难,那可就是千万年的等待和记忆。"

"谁告诉你我就是生来就有如此本事的?"燕七歌斜了玉桑一眼。

"那你倒是说说,你不过是活了二十来载,又这样大的脾气,谁还敢欺负你不成?"

"天下之大,无奇不有,亏得你活了千年,眼界也就是这些,真是出息!"燕七歌说着,打开紫玉罗盘寻着方向,领先朝前离开。

"那只祭魂盘呢,在哪?给我瞧瞧。"玉桑小跑几步追上燕七歌问。

"这种害人的东西,我已将它毁了。"

"毁了?"玉桑心里咯噔一响,不敢置信地看向正闭目凝神的燕七歌,正要说话,忽然又想起些事情,悄然停下半步侧过身摸向自己的腰际。那天在红珠江边那老妇送她的彩贝还在腰间,她取出来看了看,哪里还有彩贝,分明就是一只掌心大小的八角祭魂盘。

玉桑心中大骇,如果这只才是真的祭魂盘,那么方才与燕七歌斗法被毁的那只就是假的。

"宇文氏的公主,你找到我,就必定会将我带走。我不是你的对手,既是如此,我索性帮你偷梁换柱,演场戏掩了燕七歌的耳目。我愿意被你带回风间族,但你将来肯定会后悔的。"守魂尊者的声音在玉桑的耳边低低响起,带着一丝笑意。

"我只想让你们回到该回去的地方,完成当年你们未完成的使命,我绝不会后悔。"玉桑低声说着，翻指在祭魂盘上留下一记法术，同之前收集的魂器一起装进腰间的乾坤袋中，再不说话。

燕七歌取出紫玉罗盘和玉桑开始找那只占着柳茗然肉身的鱼妖，在日落前到了一片荒草地，罗盘指针飞快地开始旋转。燕七歌冲玉桑打了个眼色，玉桑就明白他要在这里布阵捉妖了。

布阵施法，将那只鱼妖逼出来并未费多少工夫，只是她一味出手挣扎，燕七歌索性一招将她打了个半死，让她落在地上只能干瞪眼。看燕七歌收起灯笼将凝在指间的法术散去，玉桑怕这鱼妖说出在江边的事情，就抢先一步过去狠狠给了她一招，让她再无开口的机会。

"何时你也有如此除妖卫道之心了？"燕七歌提着灯笼走过来，似有调侃。

"她可没少欺负我，这下我可是报仇了，哼！"玉桑站起身，抬起下巴。

"还当你是长了眼界，原来不过是小肚鸡肠。"燕七歌边说边蹲下身子，伸出两指在柳茗然的额头轻轻一点，然后伸手到玉桑面前。

玉桑愣了一下才明白过来，赶紧麻利地将燕七歌用来装妖丹的盒子取出来递过去。燕七歌张开五指，就有一颗闪着光的妖丹落在了盒子里，随后鱼妖的魂魄就从柳茗然的身体里飘了出来，一阵风过，散了形消失不见。

随着鱼妖的魂魄离开，柳茗然的肉身迅速发生变化，开始生出尸斑，然后腐烂，不一会儿就只余下一堆森森白骨。

就在玉桑和燕七歌看着地上的白骨时，柳茗然的魂魄悄无声息地出现，看着地上的那堆白骨，神情悲伤而哀怨。

"公子，我想好了，我愿意用自己的魂魄换子悦的魂魄投入往生。"

燕七歌抬头看向她，并没有说什么话，走过几步后召出引魂灯笼，在四周结了一个小阵后将胡子悦的散魂从灯笼里引出，划破自己的食指伸到阵中，随着他的血液不停地被吸附，阵内的散魂开始一点点聚拢。

玉桑惊讶地看着这一切，结魂这种法术，就算是在神界也是罕见奇术,就算是上古大神也不一定会有此能力,但燕七歌却能用自己的血将散碎的魂魄重新黏结恢复,这样的能力远比无上修为更要骇人。玉桑对燕七歌的由来和经历越发好奇,并生出一丝恐惧。

随着胡子悦的魂魄在结阵里慢慢出现成形,燕七歌指间的血流失得越来越快。玉桑看到燕七歌另一只手也紧紧握成了拳,额头已出现了细密的汗意,她有些担心,想要走过去看看,一靠近,就立刻被燕七歌周身的护体法术给弹了回来。玉桑这才恍然明白他此刻竟是拿着生死相搏的力道在为胡子悦结魂。

一盏茶的工夫后,结阵的光渐渐散去,胡子悦的魂魄漂浮着落下来。燕七歌划出一道灵力将他引至灯笼前,柳茗然飘了过来唤他,但胡子悦却丝毫没有反应,只茫然地目视前方。

"他已没有任何人世的记忆了,这样才能轮回投胎。"燕七歌疲惫地出声提醒,随手一招,就将胡子悦的魂魄收进了引魂灯笼。

柳茗然惊讶地扭头,然后又无奈地低下头,显然已经是心灰意冷。

燕七歌重新举起灯笼唤了柳茗然的名字,问:"你可是自愿入引魂灯笼为芯,以魂为祭?"

"我愿意。"

柳茗然的魂魄应声,随后她的魂魄就被收入灯笼中,引魂灯笼瞬时光芒大亮,随后又归于平常。一切完成,玉桑暗自舒了一口气,走上前去刚要说话,忽然见燕七歌一个趔趄向前,噗的一声就吐出了一口鲜血。玉桑大惊,赶紧上前扶住他的胳膊,急问:"你怎么了?"

燕七歌挥了挥手,强撑着站起来,道:"无事,多耗了些体力,有损精气而已。"

"那怎么办?"

"不碍事……"燕七歌刚又说话,却脚下不稳,又趔趄着单膝跪倒在地,引魂灯笼被丢到了一边。玉桑扶过他的肩一看,才发现他的脸白得如同白纸一般,嘴唇都泛了紫,就算是玉桑不谙医术,也看出这可不单是损精气那么简单。

"燕七歌，你撑着些，我带你去找大夫。"玉桑慌了神，架起燕七歌的胳膊到肩上，可因为太过心急，连带着燕七歌摔在了地上两次。

眼看着燕七歌的眼睛一点点闭上，玉桑感觉到了从未有过的担忧和心疼，趴在燕七歌旁边一个劲儿地摇他的肩，又拍他的脸，道："燕七歌，你别睡，把眼睛睁开，快点，快点！"

"你……你轻点……疼……"燕七歌眯着眼，勉强吐出几个字。

玉桑看他还醒着，一下子笑了，眼泪却忽然就流了出来，又哭又笑着道："吓死我了，我还以为你死了。"

燕七歌吃力地抬起手拭了下玉桑的脸，道："别哭了，丑死了……"

"你说过……"玉桑想说他曾说过不笑话她哭的，可说到一半才想起那只是在大靖城里的事，他现在根本不记得。玉桑收了声，再看燕七歌，已然闭上眼睛昏了过去。

玉桑试了试燕七歌的鼻息，确定他还活着后，又胡乱地拭了拭自己的脸，拉着燕七歌的胳膊把他扶上自己的肩，拣起地上的灯笼，一步步朝前挪动步子。

太阳渐渐被乌云遮住，闪电开始在空中划出条条白光。雷声渐近，一场暴雨似乎就要降临。玉桑面对着不远处的红珠江大口喘着气，不知道该怎么办。

哗！大雨降下，如倾盆一般。玉桑的衣服迅速湿了个透，脚下的沙路也越发难走，就在玉桑累得双目昏眩，不知如何是好时，自暴雨之中传来了些许的马蹄和车轮声。玉桑如黑暗中见到灯光的人，冲着那马车大叫了两声，那马车果然就朝着她一路而来。

三匹白马拉着金丝楠木所制的厢，一个青衣小童扬鞭驱着马车在玉桑面前停下。雕花车门推开，一个身着玄色锦袍的人淡然坐其中，五官清俊，气质华贵，正是白芷仙君。白芷动了动手，一道白色的光润笼上玉桑周围，那些倾盆而落的大雨就在离她两寸的地方全被阻挡在外。

"上来吧。"白芷冲玉桑伸出手来,语气温淡。

玉桑迟疑着,那坐在车前的青衣小童已经跳落到地上,帮玉桑将燕七歌扶上了车。玉桑上车,小童关上车门,马车开始前行。玉桑拧了拧被雨水淋湿的头发,在白芷对面坐下,还未说话,就先打了个冷战。

"我教过你驱寒的法术,自己先调理好身子,这个人我会替你照看。"白芷头也不抬地说着,一手拂住袖口,一手握住燕七歌的脉门拭探。

玉桑嗯了一声,然后便闭目开始调息,才过一阵儿,忽觉有浓浓困意袭来。她心中生异,急忙想要睁眼,却怎么也睁不开,只依稀听到白芷说了句什么后就昏昏睡去。

待玉桑再醒来时,已经是在一处精致的雕花楼阁里。玉桑睁开眼,摸了摸身上的丝绸锦被,坐起来再打量四周,看到屋内摆着上好的梨花木圆桌,墙边依次设有琴案、书案,墙上挂着价格不菲的水墨笔画,有安神用的瑞香正自案头的瑞脑兽鼎中袅袅升起。

"有人吗?"玉桑下床,穿上摆在床边的绣鞋朝门口走去,推开宫格雕门就被一派富丽艳景所微微震住。她所立之处是一间位于二楼的高阁楼栏,楼下是一片左右约数百丈的花苑,苑中种着清一色的黄菊,花开正艳,透透延伸四方,直到了她看不见的远方雾色中,这是玉桑第一次从菊的身上看到如此威严气势。

"有人吗?"玉桑冲着阁楼下大声喊问,惊起无数鸟雀自花丛中纷纷飞起。她的声音向外扩散,直到她听到自己的回音在四周一遍遍轻轻作响,却始终没有一个人回应她。

玉桑心里忽然升起一个想法,这是一处虚无绝境,只有她一个人,整个世界都只有她一个人,没有人会听到她的声音,更不会有人能寻到她。恐惧和惊慌让玉桑的胸口泛起痛意,她趔趄着后退,靠上背后的雕阁窗户稳住身子,低下头在胸口摸了摸,才发现自己满手血腥……

第六章

花都皇宫

花都城外。

天色阴沉，乌云翻滚，狂风将路边的枯黄秋草吹得沙沙作响。官道上沙飞石走，一个身着浅紫色襦裙的女子以纱巾覆面，正打马急行。

大雨落下，看到前面树林有处破屋，女子狠狠踢了一下马肚，风风火火地冲到檐下翻身下马。推开破旧的木门，发现这是间废弃的旧院，一间破屋立在院落左侧，院墙已经剥落大半，只留下半人高的墙根。

两声御马喝声从背后传来，打断了女子的观察。她回头看见两匹急驰的黑马正冒雨朝自己跑来。马上两人，一着黑色劲装，一着暗红华服，看起来像是一主一仆。

两人来到门外，华衣男子跃身下马，目不斜视地跨上台阶，身后的黑衣青年赶紧接过他丢下的马缰，将马匹带到旁边的檐下。

身高八尺有余，古铜肤色，修眉斜飞入鬓，一双尾角上挑的凤眼目光深邃，五官俊秀中又有一种锐利的英姿勃勃之气。一身大色华服，极尽精美，却毫无狂妄之意，反而觉得甚是相配。这样的男子，只是立在那里不动，也让人感觉到一种逼人的华贵。

"这雨真是恼人。"华衣男子抬手拂掉身上的雨水抱怨道，数点拂下的水渍沾上女子的面纱，女子露在面纱外的眼睛里立刻露出了不悦。

感觉到被人盯看，男子侧过头看了一眼女子，但并未有任何客气致歉,反是倨傲地撩起衣摆进门。

女子本无意计较,但看他这般高傲自大,不免有心报复,袖下食指轻弹,那男子脚下就打了个滑,向前一个趔趄,顿时形象全无。女子笑出声来,男子的脸迅速红了又白,冷哼一声之后,甩着袖子进了破屋子。

雨久久不停,从正午一直下到天黑。女子起初还靠在墙壁上看着外面的雨帘,后来就迷迷糊糊睡了过去,直到感觉有人站在自己面前,脸上显出些异样,她迅速睁开眼,出手去扣面前之人的脉门。

"原来是个会功夫的漂亮姑娘。"华服男子早有防备地退后,笑握着一块轻纱旋身避开,慢慢落地。

女子站定,抬手在面上摸了一下,面纱果然已经没了,杏眼瑶鼻,粉红嫣唇,可不正是玉桑。

"还我。"玉桑没好气地伸出手。

"如此长相,遮起来多可惜,这面纱我要了。"男子得意地露出笑意,顺手就将面纱收进了袖中。

"抢我东西的人一般都没好下场,你可想好了。"玉桑笑说着负手到背后,掌中已经凝结灵力准备出招。

就在这时,一阵急促的马蹄声传来,打断了玉桑的话。对面原本调笑着的男子也收起笑意去听,马蹄声越来越近,越来越响,最后在院外止步,一个粗犷的声音划空传来。"里面的人听着,此路是我开,此树是我栽,交出财物,放尔等离去。"

屋内僵持的两人微愣一下,明白是遇上劫道的匪人了。玉桑看了一眼对面的锦衣男子,眼珠一转,忽然笑了,道:"公子,敢问你姓甚名谁呀?"

男子一听,侧过头冲玉桑露出风流笑意,道:"怎么,现在知道来讨好我了?放心吧,我是个怜香惜玉之人,断不会留下美人独自逃命的,待回了花都京城,你以身相许便是了。"

"真是多谢公子好意,你还未告知你的名谓呢。"

"淮南赵邑容。"

玉桑笑眯眯地冲他点头,甜甜地道:"嗯,放心吧,若是你待会儿没了性命,我会为你敛尸,也会为你立块碑文,不至让你暴尸荒野无人问津。"

"美人儿可真是调皮,这会儿还说笑,看我回头怎么治你。"赵邑容皮笑肉不笑地回敬一句。

"休要纠缠拖延,快些送出钱财,否则老子非剁碎了你们不可。"门外众人开始不耐烦,冲着里面的人大吼起来。

赵邑容轻步侧身出门,贴着一处残墙朝外看。玉桑也轻声爬到墙头上朝外看,大概数了数,对方有四十多人,个个都是劲装执戈,前面的泥水里倒着赵邑容的那个仆从。

赵邑容看了一眼学他爬墙的玉桑,微眯起眼睛冲她露出挑衅笑意,身形一拔,跃了出去,与那些匪人打斗起来。总不能就这么被个凡人纨绔子弟比下去,玉桑不甘示弱,也紧随其后翻墙跳出,却不想土墙翻塌,连带着她整个人掉到了泥土堆里。

玉桑灰头土脸地伸出手,扑腾了几下才把自己从土里弄出来,边吐着嘴里的泥边去看赵邑容,看到他正和几个人缠斗,出手利落迅速,显然是个练家子。

"还有一个。"山贼里面有人喊了一句,立马有个大汉朝她围了上来。玉桑正要出招去迎,腰却被人环住,硬生生被带着退后了几步,回头一看,正是赵邑容。

"这些人下手凶狠,伤了美人可不好,你且在旁边看着就好。"纵然在被人围攻的情况下,赵邑容说话的语气仍是傲慢不减。

玉桑若出手解决这些凡人山匪只是小菜一碟,不过看赵邑容如此自负爱炫耀,她忽然改了主意,任由赵邑容拉着自己在刀光里面四下闪避。

一个旋身之后,赵邑容从腰间抽出一柄软剑与扑来的山贼缠斗,银光闪动,剑锋四转,兵戈之声在林间异常响亮。赵邑容怕误伤了玉桑,就将她推到一棵树边站定。玉桑站了一阵儿,见赵邑容虽身手不凡,可毕竟是以寡敌众,加上对方有备而来,他渐渐有了败势。

"纵然你容姿卓绝,英俊不凡,可也得尝尝失败的滋味了,谁让你不让我帮忙呢。"玉桑暗自在心里幸灾乐祸,见没人留意自己,便乘机转身离开。刚走出一段,又觉得自己这么着见死不救有些缺德,便叹息着又回去,若来不及救他,替他收下尸也是好的。

回到原来打斗之处,玉桑远远看到前面的树林里站了一个人,周围地上横七竖八倒着匪人的尸身。阴暗的光从树枝间照下来,将那人的身量映出个大概的模样,分辨着身高跟赵邑容很像。玉桑走过去,拍了一下他的肩膀,道:"看来是我小瞧你了……"

那人转身,玉桑的话戛然止住,这不是赵邑容,竟然是紫凤。

"你怎么在此?"玉桑惊讶。

"昨日做了恶梦,梦见你出事,有些不放心,就想来看看。"

"我很好,没事的。"玉桑笑着扬起脸。

"那个燕七歌呢,现在何处?"

玉桑脸上的笑意僵硬,随后便消失,微垂下头,有些没着落地道:"我不知道。那日我和他一道的,后来下雨了,再然后我好像是睡了一觉,醒来时就只有我一人了。"

"他既然自己离开了,那也是好。上次你走得匆忙忘了告诉你,我在为燕七歌治伤时发现他身上有种奇怪的封印,像是毒又像是诅咒,他如此年轻便修为惊人应该就与此有关。"

"那会如何?"

"也许他每使用一次法术便会让毒或诅咒浸入经脉骨血一分,直到最后化骨扬尘也不一定。"

玉桑愕然,微张了嘴,却说不出一个字。

"他迟早是要死的,那引魂灯笼你若想要,我就去替你取过来。你随我回大靖城，以后这凡间还是少来的好。"

"紫凤，我们不是说好了嘛，这件事我要自己做，你不要插手。"

紫凤脸色微变，显得有些生气，可这次他没发火，似是强忍着咽下一口气，道："这么说，你是铁定了心要找到四件魂器让神树复活，再次打开冥渡之门？"

"嗯。"

"你真是被白芷惯坏了。你若出个什么差池，看我回头不找他算账，我非烧了他的霏雾山不可。还有那个燕七歌，他若是欺负了你，你就告诉我，我虽不喜杀生，但亦绝不手软。"

玉桑低头忍笑，余光扫过，发现赵邑容正昏靠在旁边的树下，就走过去蹲身拭了拭他的鼻息，紫凤就在这个空当里一声不吭地拂袖移形离开了。

随着哗哗声，天上又开始下雨了。赵邑容皱了皱眉头后睁开眼，看到蹲身在自己面前的玉桑，他愣了一下后慵懒笑道："就知道美人儿舍不得我。"

"真是厚颜无耻。"玉桑白了赵邑容一眼，扭头就要起身，不想赵邑容一伸手就拉住她的胳膊不放。

"松开，否则我不客气了。"玉桑还从没被凡人这般调戏，不禁有些薄嗔。

"不松开又如何？"赵邑容颇有些痞意地挑眉。

"你……"玉桑怒气一蹿，扬手就要施法，却被一个从背后传来的清亮温和的声音打住。

玉桑在听到这个声音时手上动作瞬间止住，慢慢回头去看，就看到有一群举着火把的人马正朝他们靠近。才眨眼工夫，身边暗沉的树林被火光照亮，一群身着软甲的侍卫将他们团团围住。

人群退开一条缝隙，一匹黑马驮着个兰芝玉树般的人走了出来。火光阑珊，树影婆娑之下，来者披着一身黑色斗篷，丰神俊朗，犹如天人，嘴角微弯却又不像是笑,冷清淡漠,正是数月不见的燕七歌。

　　燕七歌扯马而来,前行几步,低身看向玉桑,露出少有的微笑道:"你还好吗?"

　　"我醒来发现你不在,以为你死了。"玉桑愣了半晌才出声,声音哽咽沙哑,眼睛也酸酸涩涩。

　　"我无事,夜雨伤身,披上吧。"燕七歌解下肩上的斗篷,轻轻一扬,斗篷就落在玉桑的肩上,还亲自帮她将结带系好。

　　"燕王殿下,能否先将这种风月调情之事缓上一缓?"赵邑容非常不合时宜地插了一句话,语气怪异。

　　燕七歌却不气,侧头挥手示意身后的马队退后一些,道:"数年未见,别来无恙?"

　　赵邑容懒散地从树下站起走过几步,笑道:"无恙无恙,就是方才遇上的美人又要被你骗去了,着实有些心痛。"

　　燕七歌看向旁边的玉桑,忽然伸手一探,揽腰就将玉桑托上马背,稳坐到了自己前面。然后弯唇轻笑看向赵邑容,慢声道:"玉桑本就是我未过门的燕王妃,又何来'骗'字一说?"

　　玉桑如闻惊雷,侧头看向燕七歌就要说话,哪知燕七歌已经先下手为强,在她背后贴了一纸定身符咒,她就只能乖乖坐在前面,不动不语。

　　赵邑容也哑然吃惊,随后又挥袖一笑,挑了挑眉道:"原来还是我唐突了。"

　　燕七歌不置可否,拉着马缰调转马离开,道:"我已经吩咐花都城外驿馆行宫管事打理好一切,今夜就先去那里落脚。"

　　"不愧是燕王,当真是名头好使。"赵邑容慢悠悠地拱了拱手,随后跃身落到旁边备好的马上,目光扫过玉桑的脸后,一踢马肚,急驰而去。

　　"我把符撕下来,但你不许吵闹。"燕七歌边拉动马缰朝前走动,边提醒玉桑。

　　玉桑眨了眨眼以示应允,燕七歌这才取下符纸。玉桑长呼出一口气,扭过头就要责问燕七歌,却发现他正用一种温笑的姿态看着自己,这让她到嘴边的话一下子都忘记了。

"这样看着我作甚?"玉桑有些脸红,心虚地小声问。

"无事,分别许久,今日再见,心中欣慰。"燕七歌伸出手握上玉桑垂在身侧的玉腕,温柔而怜惜。

玉桑微睁双目,以为自己听错了,扭头看着近在眼前的燕七歌,忽然就烧红了脸,扭捏地侧过头去。可就在她想着要回句什么话时,燕七歌又忽然松开了手,如从前一般冷漠淡然地道:"就是如此,进了花都城后在人前要温婉些,少说话。"

玉桑脸上的笑容僵住,这才明白刚才那些不过都是燕七歌在人前做样子,自己又被耍了,可刚想扭头发火,燕七歌却猛然一踢马肚打马向前,把她的话全吓了回去。

"我们此行收什么妖?"

"谁告诉你我来花都是为了收妖?"

"那是什么?"

"一个十年之约。"

建德八年,八月初八,庚辰,宜祭祀、嫁娶、祈福;忌破土、煞北。

今日花都城异样热闹,昨夜自寅时开始城中便多了些身着红衣的下人在朱雀大街来来往往布置红绸红灯,但凡临街的屋宇楼阁皆披红挂彩,五步一花绸红结,十步一双喜红灯笼,将整个花都城装点得比过年还喜气明艳。

卯时才过,就有爱看热闹的孩童来街上看热闹,城中百姓也都起了大早出来观望大事。

皇宫,昭德宫中,孝德帝赵璋面色苍白,双目无神地正由太监更衣,身后的双凤绣榻上睡着他最宠爱的辰妃,为了不扰她好梦,赵璋示意所有人都立在门外,自己也仅是在外间暖阁由一个太监服侍穿上朝服。

"皇上,今日燕王和淮南王归京,您是要在哪里见他们,承乾宫还是集贤殿？"太监总管边为赵璋的纹龙玉带上悬挂香囊,边恭敬地问话。

"集贤殿吧,朕晚上与他们在宫中用膳。"皇帝神情有些呆滞地出声。

"是。"刘德海行礼应下,后退出门。

皇帝独自立在屋内,抬腕看向自己的手,发现五指竟变得似透明一般,吓得他赶紧将手缩进袖中。

天明时分,皇宫大门缓缓打开,丞相领着百官下朝,乘轿前往城门。身着黑甲的护城校尉领两千校骑精兵鱼贯入城,自城门至皇宫大门五步一人、十步一岗站定,随后就是皇宫一千御卫跑步而来依次清道。待日头升起一竿高度,花都城的玄武、朱雀两条大街皆被重兵把守,百姓被清理到街道两侧,中间空五丈宽有余。

半个时辰后,一行人马自城外而来,红旗紫幡先行,后是银甲白翎的两百护卫亲兵,紧接着就是身着青色劲装的家卫护送着一辆由四匹毛色纯黑的高马拉乘的金丝楠木车轿。车轿比普通的乘轿大了两倍,作八色飞檐宫殿状华盖,角悬银铃铛,下束明玉和红结花带,行动时鸣叮作响又飘逸多姿。

"燕王到,淮南王到。"有近卫喊话,声音洪亮,前面候在街中的百官皆下轿,街上拥挤围观的百姓纷纷跪倒。

"我等奉圣上旨意在此迎接二位王爷归京。"百官以丞相为首向车轿行礼。

"皇叔父可真是有心了,各位大人免礼吧。"一个倨傲的声音自队伍之后传来,随后一匹纯色白马自护卫之后迅速奔出,直朝下轿行礼的那堆百官而去,吓得那些身着官服的大人们纷纷后退,眼看那白马就要冲撞上百官之首的丞相时,马背上的人一扯马缰,马儿长嘶一声,高仰前蹄,停在原地。

老丞相惊魂未定地擦了擦额上冷汗后抬头,就看到马背上坐着一个英俊男子,身着绣有三龙戏珠的银织锦袍,头束紫玉缨冠,腰悬宝石金剑，手执一条紫色蛇皮鞭，那种贵气逼人、傲视群人的姿态，怎是让看过他一眼的人就再不会忘记。

"丞相大人，数年未见，你又添白发了，身子骨可好？"赵邑容似有调侃地笑问。

"劳淮南王挂心，老夫甚好。"丞相还以一个不冷不热的笑意，随后看向那辆八角金丝楠木车轿，走过几步后向车轿拱手弯腰。

"老臣奉圣谕恭迎燕王回京。"

但是，许久车内都未有回话，就在丞相欲要上前查看时，车轿的门被推开。燕七歌身着白色朱子深衣堪堪走出，负手立于车前，周身上下仅有一片碧玉为饰，长发以同色玉钗绾起，虽无任何奢侈之物，但那种天生的高贵气质却让在场所有人都不敢直视。

"王妃，来见过丞相大人。"燕七歌侧身向车轿伸出手，随后就有一个身着白色蜀绣芙蓉裙，外罩金丝桂枝纱套的艳丽女子轻握燕七歌的手走了出来。头绾堕马髻，配以翡翠芙蓉花，六支金雕扇形步摇昭示着她不一般的地位身份。

在场众人皆是一愣，随后又都迅速回神，纷纷朝着轻轿跪倒，齐道："参见燕王，参见燕王妃。"

"众位免礼吧。"燕七歌淡然出声，侧身牵着玉桑重新回了车轿。

车轿开始前行，玉桑坐在轿内挑起一点窗帘，发现一路而去两旁尽是前来看热闹的百姓和开道的精兵，不由有些咋舌。

"想不到你竟然是皇亲，难怪你平日总是那么爱使唤人。"玉桑边看边嘟囔。

"你又不是人。"燕七歌瞥看她一眼。

玉桑气呼呼地回头瞪了燕七歌一眼，然后眼珠一转，又笑了，堆着笑脸蹭过去，道："你是皇亲，肯定是会进皇宫的，能不能带上我一起？也不知是哪个混蛋，前些年教唆皇帝在宫中按镇妖八卦局建了大殿，妖类就再不能施法进去了。"

燕七歌斜视玉桑一眼,玉桑不明白这是何意,皱了下眉后又厚着脸撒起娇来,道:"你就带上我吧,我保证以后听你的话。"

"要我带上你也不是不可,但你需告诉我一件事。"

"什么事?"

"白芷。"

玉桑脸上的笑意僵止,拉着燕七歌袖子的手松开,低头片刻后,侧过身坐回去,不再纠缠燕七歌。

当晚燕七歌入宫,玉桑还是跟着他一起去了。在皇宫大门前燕七歌将一只玉镯套到玉桑的腕上,道:"这是鸡血玉,我在里面落了法术,可破皇宫的镇妖八卦局,保你平安,但你不可在宫中胡乱施法,否则会反噬伤己。"

"这么厉害?你竟然连皇宫的镇妖布局都这么容易破了……"玉桑惊奇地说到一半,忽然又像是明白什么一样,微微睁大了眼睛,道,"难不成这皇宫的镇妖八卦局是你设计的?"

燕七歌没有说话,只微有丝得意地笑了,顺手牵起玉桑走下车轿,前面已经有一群太监宫女提着宫灯候旨迎驾了。

由太监引路到集贤殿,宣话推门。燕七歌领着玉桑进殿,看到殿中已布置好了宴桌,赵邑容正立在殿内的书桌边捉笔作画,头上紫玉缨冠在灯下显得异常璀璨晃眼。

"燕七歌,来瞧瞧我这幅美人图如何。"赵邑容头也不抬地开口。

燕七歌走近几步,看向桌上的宣纸,随后微皱了一下眉,没有说话。

"我来看看。"玉桑好奇地凑过去,伸长脖子一看,立刻有些吃惊,那画上竟是自己。

"你干吗画我?我眼下没有这颗痣,你画错了。"玉桑指着画上的女子,有些挑剔地指点。

赵邑容侧头看向玉桑,挑眉,拂袖放下毫笔,并不作任何解释,又眼神暧昧不明地看向燕七歌。

玉桑也顺着赵邑容的眼光去看燕七歌，这才发现他眉头微拧，眼神很是奇怪。正在玉桑要出声发问时，忽然就听得有宫人喊话。

"皇上驾到，辰贵妃驾到。"

所有人都行礼跪拜，玉桑有样学样地蹲下身子，朝门口看过去，就发现有个身穿明黄龙袍的青年男子在一众太监的簇拥下进殿，旁边还跟着一个身穿紫色宫装、发饰繁重的女子。

"都起来吧。"赵璋出声，众人谢礼起身。玉桑随着众人起身，抬头看向面前的人，在目光落到皇帝旁边的女子时，忽然就愣在了原地。和自己一样的眉，一样的眼，唯一不同的就是她的右眼下方有一颗细小的朱砂泪痣。

一餐宫膳吃得异常缓慢，玉桑糊里糊涂地坐在燕七歌身侧，偶尔吃些东西，但脑中却是有许多疑问，抬起头去看坐在皇帝身侧的辰妃，发现她也正在打量自己。辰妃莞尔一笑，更显动人。

"燕王与朕多年未见，今日不如就留下陪朕对弈。"临末，赵璋提出此议，燕七歌便留在了宫中，玉桑与赵邑容自宫中离开，回了驿馆。

从宫中出去时，赵邑容与玉桑并行，看玉桑神情恍惚，就笑道："燕王妃这是在想什么呢，如此出神？"

玉桑也不抬头，意兴阑珊地道："淮南王聪慧，不如自己猜吧。"

"王妃还真是有意思，我猜呀，你是在想着辰妃吧？"

玉桑停下步子，转过头看了一眼赵邑容，顿了一顿后道："说是我想着辰妃娘娘，王爷何尝不是呢？"

本以为赵邑容会否认些什么，却不想赵邑容竟然毫不掩饰，道："我自然也是想着辰妃的，还想就此打道去她宫中走走，王妃可愿同行？"

"现在已到宫门落锁的时辰……"玉桑刚想说不方便，却不想赵邑容已经伸手一抓，拖起她的胳膊就朝皇宫后苑而去。

赵邑容轻车熟路地绕过几道宫门，又穿越一处林苑，就到了皇宫嫔妃所居之处。听闻有禁卫军巡视的声音，他赶紧拉着玉桑跃起，落到了一侧的树丛后。

"你竟然连皇帝的后妃都敢幽会,就不怕掉脑袋吗?"玉桑压低声音开口。

"你假冒燕王妃,犯的也是掉脑袋的欺君大罪,你不也胆子大着吗?"

"你……你怎么知道?"被一语点破,玉桑不禁有些心虚。

"燕七歌的心思我岂能不知。"赵邑容有些得意地抬起下巴。

"什么心思?"

"他手里有一幅画,数年前他曾指着那画对我讲,那画上的女子是他此生最重要之人,我便明白将来他若婚娶,就定是那女子。"

"是谁?"

赵邑容张嘴欲说,可话到嘴边他又忽然止住,看了一眼玉桑,道:"算了,还是不要告诉你了,省得回头他又怨我多嘴。"

"说话留一半,最讨厌了。"玉桑嗤之以鼻,挥袖道,看禁卫军已经走远,就自树后出来。

赵邑容随后出来,左右看了看后,拉着玉桑翻墙而去,跃过几道宫墙,停在了一处灯火通明的宫苑外。正殿挂着蓝底描金的大扁,篆刻着皇帝亲写的"昭德宫"三字。

按着常理来讲,既是私自夜会,定是不能从正门大摇大摆进去的,玉桑刚想问怎么办,就听得赵邑容朗声道:"辰妃娘娘,本王来看你了。"

宫门大开,两个太监和宫女在门口跪迎行礼,随后辰妃就走了出来,笑语道:"等你多时了,就知道你要过来。"

发现赵邑容身后的玉桑,辰妃愣了一下,随后向玉桑颔首微笑。见辰妃如此大方坦诚,倒让玉桑有些不好意思了。

随赵邑容进殿,殿内富丽奢华,明珠为灯,一应所用全是上好物件,一张梨花香桌上已经摆了茶案,看来辰妃早已料到会有客来访。

"皇叔父可当真是宠你,你这昭德宫当真漂亮。"赵邑容打量着屋内,信步在桌边坐下。

"比不得你的淮南王府。"辰妃在他对面坐下,并笑着侧手示意玉桑也落座。

"来时的路上听闻你已晋封贵妃,百姓都在传你名冠天下,说你是'天下第一妃'了,恭喜恭喜。"赵邑容闻了闻茶香,笑着恭维玩笑。

辰妃弯唇露笑,但却没表现出太多欣喜,只是客气地示意宫女斟了茶送到玉桑面前,道:"这是皇上赏的雪山龙井,燕王妃请用。"

玉桑客气地称谢,接过茶盏想要尝尝,却在放到鼻下时闻到了一丝异味,再仔细一探究,不禁大骇,这茶水里竟有妖气。

"好茶,好茶。"玉桑不动声色地做了些样子,笑着放下茶盏,发现辰妃在打量自己。

"燕王妃的镯子真好看,必是燕王送的吧?"

玉桑看着辰妃的脸,虽然她在笑,可总感觉有一股阴森的东西扑面而来,盯着她的眼睛久了,竟让玉桑背后生寒,有些不自在地打了个寒战。

"是的。"玉桑错开她的眼睛,笑了笑。

随后就是一些客套闲聊,待到二更天,赵邑容才堪堪打了个呵欠。辰妃道已让人备好了西厢房让宫女领他过去, 又安排了玉桑在东厢歇息。

玉桑由宫女服侍着到了东厢睡下。躺在床上,玉桑怎么也睡不着,翻来覆去了一个时辰后,听到外面悄无声息,她就摸索着自床上起来,悄声溜出了昭德宫。借着月光,跃身落上宫殿的屋顶,立在顶梁上,玉桑四顾张望,闭目屈指吸了一口夜风嗅闻,果然感觉到了浓浓的灵力自皇宫北面传来。

出于好奇,玉桑一路寻着灵力来源而去,最后停在了一处建在高台之上的大殿前。大殿与普通的皇宫殿宇不同,这个大殿有飞檐两层,不是普通的四角或是八角飞檐,而是每层九檐,双层十八,建殿的石砖也不是红、白二色,而是泛着冷黑的青砖。光是立在这里就感觉到了宫殿的森冷,显然这里是有人特意布下了结界。

玉桑伸手摸了摸燕七歌送她的玉镯,心里的害怕恐惧才稍稍减了一些,走上前伸手欲去推宫门,忽然就被人拉住胳膊退后了数步,同时她方才碰过的宫门竟烧起了大火。只是那火光幽蓝,并不显眼,于宫门木料应并无损害,却是灼热之气逼人,显然不是普通的火苗。

玉桑感觉背后冷汗生出,回头去看,就看到了燕七歌的脸。

"这是冥焰,专防妖邪的。"燕七歌松开玉桑的手上前,在那门上划了两下,门上的火焰就立刻消失。

"你不是在陪皇帝对弈么?"

燕七歌习惯性地没有回答玉桑所问,伸手推开殿门,边向内打量边道:"过半个时辰就要回去,我们得快些。"

燕七歌召出引魂灯笼提在手中进殿,玉桑紧随其后,进去之后发现这里竟然是一处佛堂,中设三丈余高的菩萨金身雕塑,下设香案,置三鼎,摆着一应水果祭品,地上摆着些用以礼佛的蒲团。

"去看看菩萨脚下的第二瓣莲花。"燕七歌边提高灯笼四下看着,边对玉桑下令。

玉桑哦了一声摸着黑上前,在金身下面摸着数了数,就找到了第二瓣莲花,用手试了试,发现竟然是可以活动的。

"可以动……"玉桑说着,一顺手就拨动了机关,后面的话还未说完,脚下一空,她就掉进了机关里。

玉桑吃痛落地,哀号着抬头,看到头上是一处天窗般的开口,约有五丈高,燕七歌正提着灯笼蹲在口上看着自己。

"你故意的。"玉桑气呼呼地仰头瞪他。

燕七歌用灯笼朝下照了照,跃身也跳下来,站定后,朝玉桑伸过手,淡笑道:"我只说让你找到,可未曾说过让你乱动。"

"狡辩。"玉桑重重搭上燕七歌的手站起来,没好气地翻了个白眼。

燕七歌露出些许笑意，并未还击，转身用灯笼照了照四周后，朝一条通道走去，道："走吧，不要乱碰这里的东西。"

玉桑哼唧了一声以示不满，但脚下还是未停，跟着燕七歌朝里走去。进入通道，摸着冰冷的洞壁向前，越走越觉得寒气逼人，脚下的路也是一直向下，到后面两壁都有了渗水，地下也是又湿又滑。

玉桑极小心地走着，可还是在踩过一块青石时脚下一滑，摔了下去，好在燕七歌眼疾手快，及时侧身揽住她的肩。玉桑借着力刚要站起，却不料又朝前一滑，连带着燕七歌一起推到了洞壁上，两人毫无征兆地鼻尖摩擦，唇若有似无地划过对方的脸。

沉默，两人都僵硬地停在那里，借着引魂灯笼的光呆呆地看着对方在眼前的脸。燕七歌急促的呼吸节奏扑在玉桑脸上，温温热热的，让玉桑面如火烧，心跳犹如战鼓。

引魂灯笼里腾起一点的灯花，两人才似惊觉回神，玉桑匆匆退后，却又忽然被人握住了手。

"小心些。"

"哦。"玉桑挤出一个字，感觉面红耳热。

"走吧，快到了。"燕七歌转身继续向前，但握着玉桑的手却再没松开。

玉桑低头看着被燕七歌牵引的手，不自觉地也轻轻握紧了一点，两人一路无语向前，走了一小会儿就到了一堵石门前面。燕七哥娴熟地在一处突出的石头后面找到个可移动的机关，随着面前的石门轰响着打开，眼前的一切不禁将玉桑震住。

一个宽数十丈的地下大厅呈回字形建成，外层是一圈活水，中建大理石台，台上建有一座宫殿雕模。玉桑走近一些，发现那竟是花都皇宫的缩小模子，伸着脖子再仔细看了看，她吓得后退了半步，那模子里面有灯火、有行人，甚至连风吹树梢都一模一样，怎是玉桑再不聪明也明白这不是个简单的宫殿模子了。

"这是虚影结界。"燕七歌看出玉桑的惊讶,出声解释。

虚影结界,顾名思义就是如影子一般的结界,这样的结界皆以现有的某处实物取材,一模一样地再制出同样的出来。若将谁投入到这种结界中,若非有谁刻意去打破结界或是找到里面的人将他带出,陷入者很可能在其中迷失心智,分不清现实与虚影,永世被困在里面。

"谁会在皇宫建这样的结界?"玉桑扭头看向燕七歌。

燕七歌没有出声,只是微蹙着眉头看着那结界,上前伸手屈指念咒,以指轻划,在结界上方撕开了一个小口,又以黄符贴在口上不让结界坍塌,才道:"昔年太后于我有恩,十年前,她临终时想见先皇一面,便请我建了此结界。我将她的魂魄送入结界,让她在这里面重复从前的生活,再过几日就满十年,届时我便要破了此结界,让她投入轮回。"

"建这样的结界,应该很难吧?你怎么做到的?"玉桑打量着这结界,觉得越看越复杂,若不是有强大灵力支撑,根本无法成形。

"你从前真的没有见过这个结界?"燕七歌侧头去看玉桑,眼里透出一种奇怪的神色。

玉桑皱眉,不明白燕七歌为何这样问,道:"什么意思?我不是才和你来这里吗?"

燕七歌启唇,似乎欲言又止,可最后还是什么都没说,道:"算了,兴许是我认错人了,走吧。"

燕七歌牵起玉桑从来时的路出去,来到他们刚落下的那处机关时,燕七歌在墙上某处动了动,面前就多出一扇石门,石门打开,玉桑立刻被外面的亮光晃得抬手挡住了眼睛。

等玉桑再放下手去看时,眼前是她歇息的东厢房,她躺在床上,身上严实地盖着青色锦被。太阳光正从窗户照进来,再看旁边,哪里还有半点燕七歌的影子,一切就像是一场梦。

早膳是由宫女送到房中享用的,御膳房的手艺自然是极好的,吃完之后玉桑觉得应该告辞出宫,刚想着的时候辰妃的宫女就来了,说是辰妃请她到花苑品茶。

上林花苑在皇宫御花园的东边,离辰妃的昭德宫颇近,自从辰妃入宫承宠以来,一直盛宠不衰,那上林苑也沾了辰妃的光,各色珍贵花木全移了进来,四季皆有花可赏。眼下正值初秋,有的便是桂花和菊花,丛丛簇簇地落在地上,放眼望去,壮观且艳丽。

辰妃今日着一件紫衫,外套绯色纱衣,长长的裙裾落了一地。玉桑过去的时候她正在烹茶,红泥小炉,紫砂茶壶,其他花的香味伴着八月桂花的香气飘荡在林子里,又配着如此美人,当真是世间难得的好景致。

看到玉桑过来,辰妃也没有客套什么,只微笑着侧手示意玉桑在对面坐下,慢声道:"再过几日便是月圆中秋,本还一直担心今年御花园的菊花赶不上中秋月夜了,却不想昨个一晚竟然全开了。燕王妃喜欢菊花吗?"

"菊花淡雅,挺好的。"玉桑坐下,有些不太自然地接话。也不知道为什么,对着辰妃,她总是觉得不安,也许是因为辰妃和自己长得太像了。

"这里的菊花多是我亲手栽种,这茶也是我亲手制的,燕王妃尝尝。"辰妃将一只紫砂小茶盏递到玉桑面前。玉桑笑了笑,借以掩饰自己的僵硬,接过茶,并没回话。

"我记得燕王就很喜欢菊花,菊花茶是他最喜欢的,不知这些年他的习性有无改变?"辰妃自顾自又慢声补了一句。玉桑送到唇边的茶停下,即便她不懂得后宫女子的那套暗劲算计功夫,但这般明显的挑衅她还是听了出来。

"娘娘此话何意?"玉桑看辰妃漂亮的脸上笑容满面、春风得意,正在她想要反击时,忽然有个声音插了进来。

"时辰不早了,本王要去找燕王,燕王妃也随本王一道吧。"赵邑容的声音自后面传来,说话之际已经到了两人面前。

"淮南王可真是有心呀。"辰妃笑语着看向赵邑容,神色无异。

"娘娘谬赞了。"赵邑容笑着回了一句,随后看向玉桑。玉桑起身看了辰妃一眼,也未行礼就转身离开。

玉桑心里有气,也没忍着给赵邑容好脸色,自顾自在前面快步走着。赵邑容随在后面唤了她一声,她也没应。赵邑容也不是个能受气的主儿,一伸手就扯着她的胳膊转过来,道:"本王好心来接你,你倒还对我摆起脸色来了,若不是看在燕七歌的面子上……"

"若不是他的面子,你想怎么样?"玉桑抬起下巴,没好气地反问打断。

一看玉桑那神情脸色,赵邑容就明白玉桑这是在怄气,皱了下眉头,随后笑了起来,道:"本王不过就是一说,瞧你,脸都气白了,不知道的人还以为本王欺负了你。"

"劳烦王爷带我出宫。"玉桑半垂下眼,沉声沉气地说道。

"出宫? 我只答应燕七歌照看你,这会儿就带你去找他,你若想出宫,便自己跟他说去。"

"什么意思?"玉桑有些不解。

"早在昨个儿入宫之前燕七歌曾来找过我,他料定昨夜会被留在宫中,便让我答应照看你一晚,不能回驿站,想法子留在宫中。"

"这是为何?"

"你可是燕王妃,燕七歌的行事你又岂会不知。他的道理就只有他自己知晓,外人问不得,问了也白问。"赵邑容打趣儿般地说着,随后领前去。

玉桑随着赵邑容走着,一路上也不怎么说话。在宫中绕了几处回廊楼阁,前面的赵邑容忽然停下来,玉桑险些撞到他的背,好在赵邑容及时扶住了她。

玉桑称着谢抬头,看到前面的宫殿,不禁微微吃了一惊。这是昨夜她在梦里来过的那间佛殿,只是现在看来这里是红墙碧瓦,太阳当空照在上面,显得明朗鲜艳,丝毫没有梦中所见的寒气逼人。

玉桑抬步上阶欲要走近些看,却被赵邑容拉住了胳膊,道:"这里是太后的旧殿,外人不许进去,在这里等着就好。"

"什么意思?"玉桑讶异。

"十年前太后在此过世,这里便被封了起来。皇帝登基后下令翻修了这里,将此处改建成一处佛殿,但却不许任何人靠近。燕七歌是太后抚养长大的,他是个例外,这会儿他在里面拜祭,我们在外面等着就是了。"

听着这些话,玉桑又是意外又是疑惑,从燕七歌突然亮出的皇家身份,再到后来的辰妃,再到现在的太后,随着时间的推移,燕七歌身上的谜团不仅没有变少,反而越来越多了。与其自己费心思索,玉桑眼珠一转,看向赵邑容,堆着笑脸儿道:"王爷想来定是知道些我不知道的,不如王爷全都讲一遍,我也好长长见识。"

"你是他的王妃,你若想知道,怎不自己去问他?"赵邑容抬着下巴笑话玉桑。

"王爷不是说了嘛,一眼就看出我不是真王妃。"

"哟,这会儿倒自己承认得快了,看你这么有诚意的份儿上,你答应我一件事,我就把知道的全告诉你。"

"何事?"

"回头若是燕七歌不要你了,你就跟我,答应这条我就全告诉你。"

"他不要我了我再跟你?"玉桑咋舌,随后没好气地嘟囔,道:"王爷若真有这心,也应当说让我弃了燕七歌跟你,他不要我了再让我跟你,可真是没出息。"

"我不抢燕七歌的人,他会记恨我的,况且……我能料定他来日会弃你而去,届时你会伤心难过、心灰意冷,我再出面施以怀抱,岂不更易收得美人心?"

"你……你倒真是会想。"玉桑真是又气又笑,从来没想过会有人如此厚脸,又如此厚脸得有道理。

"不否认便是答应了,那我就告诉你燕七歌的事。"赵邑容侧手,拍了拍旁边的位置示意玉桑坐下。

玉桑提裙跨过栏杆,在赵邑容旁边的位置坐下,静等他下面的话。

"这件事说起来可算是一段宫中奇事了, 二十五年前八月十五,月圆之夜,突然天生异象,风雨大作,但月不落、星不晦,当时的燕妃生下燕七歌,太后则生下了当今的皇帝。燕妃当时血崩离世,燕七歌便被托付给了当时的太后与皇上一起照料, 他与当今皇帝是不折不扣的同年同月同日生。国师当日卜卦,说天生异象,有天龙降世,来日二人中定有人要坐拥天下。

"外人只知他们生来便是对手,来日必争皇位,却不知赵璋生来就心智不全,痴痴傻傻犹如稚童。十年前,先皇驾崩,当夜,太后也随先皇而去,但就在那一夜,赵璋却是瞬间开智,变得精明异常,先发制人继承了皇位。"

"燕七歌就没争?"

"不仅没争,甚至辰妃在皇帝登基当日被册封为妃他也一句话未说,随后他便远走天涯,这一去便是十年未归。这些事起初先皇和太后下令任何人不许外传言论,否则杀无赦,赵璋登基后更是处置了一大批知晓内情的宫人,所以宫外百姓都不知道这些秘闻。如今皇帝勤政,百姓的日子过得亦是不错,就更没人理会这些了。"

"他……他当真是因辰妃入宫才离京远走的?"

赵邑容没有回答她。玉桑想起辰妃向自己的示威说辞,如此看来是确为实事了, 她心中一时有些不是滋味, 起身看了一眼那边的永泽殿后,垂下眼道:"我还是先出宫去吧。"

说完, 玉桑也不顾旁边的赵邑容, 一个跃身落到了几丈外的台阶下,头也不回地快步离开。

离开皇宫,玉桑为寻方向施了些法术,虽然施法时反噬,伤了些精元,好在她还是忍了过去。走上花都大街,玉桑感觉有些不舒服,强撑着寻了处无人的大树边坐下,试着运气疗伤修补精元,可试了几次都没能成功,反倒是累得满头大汗。

就在玉桑又一次岔了气被自己折腾得直咳嗽时,忽然,有一股清凉的灵力自她的腕上传入经脉,她岔走的经脉气血被这道灵力抚顺,立刻舒服了许多。玉桑睁开眼睛,看到眼前站着一身白衣的燕七歌。

"不是说了在宫中不可胡乱施法吗?怎么不等我带你出来?"

"你那般忙,怎敢麻烦。"玉桑站起身,无甚表情地说着,从燕七歌旁边走过。

"这是怎么了,在怄气?"燕七歌负手跟上玉桑,并行发问。

"岂敢。"

"这样尖酸的反话,可不是你平日喜好。"

"我们很熟吗?我们认识不过数月,哪比得上你和辰妃相识已久。我不晓得你爱喝菊花茶,你又怎会知道我生性就尖酸刻薄?"

"就因辰妃生气了?"燕七歌移过一步,挡下玉桑前行的路,竟有些许笑意。

玉桑抬起头,愤然怨恨地看了他一眼,道:"难不成我还应该欢天喜地才对?燕七歌,我从前只觉得你冷血无情,到今日才发现你还如此没人性。"

言罢,玉桑愤然甩袖,头也不回地朝正街人群中走去。走过半条街,玉桑就被燕七歌跟上,恁是玉桑走得快,燕七歌都能轻易跟上与她并肩。

玉桑侧眼狠狠剜了燕七歌一眼,气呼呼地加快了步子,走得比任何时候都要快,等走到街尾时,她却忽然发现身边的人不见了。玉桑停下步子,忍不住就回头到处张望,发现身后只有各色路人往来,没有了半点燕七歌的影子。

"真是个混蛋,服个软、向我道歉就那么难吗?"玉桑狠狠跺脚,啐了一口,鼓着腮扭头,才转过脸就撞上一堵胸墙。

　　玉桑下意识地赶紧后退,情急之中踩着了裙摆,好在面前的人立刻伸手揽住了她的腰。玉桑的鼻子正好贴在那人胸口的衣襟上,好闻的檀香味扑了满鼻,就算玉桑不抬头,也知道了是燕七歌。

　　"辰妃之事是我忽略了你的想法,我不该将你卷入此事之中,你若是气恼,大可直说。"燕七歌的声音自头顶压下来,玉桑立刻烧红了脸,支支吾吾竟然说不出一句完整的话。

　　"你……你……谁说我生气了,我只是不喜欢她。"

　　"那就是不生气了,对吗?"燕七歌的话像是近贴着玉桑的耳边说出,异常温柔轻缓,惹得玉桑脑中轰响一片,迷迷糊糊地就道了一句:"不生气。"

　　"那便好了。"燕七歌松开玉桑,语气迅速恢复到平日的那般冷漠傲气。

　　玉桑愕然看向燕七歌,一刻之后,牙根都在痛,伸手就朝他胸口狠狠一推,却被燕七歌早有防备地扣住手腕。

　　"你也就这点出息,反复无常,恼羞成怒,这个给你,就不要与我吵闹了。"燕七歌浅笑说着,另一只手自袖中取出一个筷子长短的小锦盒放到玉桑的手上。

　　"这是什么?"玉桑没好气地问着,顺手接过来打开,发现里面放着一支芙蓉步摇,虽看起来已不是新物,但做工精细,用料纯良,一看就非普通饰物。

　　"上次将你的钗毁了,这支还你。"

　　玉桑惊讶,以为是自己听错了,抬头看向燕七歌,见他面色犹带笑意,眼神温柔,又赶紧低下头有些支吾着道:"这算是向我赔礼求和吗?"

　　"你说呢?"燕七歌微抬下巴,慢悠悠地吐出三个字,然后负着手转身就朝前面走去。

　　玉桑拿出那支步摇在手里看了看,着实喜欢得紧,不由心情好了些,看燕七歌在慢步走着似在等自己,她忽然就心情大好了,跑着追上他,伸着脖子笑问道:"燕七歌,你明明就是来向我赔礼求和的,干吗死不承认?我又不会笑话你。"

"你真是聒噪。"燕七歌目视前方出声。

"你就承认一下嘛,就说'玉桑,我错了',我保准不笑话你。"玉桑笑嘻嘻地学声。

燕七歌停下脚步,负手转过身打量玉桑,眼里是那种恨不得掐死她但又无可奈何的神色,似是有话要说,可话到嘴边又停下,接过玉桑拿在手里的芙蓉步摇,道:"你若再多舌不止,我便收回来。"

玉桑一听就急了,伸手就将步摇夺了回来,侧着脸瞅了燕七歌一眼,道:"送人的东西哪有再要回去的,还是什么王爷呢,小气!"

"走吧,我们需要再回一趟皇宫。"燕七歌并没有再多与玉桑闲扯,负手领先朝前去。

"还去?"玉桑的脸一沉,又想起了辰妃的那张脸和在皇宫时的不舒服。

"虽说这个镯子能让我进宫,可那宫中的镇妖局着实让我不舒服。我能否不去了,就在宫外等你?"玉桑苦着脸看向燕七歌。

燕七歌侧头看向她,露出了难得的好看笑容。玉桑一看就觉得大事不妙,转身就要跑,却被燕七歌拉住了胳膊,道:"自然是不能的,你得随我一道去。"

"哼,还以为你变好心了,原来送我东西就是要我跟你一块去受罪。"玉桑鼓着腮回头埋怨,但也没再多拒绝。

第七章

再次到皇宫,燕七歌带着玉桑径直去了承乾宫。大殿外仅有一个太监守门,护卫都不见踪影。

见到燕七歌,那太监上前行礼请安。一问之下才知辰妃现在殿内,是她打发了所有守卫和宫人太监离开,并称今日皇帝不接见任何朝臣。

燕七歌一挥手将太监身上贴了符咒定在原地,随后自袖中取出一只红色小绣包递给玉桑道:"我要去做些事情,需要你帮我。"

"何事?"

"去永泽殿,到那处密道中,将虚影结界上的纸符撕下来,然后拿着这个在那里等我。"

"密道?原来……原来昨晚不是做梦。"玉桑大呼意外,刚想要发问,但燕七歌却显得很着急,将红色的小绣包塞进玉桑的手里后就快步上阶朝承乾宫去了。

永泽殿与承乾宫离得并不远,玉桑去的时候那里空无一人,她也就省了偷偷摸摸的事儿,轻车熟路就到了堂中的佛像前,找到第二瓣莲花转动一下,然后又一次被狠狠摔下了密道。

玉桑心里抱怨着燕七歌,若不是自己此时不能施法术,哪还会受这般罪。一路摸索着沿道向下到了昨夜来过的那处地下宫池,玉桑走上放着皇宫雕模的高台,透过结界去看里面的世界,正好看到有大批的缩小版宫人在里面跑来跑去。一群穿着青蓝色太监衣服的人拥簇着一个穿明黄龙袍的人快速在宫墙之间移动，似乎这个结界里的皇宫世界中发生了什么大事。

出于好奇，玉桑又朝前走了一步，俯下身想看清楚一些，却不知怎么的，背后像是被谁推了一把，她猛然朝前一栽，就朝着那结界扑过去。玉桑心中大呼不好，这下她定要将这个皇宫雕模砸个七零八落，但待她落地时，却是轻柔柔的，丝毫没有痛意不说，还觉得周身暖暖的。

玉桑睁开眼，立刻被惊呆在了原地。明明她方才还站在地下宫池里，但现在她面前却是高高耸立的绿瓦红墙，日头炎炎，四处是捧着一盆盆菊花来来往往的宫人，似乎正在筹备着什么。

"快些快些，若是耽搁了今儿个晚上的赏菊会，仔细你们脑袋。"有嗓音尖细的公公捻着兰花指站在台阶上责骂立威，随后走下来，朝玉桑所立之处过来。玉桑吓得赶紧要闪开，却不想就冲着另一个宫女撞了过去。

"对不住……"玉桑抱歉的话到了嘴边，正要说出，却惊讶地发现自己的身子竟穿过了那宫女。

"他们看不到你的。"有个声音在玉桑发愣之际忽然传来，吓得她赶紧回头寻声看过去，就看到在丛丛簇簇的黄菊之上立着一个白衣出尘的男子魂魄。

"燕七歌，你怎么在这？你不是在承乾宫吗？"玉桑惊讶而欣喜地叫起来，一个跃身就落到了他旁边。

"燕七歌？"男子皱眉，满面疑惑不解，面对玉桑的亲近，他显得十分意外，随后追问道，"姑娘，你认识我？"

"别玩了，装不认识我也不挑个好时候。"玉桑挥袖白了他一眼。

"我被困在此处许久，从未有人能见到我，你是第一人，亦是第一个如此叫我之人。"

男子依旧面色疑惑，看他着实不像是在玩笑，且燕七歌的个性亦不是个会如此开玩笑的人,玉桑皱起了眉,四下打量之后忽然意识到一个严重的问题,她也许已不在凡世,自己可能无意间进入了皇宫的虚影结界。

"怎么会被困在这里?"玉桑问道。

"我不记得了,似乎是一觉醒来便在此处了。"

"那要怎么办?"玉桑发问,只觉得疑惑不解。

"可否借姑娘的手掌一用。"男子伸出手来。

玉桑不解,但还是伸出手递过去,男子握上玉桑的手,在玉桑掌心一划,玉桑的手掌上就留下一道口子,血立刻渗了出来。

"你干什么?!"玉桑惊呼着抽回手,但还未来得及责怪面前的人,她就惊讶地张大了嘴。只见她的血落在满地黄菊上,那些黄菊更显鲜艳,突然就起了风,随后风力增大,形成龙卷风的雏形,慢慢扩大。

"快离开这里!"男子拉起玉桑的手迅速踏花跑开,随后玉桑听到背后有轰隆巨响,天上风云突变,雷鸣电闪,方才还青天白日的景象被阴云暴雨代替,倾盆大雨落下。

"你干了什么?"玉桑边跑边大声地问旁边的男子。

"你的血帮我解了禁咒,我现在是自由魂身,可投入来世,多谢。我欠你一份恩情,他日有机会定会相报于你。"身边的男子微笑,随后只见他化成一道金光直入前面的宫殿。

玉桑惊诧,驻足止步,立在瓢泼的大雨中看着那道光消失在宫殿的顶端,随后大殿里传来婴儿啼哭之声,有宫人欣喜地跑了出来,向候在门外的黄袍男子跪倒行礼,道:"恭喜皇上,贺喜皇上,燕妃娘娘喜得皇子。"

未来得及听见那皇帝说话,玉桑旁边又跑过一个冒雨前行的太监,带着一身雨水跪倒在阶下,大声道:"启禀皇上,皇后顺利诞下一名皇子,皇后娘娘让小的前来报喜,并求皇上赐名。"

"好呀,此次我皇室又新添两男,实乃弄璋之喜。皇后的皇子朕便赐字为璋,赐封太子,至于燕妃所生皇子……"皇帝微抬下巴看着雨幕中的皇宫,似有犹豫。

"燕七歌。"玉桑不知怎么的就忍不住开了口。

"燕妃的孩子是朕的第七个孩子,燕妃善歌,那就赐字为歌,赐封亲王,谥号为燕。"皇帝朗声宣布,随后所有人齐齐向他跪倒行礼恭贺。玉桑立在雨中,看着这一幕,惊讶地慢慢张大了嘴,任由雨水落进嘴里。

不是燕七歌不记得他,更不是燕七歌故意装作不认识她,是方才那个燕七歌还未到认识自己的时候。这个放在皇宫地下的虚影结界竟是将时间停留在了二十五年前,燕七歌和赵璋出生当日。

玉桑继续向前走,登上宫殿台阶进入大殿,看到里面的宫人正在忙碌着进进出出,铺着华丽织锦绸被的床上靠坐着一个面色惨白的女子,怀里抱着个泣哭不止的粉嫩婴儿。

"这就是燕七歌呀。"玉桑感叹着上前,站在床头看那婴儿,笑着伸手在他脸上碰了碰,想到日后要被他欺负,她故作凶狠地冲她皱起脸道,"小家伙,记住我这张脸,日后见着我不许欺负我。我要什么呢,你就要给我什么,要护着我,不让别人欺负我。你更不许欺负我,就算你对天下所有人都不好,也要对我好,知道吗?"

"我记下了。"燕七歌的声音突然传来,吓得玉桑赶紧立起身左右寻看,可屋里哪有半点燕七歌的影子。她又将信将疑地转向那个婴儿,发现刚才还哭闹不止的他正冲着自己笑。

"你……你……"玉桑不敢置信地瞪大眼睛看向他。

"我未入地府喝孟婆汤,魂魄投胎后有一刻时辰的记忆,而且似乎还留下了密音传话的能力。"

"难怪你日后年纪轻轻就那般法术超群,原来是先天便有的。"玉桑点着头小声感叹,刚想要再同他说些话,却发现面前的婴儿又大哭起来,似乎是他的一刻时辰已然用完,此时就只是个普通的无知婴儿了。

"好吧,那么我们就等着二十五年后再会喽。"玉桑拍了拍小婴儿的头，转身负手，迈着八字步，抬高下巴，越过忙碌的宫人们出门。

离开宫殿，外面天色已经是黑沉如夜。乌云压顶，天际风动云涌，玉桑感觉到有股强大的法术力量在涌动，她心中有些不安，担心结界外面的事。隔着雨幕左右看了看，玉桑认准了皇宫最高的一处宫殿檐顶，飞身落到瓦梁上，刚一站稳就发现屋顶的碧瓦上有一只被暴雨打落的燕子，看它命悬一线，玉桑动了恻隐之心，脱下罩在自己身上的外衣，用两片瓦在顶梁的角落撑起一处小小的避雨之所，将燕子放了进去。

随后玉桑起身，迎着狂风暴雨立定，感受着狂风的力量。她慢慢笑起来，双臂舞动，使出了她作为风间族公主天生的御风能力，只要是在有风的地方，她就能借风之力增强法术，风力越大，她所借之力便越大，此时狂风如潮，她的法术亦是空前强大。

随着天际一道闪雷，玉桑用一道灵力击上天空的黑云，云头裂开，黑云四散，天际出现明月繁星，但大雨却不停，玉桑自大雨中飞身向上，自裂云之处飞出。

等玉桑再睁开眼时，她发现自己正躺在地宫的结界旁边，站起身看了一眼结界，她生出些后怕。这虚影结界果然厉害，丝毫没有一点不自然或是纰漏，仿若真的发生经历过一般，若非她早有自知，只怕真被困一世也不一定能发现。

想到燕七歌之前嘱咐过的话，玉桑不敢耽搁，按着他所说将结界上的黄符撕下，拿着那只小绣包伸到结界的裂口处。

忽然，一声巨响传来，玉桑脚下的大理石高台晃了几晃，头顶也簌簌落下石屑。玉桑惊慌后退，险些就掉到高台下的活水槽中，好在有人及时扶住了她的腰，带着她跃后落到了靠墙的位置。

"站到我后面去。"燕七歌也不多看玉桑一眼，将她推到自己身后，接过她手中的小绣包后迅速跃身飞起。他一手提灯笼一手捻着绣包，屈指快速念咒，随着他的眉头越来越皱，地下宫池也摇晃得越来越厉害。就在玉桑扶着石墙也无法站稳时，忽见通道入口处传来金光，一团魂魄急速飞了进来,直冲悬立于空中的燕七歌而去。

"小心。"玉桑大声叫起来,同时燕七歌迅速侧身躲过了来者的袭击,在那团魂魄靠近之时,伸指朝前一推,用手中的红色绣包将那团魂魄吸附稳住,丢入了虚影结界中去。

结界发出一道刺目的光亮,燕七歌似被狠狠击中一般,重重落到地上,趔趄着退后了数步才扶着墙壁站稳。

"十年之约已成,你我之易已结,本宫会带着皇儿安心投胎,多谢。"有一个声音自结界中传来,随后结界在高台上坍塌,变成一团粉末。红色的绣包携两个魂魄自结界中飞出,一个是身着华服的中年女子,一个是赵璋。

"我会亲自替你们超度的,大可放心。"燕七歌伸手,空中的那只红绣包就光芒敛尽,从空中掉落到他的手心。

头顶落下的石头越来越多,越来越大,燕七歌匆匆拉过玉桑的胳膊带着她朝外跑去。一路上,玉桑好几次都险些被落下的石头砸中,等惊魂未定地跑出石门,身后突然传来一声轰然巨响。燕七歌抱起玉桑奋力飞身一跃,落到数丈之外,等玉桑扭头去看时,只见方才还恢弘高耸的永泽殿已然化成一片焦地,连一片全瓦都难看到。

"玉桑,待会儿无论发生任何事你都要信我。"燕七歌鲜少地用极慎重的语气开口。玉桑扭头皱眉看着燕七歌,但还未来得及问他这话何意,四周就传来急速靠拢的脚步声和铠甲摩擦声。

"大胆燕王,竟敢刺杀皇上,还不束手就擒。"有粗犷的男声传来,随后就有身穿金甲、手执兵器的禁卫军密密麻麻地立到了他们面前。

"刺杀皇上?"玉桑以为自己是听错了,惊讶得忍不住张大了嘴。

虽说刚才在地宫里见到皇帝的魂魄时她已猜到皇帝这是死了,可依着对燕七歌的了解,他绝不会去杀凡人的,更别说还是自己的兄弟。记得当时那个太监说承乾宫中只有辰妃和皇帝,如果真有一人杀了皇帝,那么她宁愿相信是辰妃。

"燕七歌,你犯了忤逆大罪,可还有话要说?"人群之后传来一个语态高傲的声音,随着人声,禁卫军纷纷退让,身穿银白锦袍的赵邑容走了过来,依旧是那种高高在上的盛气凌人姿态。

"我无话可说。"燕七歌负手应声,平静漠然,似乎早有预料。

"将他们拿下,打入天牢,没有我的允许,任何人不得近视。"赵邑容挥手示意,一声令下,立刻就有人上前来将玉桑与燕七歌团团围住。

玉桑本要出手挡下,但燕七歌却冲她微摇了下头,在她犹豫之际,胳膊已被人捆住。

宛陵国的天牢建在花都京城最右边的位置,方圆百里鲜有百姓居住,重兵把守之余,旁边还有一处用以操练守城精兵的演练场,算是皇家和兵部的一处要地。

燕七歌与玉桑被押至此地已有大半日,自从他们被关进牢中后,就再没有人来过,连水都不曾有人来送过一口。玉桑在里面走来走去,在四壁看了又看,显得有些焦急。这四壁全是以花岗岩再配以铁浆浇注而成,打磨得光滑无比,唯一的一方小窗在五丈高的头顶上,若非有人从上方打开,就算是壁虎也难爬上去。

"燕七歌,你倒是想想法子呀,难不成我们真要在这里等死?"玉桑心里着急,就冲燕七歌抱怨起来。

燕七歌倒是好心性,负手立在一面墙壁前,神态自若地看着面前黝黑的墙壁,冲她招招手,道:"急什么,再等等,过来,我给你些东西。"

"等等等,我要真是被你害死了,我做鬼都不会放过你。"玉桑嘴里抱怨着,脚步却没有缓,走过去在燕七歌旁边站定。

燕七歌伸出手,手腕轻翻就将引魂灯笼召了出来提在手中,随后递到玉桑面前,道:"这个你拿着,晚些时候会有人来带你出去。"

"给我?"玉桑惊讶地看着引魂灯笼,不敢相信自己所听到的。

"对,给你,你不是一直都想要这灯笼嘛,只要离开此地,它就是你的了。"

"你……你知道自己在说什么吗？"玉桑试探地问。

燕七歌从黑暗中转过脸，冲玉桑露出了从未见过的那种笑容，拉过她的手，将引魂灯笼塞进她的手中，道："你我人妖殊途，你跟着我到底还是有许多不便，离开之后就不要再回来了。"

"燕七歌你怎么了？"玉桑觉得很奇怪，这可真不像是她认识的那个燕七歌，正要发问，忽然，头顶的天窗被重重打开，有人放下绳索让玉桑上去。

玉桑犹豫地看着燕七歌，希望他说句什么，可燕七歌只是微微露出些笑意，收起引魂灯笼放进玉桑腰间的乾坤袋中，示意她离开。

"就算你真杀了皇帝，我也可以救你一道出去，不必怕那些官兵。"玉桑出声，竟带了几丝恳求意味。

"不必了，我自有打算。"

"什么打算？"玉桑脱口追问，随后看着燕七歌的神色，渐渐明白过来。

"此次宫变，辰妃被牵扯其中，我得帮她……"

"算了，不必向我解释，你爱留就留下。"玉桑狠狠打断他，心里莫名生出一股怒气，借着绳索之力就向上跃起，冷笑道，"还说什么人妖殊途，不过是急着打发我走。好，既然你这样巴不得我走，那我走就是。"

离开天牢，玉桑被带到了一处离演练校场百米开外的荒地上，已有一人两马立在那里，带她来的人退后离去，那个驻马而立的人转过头来，是赵邑容。

赵邑容将牵着的马缰丢给玉桑，道："这是燕七歌让给你的，银两、干粮、出城手谕全在马背上的包袱里面。"

"你替他？"玉桑多少有些意外地反问。

赵邑容明白玉桑的意外何来，拉着马缰走过两步与她直面相对，笑道："难不成你真以为本王下令捉拿了他，是要杀了他？"

"那是如何？"

"皇上驾崩,朝中形势万变,外戚蠢蠢欲动,不是三言两语便能向你道清的。本王与他有约在先,入狱不过是权宜之计,迷惑那些不安分者,让他们放下戒心出手。他既然让我安排你出城,本王便按着他的意思做就是。过了今晚花都城就不太平了,你若想走,就在天黑之前出城离去吧。"

玉桑心中还有些疑惑,但又对燕七歌有着气,心里明白既然已经拿到引魂灯笼,那她就此离去是最好的,省了她之前诸多的担忧。可心里虽这样想着,她却还是不自觉地回头朝远处的天牢看了看。

"怎么,这是舍不得吗?"赵邑容神色暧昧地笑意调侃。

玉桑回头瞪了他一眼,翻身上马拉起马缰,却不想赵邑容忽又伸过手来牵住了缰绳,笑道:"燕七歌不珍惜你,本王却对美人儿钟情得很,若是你想留下来,大可留在本王身边,待此事一过,当本王的王妃也未尝不可呀。"

"我素来胆小,既是有大事要发生,还是早些逃命的好。"玉桑没好气地回了一句,随后狠踢马肚朝着城外方向急驰而去。

虽然因皇帝驾崩,花都全城已戒严,但拿着赵邑容的手谕,玉桑还是畅行无阻,天黑时分她就到了京郊一处小宅院落脚。坐在空荡荡的破宅子里,玉桑升了一堆火取暖,取出引魂灯笼在手中,她盯着灯笼的光亮发呆,不知道燕七歌此时如何了。

"他不过是因你长得与别人相像才对你好几分,利用你才是真,你现在已经拿到了引魂灯笼,从今往后便与他再无瓜葛了,不要再想,不要再想!"玉桑对自己下着命令,一挥袖在周身落下一个结界,侧身躺下。虽躺下,闭上眼却怎么也睡不着,正当玉桑翻来覆去的时候,感觉到旁边引魂灯笼里的火苗摇曳不定。

引魂灯笼里的灯火是比红莲业火更厉害的上古神火,是一种通灵的火焰,它的火苗与主人的魂魄交合联络,不受风吹,不惧雨打,唯一能左右其火势的就是灯笼的主人,灯在人在,灯灭人亡。玉桑看着那灯笼的火苗在扑闪，讶异于燕七歌一介凡胎竟有能力与这灯笼的命运相联之余也生出些担心，眼下这灯笼的火苗如此不安，必是他遇到危险。

"不关我的事，不关我的事。"玉桑烦躁地挥袖重新侧过身躺下，可就算不看那灯笼的火苗，她心里也是万般不安，心像是在火上烤着一般。

半盏茶的工夫不到，灯笼里的火苗忽然安静下来，一动不动地亮着，但火光却发虚，似有熄灭之势。玉桑察觉到异样，跃身从地上站起，提着灯笼看了看，一咬牙后，还是提着灯笼翻身上马，直朝花都京城而去。

再次回到城内，玉桑发现城中死寂一片，四处没有一点灯火，白日还见过的繁华都城瞬间没了半点生机。她提着灯笼打马前行，马蹄声在街道上异常响亮，待靠近皇宫位置，忽见一队人马直朝她而来。

玉桑赶紧拉马到阴影处躲起，看着那队人马驰过后，她去了皇宫墙下，因为宫中用以布局镇妖的永泽殿已毁，她轻易施法进了皇宫。

玉桑靠着引魂灯笼感应到燕七歌在承乾宫，她赶紧过去，见那里灯火通明，禁卫军和精兵围满了大殿外的台阶。

大殿中传来金戈之声，玉桑看到自己手中的灯笼火光一闪，她心中着急，也顾不得其他，取出白玉毫笔一路飞跃，连连出手击倒挡路的精兵，破门而入，站在了承乾宫中。

但意外的是，站在里面正在交手的人中并没有燕七歌，而是赵邑容和一个将军模样的人。赵邑容一剑划过，那将军就血溅当场，随后他收剑入鞘，立在殿中的一干人全都齐齐向他跪倒。

众人跪下，大殿立刻安静空旷下来。玉桑立在门口看过去，见到燕七歌正负手立在九步龙阶下，脸色平静漠然，对方才的杀戮仿若未见。

发现玉桑的存在，所有人都转过头来，燕七歌的目光也越过大殿中所有人看向她，却并没有多少意外。他缓步朝她走过来，随后在玉桑尚未反应之时忽然飞身跃起直朝她的肩头拍下一掌，随着一股剧痛传遍全身,玉桑被震出宫殿大门,摔倒在地。

"杀了这个妖妃,为皇上报仇!杀!杀!杀!"四周传来震天的呼喊声。玉桑看到一帮手执兵器的卫兵正在朝自己靠近,她捂着胸口挣扎了一下,立刻吐出一口鲜血,眼前的一切渐渐模糊,看着燕七歌立在人群之后的身影,最终消失在黑暗里。

醒来,玉桑在一处陈设华丽的屋内,肩头的伤已然痊愈,没有任何不适,这便是妖的好处,不似凡人般易伤易死。

玉桑起床出门,发现自己是在一处院子里,院中种满黄菊,辰妃正端坐在其中煮茶,如上次在宫中所见一样。

"你醒了,就过来喝些茶水吧,今日新帝登基,燕王去宫中了。"

"新帝?"

"就是淮南王,今日他登基为帝。"辰妃慢悠悠地说着,站起身,抬头眨动一双妙目,绕着玉桑走了几步,道,"果然与我相似,相似极了,让你替我死在承乾宫大殿里,再将你救活回来,燕王还真是辛苦费心了。"

"你说什么?"

"原来你还真是什么都不知道呢。"辰妃打量着玉桑,似乎有点意外,随后又掩口轻笑起来,道,"那我就告诉你吧,其实我早就打算要弑君,就飞信与燕王请他回京救我性命。你以为燕王为何带你来花都?不过是因为你长得与我相像,让你替我在人前死一回罢了。"

听着这些话,玉桑想起那日她赶回来时燕七歌不由分说的一掌,不禁脸色煞白。

辰妃见玉桑如此,继续笑道:"我与燕王自幼相识,我们一道在太后身边长大,若非我成了皇妃,燕王妃的位子便是我的。"

听到这种赤裸裸的挑衅,玉桑不由火上心头,笑颜反讽,道:"你既是与燕七歌一道长大,便应知他性子如何。他若真有心娶你,就定能娶到;若是不娶,那就是他不愿意。你这般说话,说好听了是自信,说难听了可就是厚颜呀。"

本以为这样的话说出来，愆是个女子都会面红耳赤、急于反驳，却不想那辰妃不仅不怒，反而更显得意，笑语慢道："燕七歌在我被纳入后宫那日连夜离城，弃了好好的王爷之尊不享，而去云游天下，数年从不归京。如今我有难，他又毫不犹豫地归来助我，如此还不够明白吗？你不过是仗着与我有几分相像才得他的照顾垂怜，你以为你在他心里有几分重量？"

玉桑脸上的笑意有些许僵住，愆是她努力以笑容掩盖，但她还是明白自己在这场对话里输了，辰妃那么直白地将她心头的那根刺给挑明了，让她不得不去直视，真是残忍。

玉桑转身进屋收拾自己的东西，看到引魂灯笼放在桌上，她顺手拿起，之后又有一丝犹豫，将它重新丢回桌上，大步出门离开了这所别院。

玉桑渐渐远走，悄然间，院内一处不起眼的回廊下，燕七歌负手走了出来，脸色一贯的平静，但眼中却是情绪复杂。

看到燕七歌的出现，辰妃并无意外，脸上的笑意散去后竟笼上些忧愁之态，淡声叹息道："我早就说过，她对你已然动情，你却不信，还让我如此伤她，何必呢？"

燕七歌看着玉桑离去的门口，见她的背影在布着晨雾的街道上消失不见，许久才道："她不应如此的。"

"感情之事，又哪有应与不应的，你对她的动情还不是不能自控。"

闻言，燕七歌收回目光，侧头看向辰妃，眉头微微拧起。

辰妃见他如此，露出些许笑意，未待他说话，抢先道："别否认，我知道她是谁，你于她的情谊，我虽不能知晓全部，但也能猜出七八分。我说她是因与我长得像才得你照拂，其实恰恰相反，二十五年前我在皇宫大殿的瓦顶历劫时被她救下，我记下了她的容貌，修成人形时就按着她的模样了，真正因容貌相像才得你照拂的人是我。仅是因为与她相像，你对我便照顾有加，甚至还助我为妃，让我能借真龙天子的龙息续命修行。是我贪心太多，眼看再次历劫将至，便妄图借龙息修成得道，反害了皇帝性命。其实你以帮淮南王成事夺位为条件保我性命，于我来讲实属不必，我历劫不成，已然命不久矣……"

"我知道，所以我才让玉桑替你假死，以你如今的灵力法术，就算普通的刀剑都能取你性命，让你魂飞魄散。"燕七歌冷静而淡定地转目看向辰妃，接过话。

辰妃蹙眉，不解地看着燕七歌，道："那你还如此大费周章是为何？"

"我要你的魂魄入灯。"燕七歌抬眸直视辰妃，眼神漠然，甚至带着一丝绝情冷血。

辰妃惊诧，眼睛睁大，不敢置信地看着燕七歌冰冷的脸，许久后又忽然笑了，垂下首，边笑边连连摇头，道："我知道了，燕王果然好心思，果然……是我将你想得太情长，亦是我太自作多情了，不过你放心，王爷于我有大恩，既是王爷想要的，我这魂魄送与王爷便是。"

并没有多说什么，燕七歌朝屋内伸手，放在桌上的引魂灯笼就飞落到了他的手中。他提起灯笼引咒，随后问道："你可是自愿入引魂灯笼为芯。"

"是。"辰妃垂首回话，但燕七歌却又停在了当下，屈指立于胸前，迟迟不动手收辰妃的魂魄。

"你若后悔，现在还来得及。"

辰妃抬起头来看向燕七歌，笑道："动手吧，我不怪你。我知道引魂灯笼的事，你的时间不多了，要寻到命格合适，又自愿入灯笼为芯的魂魄已无多时。"

燕七歌动了动唇，似乎还想再说些什么，可最后又还是一句话没说，只对着辰妃的额际轻轻一挥，辰妃的魂魄就离身而出到了灯笼里。灯笼的光亮了一下，随后就恢复如常，面前的地上多了一具灰色燕子的尸身。

另一边，玉桑出城，在城外枯草满地的荒原上却遇到了熟人，一身紫色锦袍，驻马立于小山坡上，见到远远而来的玉桑，他面露笑意，似乎是在刻意等玉桑。

"你不是当了皇帝吗？怎会在此？"玉桑上前发问。

"等你呀。"赵邑容倨傲地坐于马上，笑着开口。

玉桑不冷不热地笑了笑，看到旁边还立了一匹白马，她顺手牵过来，翻身坐上马鞍后道："你是来为我送行的吧？"

"这可是第二次了。燕七歌伤了你的心，都是朕来送你，你有没有很感动？"

"多谢了。"玉桑并不想多辩解什么，欲扯动马缰离去。

"那日我曾说过，若燕七歌不要你了，你就来跟着我，如今是第二次了，你就不考虑一下？"

玉桑停下动作，扭头看向赵邑容，故作阴森地笑道："我告诉你一件事吧，其实我不是人，而是妖，你还敢娶吗？"

本以为是个凡人听到这样的话即便不会被吓得魂不附体，也会大惊失色，可赵邑容却显得异常淡定，笑着道："我早就知道了，打我第一眼在树林遇见你便知道。"

"那你就不怕我？"

"自古帝王后宫出妖媚，那些个历朝宠妃，十之三四都是妖精所化，只不过世人不知而已。"

这下倒是轮到玉桑吃惊了，一时之间竟不知说些什么好，干咳了两声才道："皇上真是豪言大气。"

"一直未曾告诉你一件事，其实二十五年前，就在先帝与燕七歌出生当日，亦是我出生之时。燕七歌有的那些异术，我虽不全会，但也懂些皮毛，断鬼识妖绰绰有余。别人都道这双龙降世是指他燕七歌和赵璋，但赵璋生来就心智不全，是太后让燕七歌用异术为易，用余下阳寿换得赵璋开智，才让赵璋当了这十年的皇帝，如今我取回帝位实是应当。"

对赵邑容的说辞玉桑倒没什么感觉，只是在听到"用异术为易"时她皱起了眉头，追问道："太后？"

"说到太后，我倒是想起来了，你头上那支步摇便是她生前最爱的一件，怎会在你那里？"

玉桑抬手，自头顶上取下燕七歌送给她的那支步摇，拿在手中仔细看了看，再轻试灵力，不禁大惊失色，这果然是一件魂器。

玉桑惊呆在马背上，随后不禁回望了一眼花都京城方向，她不知道燕七歌就这样将一件魂器送到自己手上是何意思。如果说是他在不知情的情况下碰巧送给她，那这也太过巧合了；若说是他知道她在收集魂器，故意送她的，那么他就应该怀疑到自己的目的和身份的不寻常。他到底是怎么想的？燕七歌，你到底还有多少秘密？

秋风平地而起，玉桑扭头回看了花都京城一眼，狠踢马肚朝着远离花都城的西方策马离去。赵邑容拉马矗立在坡上目送她离开，朗声笑道："他日你若改了主意便回来，朕的话永远算数。"

玉桑头也不回地摇了摇手当作回应，打马快速向前奔驰。平地而起的秋风愈吹愈大，席卷起满地枯黄野草和沙尘，似在天地之间拉起一道灰黄色纱帐，玉桑的背影也就在这狂风沙尘之中渐渐消失。

黄沙滚滚，骆驼脖颈间的铃铛叮咚作响，火红的太阳自西域黄沙荒原上慢慢升起，将已经历数百年风吹沙拂的一处残破城墙映成灿烂的火红色，绚丽美艳得如同一个蒙着红纱的异域神秘女子。

晨风刮过，黄沙被卷起，风尘之中隐隐有羌笛声传来，越来越近，越来越响亮。一群骆驼队伍自远处的沙丘上出现，用纱布遮面的商人骑着骆驼自沙丘上徐徐向下，最后停在残墙边。

"桑公子，前方有人。"风沙之中有人大声禀报。

骆驼队伍的领头人顺着禀报者的手朝前看去，见到在朝阳映照的残破城墙上，一个红色身影以手支额，侧身半躺在那里，纱裙被风卷起，在空中翻腾不息，依稀辨认出是个女子。只是她以薄纱覆面防沙，仅余一双闭着的眼在外面，让人无法辨认出相貌如何。

"姑娘,姑娘。"领头的男子仰头呼喊。

残墙之上的女子缓缓睁开眼睛,一双带着些许银灰的眼眸异常明亮,她看了一眼墙下辨认不清长相的男子,又看向天边日出的方向,道:"快走吧,这里要起风了,很大的风。"

"姑娘,你独身一人在此实在危险,不如下来随我们商队结伴。"男子热心地邀请。

墙上的女子并没有理会他,缓缓自残墙上站起,微眯起眼朝远处眺望,只见在远处天地一色的黄沙大地上出现了一条细线,那细线迅速朝这边移动靠拢,正是一场平地而起的大风暴。

"快走。"

女子开口,男子扭头顺着女子的目光看过去,便被吓得微微睁大了眼睛,赶紧大声命令着让身后的商队躲到残墙后面避风。

"姑娘,你……"男子想叫上女子一起避风,抬头却发现残墙上已空空如也,四周亦是没有半点踪影,仿佛刚才的一切只是他的臆想。

似乎只是在眨眼间,风沙扑面而来,狂风呼啸,遮天蔽日,将躲在残墙后的人吓得瑟瑟发抖,但也仅是一盏茶的工夫,狂风戛然止住,似乎就是那么一瞬间突然消失在空中。那些被狂风卷起的黄沙垂直着簌簌落下,将躲在墙根下的骆驼埋入沙中大半,而人更是被埋在其中。

四周安静下来,在沙下披着防沙皮毯的人将毯子推开,从沙里挣扎着爬出来。外面已是青天白日,万里无云,四周是一望无垠的黄沙,与往常的每一日都没有任何不同。

领头的男子拍了拍衣袍上的黄沙,极目远眺,随手扯下束在面上的纱布后,露出一张清俊英朗的五官,贵气与些许傲慢在他脸上相得益彰。

"走吧,日落之前回赫连堡。"男子翻身坐上骆驼的背,扬手命令身后的人跟上,朝着西方进发。

另一边,沙丘那头的沙峰上,一袭红纱的女子远远望着那队骆驼商队离开,向西前行,她伸出手来,以指为笔在空中轻轻一划,指下就多出一片竹叶,再轻轻一弹,那碧绿的竹叶就在黄色的沙漠中如一只蝴蝶般飞离,朝着那商队而去。

"咳……"女子胸口生痛,退后着捂住胸口,摇晃几下之后便仰面倒在了黄沙之上,面上的薄纱被风掀开,露出艳丽的容颜,正是离开花都京城已有数月的玉桑。

玉桑感觉全身无力,眼前的一切渐渐模糊,同时听到有马蹄声靠近自己,但她根本没有力气去看。有人自马上跃下靠近,额头处传来沁凉之感,灵力自她额间徐徐汇入四肢百骸,周身的痛苦立刻减少,她努力想睁开眼睛去看面前的是谁,但却只是模糊地看到一个男子的面孔,随后就昏睡过去。

一日后,玉桑又从那个噩梦里醒过来,猛然睁开眼睛坐起身,还未弄清楚情况,额头就撞上什么东西,同时听到有人叫痛。

"哎哟,你想谋杀本君呀!"

玉桑四顾,发现自己在一处简陋的土屋中,屋子多以黄土和粗木建成,内置物件也颇为简单,都是些最粗糙的土制陶罐,她正坐在一张木制的床上,再看旁边,紫凤正面容扭曲地捂着额头坐在地上。

"紫凤,你怎么坐在地上?"

玉桑掀起被子下床就欲去拉他,紫凤却一下子睁大了眼睛,随后又立刻闭上眼睛侧过头挥手,道:"回去回去,把衣服穿好。"

玉桑低头一看,这才发现自己只着了一件白色的单衣,袖子和裤子都只有中原衣物的一半长度,露出了一半的胳膊和一小截小腿。

"这有什么,你我从小在一起,又不是没见过,当初我们在太液湖里摸鱼时……"玉桑嘟囔地说着,拿过旁边的衣服披上。

紫凤站直身子拍了拍方才在地上沾的尘土,转过身看玉桑已经穿上一件衣裙,但束腰带时却总是出错,就将手里的折扇顺手别在腰上,拍开玉桑的手,边替她将束带系了个花结,边道:"这是你个大姑娘家该说的话吗？小时候那是小时候，按凡人的年纪来论，你现在可是个黄花大闺女，你不脸红我还替你脸红。"

玉桑看着边帮自己整理衣裙边唠叨的紫凤，忍不住有些失笑。紫凤抬头，看她这样，便没给好脸色，撩袍转身坐到床边，取下腰间的纸扇，边扇边没好气地扭过头不理玉桑。

玉桑凑过去，在紫凤旁边坐下。紫凤立刻就朝旁边移开一点，玉桑就再厚着脸朝前挤一点，赔着笑脸道："紫凤，好紫凤，我错了，别生气。"

"错了，错哪了？"

"你说我哪错了，我就哪错了，别生气了。"

紫凤扬手哗地一合纸扇，扭头看玉桑，敲着她的额头道："宇文桑，你到凡间走一趟，这脸皮是越发厚了。"

"疼，疼……"玉桑捂着额头站起身。

"知道疼，知道疼还乱跑！你现在靠着一株竹子的丹元过活，却跑来这大漠里，你死都不怕，还怕什么疼。若不是我及时赶来，这会儿你就是死在黄沙里的一堆枯竹，哪里还轮得到你叫疼。"紫凤指着玉桑大声责骂。

"我这不是没事嘛，哪那么容易就死了。"玉桑赔着笑辩解。

紫凤却不吃玉桑这一套，挡开她的手，站起来就朝外走，道："你这条小命当初可是费了好些工夫儿才救回来的，你自己不珍惜，也该想想别人，就由着你这么胡闹下去，迟早把小命儿丢了。"

"紫凤……"玉桑撒着娇想要说话，才一张嘴，却见紫凤又折了回来，把她腰间的乾坤袋一把扯了下来。

"你干什么？"玉桑脸色一变，大惊失色地站起来，那袋子里可装着她收集来的几件魂器。

"看样子你是一条心横到底要收集齐四件魂魄，那本君就留下来陪你找魂器，只是这东西我先保管着，以防你再贸然行事。"

"紫凤……"玉桑苦起了脸，还未来得及使出撒娇的功夫，紫凤就用扇面将她扮可怜的下巴挡了回去，道："别撒娇，也别不乐意，只要你还找魂器，我就要盯着你的小命儿，若是不乐意，那就跟我回大靖城。"

"好吧，那我们约法三章。"自知是劝不走紫凤了，玉桑只得退而求其次，尽量争取权益。

"本君也正有此意，那就约法三章：第一，你要听我的；第二，你要听我的；第三，还是你要听我的。"

玉桑一听，立刻就睁大了眼睛，这哪里是约法三章，这条条麻绳都是冲着拴她而来，可刚要争辩，紫凤又先发制人了，道："还是那句话，别撒娇，也别不乐意，就这么定了。"

随后，紫凤一点不给玉桑再说话的余地，撒开纸扇，转身迈着八字步出了屋子，徒留玉桑站在那里吃着哑巴亏。

午后，紫凤与玉桑离开了那处土屋。紫凤给了屋主一些银钱，顺便打听了这片沙漠里的事情，这其中就提到了一处叫红沙城赫连堡的地方。

也许你不曾听说过红沙城，也许你不曾到过西域大漠，但普天之下但凡有点见识的人都知道赫连堡。俗话说，天下之兵掌于皇氏，兵下之器源于赫连，说的便是：天下的兵力归皇帝，但兵力手中所使的兵器却都来自于西域赫连堡。

赫连一族始于两千年前，当时人间的第一位皇帝始皇平定天下，赫连族的祖先便是皇帝身边负责兵器的主事，兵器锻造这样的重任就由赫连族一手操办。后天下平定，始皇论功行赏，赫连氏祖先受命负责全国所有军队的兵器制造，但赫连氏祖先却又提出一要求，他不要封赏，不要王位，仅要西域无人荒漠中一所小城。

始皇答应了赫连祖先的请求，许他亲自挑选一队人马，带着各种铸造兵器的用具长途跋涉西行，在大漠中心的红沙城建成了赫连堡。天下兵器十之八九都是出自这个城堡，而如今天下闻名的神兵利器，亦大多刻着赫连氏的标记。

但就在两百年前,赫连族连同整个赫连堡便消失在了沙漠里,一夜之后,半点影子都没有留下。人们就开始传说赫连族本是天宫里的神匠,现下被天神宣召回去了,赫连族也成为了西域沙漠里最神秘的传说。这两百年来,有无数的人冒险到沙漠里寻找赫连堡,但没有一个人能成功。

告别屋主,紫凤与玉桑上路,不顾屋主的阻拦提醒,向西踏上寻找红沙城赫连堡的路程。前往红沙城的路上,玉桑骑骆驼,紫凤却坚持要骑马,所以行程慢了许多,到了日落时分还在沙漠中转悠。

"让你骑骆驼你偏不骑,这马在沙地里走,哪里快得了!"玉桑被夜风吹得有些冷,不禁就朝紫凤抱怨。

"我是翩翩佳公子,骑骆驼岂有骑马这般风流潇洒。"紫凤坐在白马上摇着扇子,边欣赏着头上的弯月边回应,语气十足的傲慢。

玉桑白了紫凤一眼,搓了搓被夜风吹得有些发凉的胳膊,道:"这可是在沙漠中央,百里无人踪,你做出这翩翩佳公子的模样又有谁看,用凡人的话来说就是:瞎子点灯白费蜡。"

"你真没眼光,还好当日没娶你过门,否则真是浪费了我这般风姿。"紫凤嫌弃地瞥了玉桑一眼。

玉桑被紫凤的模样逗笑,笑了一阵,脸上又显露出悲伤,垂下头,半晌才沉声叹道:"紫凤,若是当初风间一族没有被……我现在也许真的就嫁给你了。"

走在前面的紫凤脸上的笑意也变得僵硬,拉马驻足,扭过头去看玉桑,轻叹一声后道:"你活下来已然不易,就不必再强逼自己难过,伤心于事无补,还伤害自己的身体,以你的聪明又怎会不懂。"

"嗯。"玉桑点点头,抬头看了看天际,不禁有些无奈地叹息,道,"东南西北,四大魂魄已经收齐三件,现在这件落在西方的魂器真是奇怪,我虽能大概知晓方向,却无法感知它是件什么东西。"

紫凤看向玉桑,神色变得有些奇怪,在袖间暗自握了握收着其他三件魂器的乾坤袋,隔了一会儿才语气模糊地叹道:"总有办法的。"

两人都不再说话,四周又陷入了一片安静,许久之后,直到有一阵马蹄响动靠近。紫凤抬头向前望去,脸上露出笑意,示意玉桑朝那边看过去。

玉桑顺着紫凤的示意侧过头,就看到有火光正冲着他们所在的方向而来,似乎是一队人正急速靠近。

"瞧瞧,谁说翩翩佳公子在这里便无人欣赏了,欣赏的人这不就来了。"紫凤颇为得意地冲玉桑抬了抬下巴,然后拉马走过几步,以一个好看的姿态等待那群人靠近。

片刻之后,骆驼和马混合的一队人已近在眼前,领头的是一个身着碧色马步裙,外罩异国风情图案轻衫的女子,长发以碎玉钗和一条碧色丝带束在脑后,额头悬以碧色滴水抹额,许是防沙尘,面上遮了一条红色纱巾,仅露出一双有神的杏眼顾盼生辉。

"我等受赫连堡之命前来迎接贵客。"女子拉马驻足,像男子一般拱手向紫凤行了个客气的见面礼,声音清亮细腻,但却丝毫不觉得做作或不宜。

"赫连兄真是有心了。"紫凤笑着边打量女子边拉马朝前走过几步,在靠近女子的时候忽然一伸手,用扇面轻挑,女子面上的红纱就被他挑飞到空中。

女子露出如明月清泉般皎洁又不失俏丽的容貌,这样的女子莫说在黄沙大漠中央,就是在江南水乡亦是难寻,更不用说她还有着江南女子所没有的异域风情和豪情。

紫凤似是被这女子的容貌惊艳到,目不转睛地看着她。那女子俏脸一红,跃身接住空中的红纱绕上手腕,拉动马缰,狠狠在马臀抽了一鞭子,驰马朝后面跑开了。

"好好迎接大哥的贵客。"女子在驰马离开之际留下一句话,人群之中有一个中年男人应声上前,向紫凤拱手招呼。

随后，那个中年男人带路向前，玉桑与紫凤并肩随后，后面是举着火把的下人，一行人在弯月映照的大漠中向前行进。

"这到底怎么回事，不是说消失了吗？你怎么还成了他们的贵客了？"玉桑压低声音发问。

紫凤侧头看了玉桑一眼，有些嫌弃地道："凡人说消失了那是凡人不明白，你竟然也信了，真是够笨。就是个隐身障眼的法术结界，只要走对了路，知道法门就行了。至于我是贵客，这就是本君聪明了，翻翻他们的家底儿，再学着凡人那般写了封信，说自己是他们赫连堡先人的世交之后，一切就顺风顺水了。"

"你竟然骗人！"

"错，这叫略施小计。"

月如弦，前面领路的人领着紫凤和玉桑走进一条沙沟，按着奇怪的步伐向前，随着越来越前，他们面前的黄沙中慢慢显露出一扇城门，在城门向紫凤和玉桑等人打开的那一刻，月亮似乎有瞬间变成了暗红色。

三更半，赫连堡。

赫连堡以一种少有的白色砖石垒建而成，墙壁外高五丈，内有三丈，地上也铺着白色的石砖，门楣悬挂蓝底红字的牌匾，用苍劲的三个大字写着：赫连堡。

在未到这里之前，玉桑以为赫连堡既然是以铸造兵器发家，那么当家主人应该是个粗壮的大汉，但当她到了大门前，看到的却是一个身着玄色儒衫的中年男子。

"这是管家吗？"玉桑小声地问紫凤。

"赫连兄，别来无恙。"紫凤用一声招呼否认了玉桑的猜测，随后他翻身下马，笑着上前与那个立在门口处的男子寒暄。

不出一阵儿，紫凤就已然与这赫连堡主赫连云说到兴头，大有相见恨晚之势。紫凤再转身侧手示意玉桑，向赫连云介绍道："这是玉桑，乃是我自幼指婚尚未过门儿的娘子。"

"玉桑姑娘好，在下赫连云。"赫连云拱手行礼，随后又侧手向后道，"雨儿，出来见贵客。"

一袭青碧色自身后的人群中走出，定睛仔细一看，正是先前在城外被紫凤戏弄过的那个俏丽女子，此时她已换一身类似于宫廷女装的衣裙，依旧是以碧色为主，但却是裙裾如蝶，长裙曳地，原本只是以丝带束着的长发，现下绾着漂亮的流云髻，配着两支粉色海棠翡翠花钗，长发垂肩，那模样真是堪比国色。

"赫连雨见过二位。"赫连雨语笑嫣然地上前行礼，既不扭捏，又不失大方得体。

玉桑还礼招呼，见紫凤盯着赫连雨的眼睛似在出神，她暗自在袖下戳了一下他，紫凤这才像是回过神，拱手回礼道："赫连小姐好，方才在城外在下多有唐突，还望小姐莫要见怪。"

"你是哥哥的贵客，我怎能怪你。"赫连雨回声，却并不说是与否，反而端着笑意让人捉摸不定。

紫凤轻撒纸扇慢摇，道："赫连小姐真是有趣。"

"公子也不无趣。"赫连雨丝毫不输气场，回敬道。

紫凤看着赫连雨，脸上笑意毕显，似把四周的人都当成了黄漠里的沙子。玉桑看不下去了，才轻咳了一声道："我们就要叨扰赫连堡主了，先在此谢过。"

"今夜就请二位先行休息，正巧我未来的妹夫今日也赶回了堡中，明日就在堡中设宴为你们一起接风。"赫连云接道。

"多谢堡主。"玉桑笑着谢礼，与赫连云一道进入大门，走上台阶后发现身边空无一人，侧头去看，才发现紫凤正盯着赫连雨的背影发呆，不由无奈拍额，袖下打出一粒小石正中紫凤手背，这才让他回神跟上。

"你好歹也活了几千年，给人家当爷爷都够几辈子了，我都替你害臊。再说，你没听见吗？人家已有了指定的夫婿了，你没戏喽！"玉桑压低声音嘲笑紫凤。

"庸俗。"紫凤用扇轻轻一打玉桑的额角，道，"我总觉得这赫连小姐有些不一般，可又看不出哪里不对。"

"那样的美人儿，当然不一般，你好色就好色呗，我又不笑话你。"玉桑低声揶揄玩笑，惹得紫凤一个白眼后再不理她。

连日在沙漠奔走，玉桑也着实累了，安排在赫连堡住下后她就赶紧睡下。这一觉睡得异常沉，也不曾做梦，一直睡到了第二日正午才被堡里的婢女唤醒，说是再过半个时辰就到了接风宴的时候，让她起床梳洗准备。

玉桑穿上婢女送来的一套月白色裙装，随后由人引路去了赫连堡的前厅，路过一处院门时正好遇上直走过来的紫凤，看他正在捏着自己的脖子，玉桑便打趣道："你不会是睡到刚起来吧？"

紫凤瞪她，随后冲旁边跟着的婢女挥了挥手道："你们去忙吧，我们随后就到前厅。"

婢女们退下，紫凤左右看了看，领着玉桑边朝前厅走，边小声道："我已经将赫连堡查看过一遍，并未发现任何可疑的被供奉起来的东西。"

"兴许是被藏了起来，又兴许这魂器并未被人发现奇特之处，还留在某处蒙尘呢。"玉桑猜测着，但心里却也是没有底的茫然。

闲聊之际两人已经到了赫连堡的前厅，大厅里已然布置着长席列位，赫连云立在正中，赫连雨立在右侧中席的位置，在指示下人摆放餐具。

见紫凤和玉桑进厅，赫连云笑着迎上来，客套完落座。赫连雨示意下人们退到旁边，就有衣着艳丽的年轻婢女端着丰盛的美食进厅奉上桌。

"堡主，姑爷到了。"有下人进来禀报，赫连云站起身来，笑着离开主席向门口迎去。

玉桑的目光顺着赫连云朝门口看过去，好奇地想着赫连雨这么个大美人,会嫁个怎样的男子,不知道有没有紫凤好看。随着门口处的日光被遮挡闪动,一个身着白色宽袍、头束碧玉笄的年轻男子就迈入了厅中,相貌清俊,气质卓然,一身贵气自天成。

"叮。"玉桑手中的象牙玉筷落到桌上,她看着负手进门的人,微微睁大了眼睛,呆坐在席位上。

"这便是我赫连堡未来的姑爷,大家都唤一声北府桑公子。"赫连云笑着将桑公子引到玉桑和紫凤面前介绍。

紫凤的手紧紧握住一只琉璃酒盏,呆坐在那里。仰头打量眼前的男子,这半年未见,他似乎消瘦了一些,其他的仿若昨日,一样都未变,真的是他——燕七歌。

当初自己不辞而别,不知道他有没有找过自己,有没有担心过自己?如今再见,他会责问自己,或是询问自己过得可好吗?自己又应该如何解释,如何应对?玉桑纷乱不宁地想着,但就在她还没有想好要如何面对数月后的重逢再见时,燕七歌已然客气而疏离地朝她拱手行礼,道:"姑娘好。"

玉桑微张了一下唇,但却没说出话来。燕七歌看她如此,不禁微皱了眉头,道:"姑娘?"

"玉桑昨夜未睡好,走神儿了。"旁边的紫凤接过话,顺势朝燕七歌拱了拱手行礼。

燕七歌还了紫凤一礼,再不理会玉桑,随后转身冲赫连雨微微一笑,与她一起到对面坐下。

一场接风宴下来,玉桑都不记得自己吃了些什么,也一句未听进众人的谈话。她一直在打量桑公子的一举一动,试图寻找出破绽或是异样,弄明白这是怎么回事,还使用法术密音他,但是燕七歌却丝毫没有反应,看他与众人谈笑客套,时不时与旁边的赫连雨默契对视,玉桑讶异而郁闷。

日头偏西的时候宴散,赫连云说晚上还请了杂技班子和舞姬表演,请紫凤和玉桑晚些时候去后厅。在赫连雨安排下人收拾散宴后的桌椅时，玉桑找准了时机，突然出手将桑公子拉到大厅外的墙边。

"姑娘你这是何意？"桑公子脸满惊讶地看着玉桑。

"别装了，这里没人。"

"姑娘想说什么？"

"我承认，当初我不辞而别的确是有些不够情义，但你如今当着众人的面装作不认识我，也算是报复过了。"

"姑娘，我想你是认错人了，在下并不认识姑娘。"

桑公子说得认真，玉桑脸上的笑意渐渐僵住，直视桑公子的眼睛，皱眉问："你不记得我了？"

"我们见过？"

桑公子疑惑的反问让玉桑愣住，忽然想起一件事，她抬起手腕将燕七歌送她的那只玉镯递到他面前，问："那你记不记得这个？"

"此镯乃是古玉精品，不过在下不曾见过。"

"那红珠村呢？花都城，还有云碎城，你记不记得？"

桑公子摇头，露出尴尬的笑意，那笑容是玉桑在燕七歌脸上从未见过的那种茫然和一眼就可看明白的毫无心机。

这不是燕七歌，燕七歌不会像这样笑。玉桑被自己这个认知吓了一大跳，可她还是不死心，伸手拉住他的袖子问："引魂灯笼呢？"

"什么灯笼？天色尚早，姑娘要灯笼作甚？"

桑公子的回答让玉桑最后的一点希望也破灭，她不敢置信地看着他，想到燕七歌平日会将收妖的法器放在腰间，伸手就要朝他腰间去摸。吓得这个桑公子脸色煞白地后退了数步，用一种惊恐的眼神看向玉桑，道："男女授受不亲，姑娘请自重。"

"阿桑在与玉桑姑娘聊些什么呢？"从大厅出来的赫连雨巧笑着发问，挽上桑公子的胳膊。

玉桑与赫连雨对视了一眼，只觉得背后有一股寒气渗出，忙匆匆别开眼睛,道:"没什么,看桑公子并非西域之人,有些好奇赫连小姐是如何与桑公子相遇的。"

赫连雨笑着侧身看了一眼桑公子,温柔地慢声道:"阿桑是半年前我在北府之地相遇的,当时他生了场大病昏倒在路边,是我救了他,他醒来后便不记得前事了,不过他对我甚好,是个好人,我们就有了婚约。"

"玉桑姑娘,你觉得我们可配?"赫连雨侧过头,笑着问玉桑。

玉桑脑中有片刻的空白,张了张唇,却说不出话来。

"赫连小姐与桑公子才子佳人,自然极配。"紫凤摇着纸扇自后面走出来,开口道,这才解了玉桑的尴尬。

"玉桑姑娘与紫凤公子亦是男才女貌,相得益彰。"赫连雨看向紫凤,眼神带笑。

"玉桑有些累了,我带她稍作休息。"紫凤不动声色地笑着周旋,随后轻揽玉桑的腰离开。

走出一段路,玉桑不自觉地回头去看,发现桑公子正笑着为赫连雨拭过额角的细发,模样温柔,显然与身边的女子正值情浓。

"看样子,他这是被人封了记忆。"紫凤出声。

"他虽是凡人,可法术修为不凡,谁能封他的记忆?"玉桑转身看向紫凤。

紫凤摇着扇子向后院走去,道:"六道之中强者如云,虽说这种法术罕有,可会的人却着实不少。不过,眼下引魂灯笼已不在他身上,那我们就不要管他了,先找到这里的魂器,然后我们再去找引魂灯笼,和他就半点干系都没有了。"

紫凤说完这一通话,却未听到玉桑的回应,收扇侧头去看,这才发现她正低着头兀自出神走着。紫凤的扇角落上玉桑的额角,玉桑这才猛然抬头回神,抱怨吃痛道:"知道了,知道了!你真是唠叨,我们今晚就找魂器,找到就走,只要你舍得那赫连小姐就行。"

"好你个宇文桑,竟敢笑话到我头上了。"紫凤扬扇朝玉桑打过去,玉桑笑着一侧身躲过,随后跑着,领先朝后院而去。

两人的背影消失在赫连堡去后院的路上,整个赫连堡的前院忽然就陷入了安静中,连风声都没了半点,仿佛死寂。立在门外的桑公子静止在当下,脸上的笑容僵止,双目呆滞无神,如同没有知觉的泥塑。

不经意间,一声轻微的响动发出,方才赫连雨他们站过的墙角处某扇窗户发出轻微的崩裂声,一双妙目眨了两下,一支青玉制成的羌笛被两根修长白皙的玉指轻轻一旋后收起,大厅里华丽的装饰露出风化残败的模样,桌椅等一切化成了沙尘。

当夜,赫连堡热闹异常,楼兰杂耍班子的表演十分精彩,楼兰舞姬更是个个姿容艳丽,热情奔放。玉桑坐在紫凤一侧,却无心看台上的表演,心思总在隔了数个席位的桑公子身上。

歌舞表演完毕,胡琴被弹起,随后是鼓声响动,数十个身配各色兵器的男子跃上高台,开始在上面一一比起招式,招式漂亮,乐声激昂,动人心魄。

忽然,台上乐声一变,原本高亢的乐声突变得如游丝一般,所有乐器停止,仅有羌笛声在夜色中飘荡,虽轻缓细柔,却如一根带着弯钩的细针牵动人心,听着听着,让人不由自主地随着乐声失神,受其牵引。玉桑扶着额头,感觉自己的眼皮变沉,脑袋变得昏沉不能思考,似乎就要睡过去。

"稳住心神,不要被迷了心智。"紫凤用扇角狠狠点了一下玉桑的后颈,玉桑吃痛,如被人扇过一巴掌般猛然回神。

意识到自己方才的反应,玉桑觉得冷汗从后背渗了出来,微微睁大眼睛,有些惊恐又有些惊喜地抬头看向紫凤,紫凤也面露喜色看着她,两人相视一笑,点头。

"能有这般勾魂摄魄之力的,除了魂器,再无其他。这下不用你我再费心去找,它倒是自己送上门来了。"玉桑低声开口。

就在两人低声谈话间，忽然有一匹白纱从前面的屋檐上垂下，一个身着碧色长裙的女子落上白纱，朝下飞落。那女子面覆红纱，手中一支羌笛正在唇边轻吹，正是方才那段摄魂乐声的源头。

"看来这次的魂器是支羌笛。"玉桑出声。

在玉桑言语之际，吹着乐曲的女子已经落到了高台之上，手腕轻翻，收起羌笛横于胸前，虽然她面上覆着红纱，但还是能认出是赫连雨。

赫连雨面带笑意抬头朝天上的弯月看了看，随后目光泛着寒意扫视台下。在玉桑还未弄明白怎么回事时，突然就听闻紫凤大叫一声"小心"，随后就被紫凤拉着弯腰向前。头顶一阵呼啸的风刮过，台上那匹白纱如出洞的蛇，对玉桑和紫凤一击未中，就化成了圆圈，将两人围到了其中，不停旋转。

"赫连族誓死守护魂器，所有想来夺走魂器的人，都得死。"赫连雨说着，一个侧身自袖中打出暗器，随后又迅速拿起羌笛在唇边吹了起来。

乐声袅袅，像一根根纤细的丝线牵动人心，玉桑感到自己心潮涌动，根本无法凝神聚气，更别说施法还击。随着乐声越来越快，玉桑看到四周的桌椅开始剧烈颤抖，一点点化成粉末，而那些白色的城堡墙壁也渐渐变成黑色，出现裂纹，一点点剥落。

"我们中计了，这根本不是什么表演，这是个摄魂乐阵，我送你出去。"紫凤咬着牙握抓玉桑的肩出声。

"你怎么办？"

"我自有妙计。"紫凤说着，将他的纸扇扬手一撒，冲着赫连雨的方向，侧身狠狠一扇，一道灵力就化成幻刃朝赫连雨而去。

赫连雨为了闪躲幻刃不得不侧身，乐声有了一刻的薄弱间隙。玉桑迅速凝气，又借着紫凤的一推之力朝着夜空的月亮而去，可在她侧头之际，看到了昏睡在座位上的桑公子，又返身落回地面，伸手顺着他的肩头一握，半揽着他，咬牙使出最后所有的灵力，朝结界外飞去。

一声轰然巨响自脚下传来，气派华丽的赫连堡后院在身下化成了黄沙粉末。感觉到有股炙热的气流席卷着黄沙将自己淹没，玉桑紧紧地握住了旁边人的手，随后就在狂沙中失去了知觉。

日出、朝霞、黄沙，玉桑睁开眼睛眨了几下，动了动腿脚，立刻就有细沙簌簌散开，一阵酸痛传遍全身。

玉桑龇牙挣扎着坐起来，发现自己正躺在一处沙丘上，前面的沙峰上立着一个白色的修长背影，负手而立，头上的白色轻纱丝带随风翻飞，那种贵气和气度，让玉桑熟悉无比。

"燕七歌。"玉桑唤了一声。

"你醒了。"燕七歌转过身来，逆着朝阳浅笑开口。看到他脸上那种笑容，玉桑的心却沉了一下，一种不好的预感在心里升起。

"你知道我是谁吗？"玉桑问。

燕七歌打量玉桑，片刻之后摇了摇头，道："方才我醒来，却记不起之前的事，姑娘认识我吗？"

玉桑张了张唇，看着眼前这个如所有普通凡人一般文质彬彬、多礼又客气的燕七歌，忽然觉得有些庆幸，又有些难过。

"姑娘！姑娘？"看玉桑走神发愣，燕七歌唤了她两声。

"你还记得赫连雨吗？"

燕七歌抬起头想了想，随后一脸茫然地摇头。

"走吧。"玉桑转身离开，她心里有些不愿看到燕七歌这样茫然无知的样子。

"去哪？"

"我带你到处有人的地方，你虽没了记忆，但却不傻，总能好好活下去的。"

"那就多谢姑娘了。"燕七歌笑着拱手，行礼道谢。

玉桑停下脚步看向燕七歌脸上的笑容，她一直觉得他是那种全身是心眼，永远都把她算计得死死的人。这种毫无城府的笑是她曾经很多次设想过的，因为好奇如果燕七歌露出这种灿烂温暖的笑容会是什么样,但现在真的在他脸上看到了这种笑,她却一点都高兴不起来。

带着燕七歌离开沙漠到达一处边塞小镇已是黄昏时分,玉桑在路边茶摊上叫了些茶水,又给燕七歌叫了点吃的。燕七歌也不顾被风吹乱的头发和满面沙尘,拿起那些粗粮馒头就开始吃起来,看到这样的燕七歌,玉桑有些走神。

这若是放到从前,燕七歌肯定会嫌弃,并且立刻走人的。他是个高傲且爱漂亮的人,吃的用的都要上品,头发总是一丝不乱,衣衫也都用最好的料子,最好的裁剪,可眼下他却像是个落魄的书生,能活着,有粗粮吃便不再计较其他。

"这些给你,你自己雇辆马车去南方,那里比这里好。"玉桑将一只装着银两的荷包递到燕七歌手中。

燕七歌拿着东西的手停下,看了看手里的荷包,然后皱眉在玉桑的脸上探究,问道:"姑娘,你认识我吗?"

"我……不认识你。"玉桑有些不自然地吐出几个字,随后起身离开茶摊。

"姑娘,姑娘……你叫什么名字?"

燕七歌在身后大声询问,玉桑觉得心尖似被什么东西轻轻蜇了一下,疼得她不自觉地闭上了眼睛。她感觉到燕七歌的目光在背后追随自己,却坚持没有回头,在袖下握紧了五指,加快步子离开小镇的街道。

走出小镇,玉桑从商人手中买了一匹马,辨了辨方向后打马前行。路过一处戈壁时,看到迎面上来一群手执大刀的剽悍汉子,个个身强力壮,面露凶相,有两个骑着骆驼的路人在看到这群人后像见鬼一般丢下骆驼跑到沙丘后面躲起来。不用多问,玉桑也猜测到了这些人的身份,都是些大漠里的马匪,做着无本的买卖。

那些人并没有向玉桑寻事,玉桑也无意插手凡人间的争斗,拉着马继续前行,却在走过几步后想起些什么,扭头看过去,果然见到那群马匪朝着方才离开的小镇方向去了。

"现在你们只是陌生人,他根本不认识你,他死了也好,活着也罢,要看他自己的造化。"玉桑这样对自己说着,拉着马朝前走过几步,可下一刻,手脚却又像是不听使唤一般,扯动马缰调头朝着小镇赶回去。

赶回小镇,那里原本就简陋破败的街道更是一片狼藉,小孩在路边哇哇地哭,老人躲在墙边不敢出头,那群马匪在人们手中抢东西,而燕七歌正被几个马匪围在一茶摊旁的墙边,玉桑留与他的银两荷包正被一个马匪拿在手中掂量,可看起来他们并不满足于拿钱,似乎对燕七歌还有了兴趣。

"看这后生细皮嫩肉,若卖到北地当个伶倌,也能收到不少银钱。"一个马匪边打量着燕七歌边淫笑。

玉桑看在眼里,听在耳中,险些惊得从马背上摔下来。这可真是个敢想敢做的悍匪,不过他眼光倒是不错,依燕七歌的长相,若当个伶倌,肯定能花名远播。

"你们卖不得他,也卖不起!"玉桑笑着打马上前,马蹄扬起,吓得那个拿着银两的马匪手一软,荷包从手中掉落。玉桑探腰一伸手,就接在了手中。

拉马回身,玉桑笑看向那群马匪,朝立在墙边脸上又红又白的燕七歌伸出手去。燕七歌虽没了记忆,但却不笨,握上玉桑递过来的手,借着力踩上马镫后就坐到了玉桑背后。

"姑娘,得罪了。"燕七歌在背后有些不自然地开口。

玉桑愣了一下,感觉到自己腰间有些发紧,这才明白过来燕七歌是在为与自己如此亲近而局促不安,现在的燕七歌有一股十足的书生酸儒气。

马匪看到燕七歌和银钱都被玉桑夺走,被激怒了,弃掉其他正在搜掠的东西,全都围了上来。玉桑拉着马退后几步,可背后立刻被几个拿着麻绳的马匪断了退路,显然他们也很老道,有经验。

"这女子也不错,既是送上门来,就一起捉了卖掉。"有马匪首领开口,随后是众马匪的大笑应答,说些淫词秽语调戏玉桑。

感觉到燕七歌环在自己腰间的胳膊用了些力,玉桑微侧过头笑问:"你害怕?"

"是我拖累了你,若不是我,你亦不会被他们欺负。"燕七歌叹息着,脸上充满了自责和担忧。看到这样的他,玉桑忽然想起从前很多次和燕七歌一起收妖,每次遇到难对付的妖他都习惯说的那句话。

"到我后面去。"玉桑笑说着,随后手掌轻翻,用一种几乎无法看清的速度跃下马背,以一支白玉毫笔迅速在马匪的身上点过,那些马匪就纷纷倒下。

玉桑重新跃坐回马上,燕七歌睁大眼睛看着她,她转着眼珠轻佻地拍了拍燕七歌的脸颊,故意挤兑笑话道:"他们本是要将你卖到北地去的,现下你不用去北地了,我把你抢来了。"

果然,燕七歌的脸刷地一下红了,局促不安地就要与玉桑拉开距离,却不想一个不留神就从马背上反仰下去,好在玉桑手快,赶紧伸手拉住他的肩将他扯回来,但却用力过大,燕七歌一下子就将玉桑反扑抱了个满怀,薄唇印上她的唇。

片刻的呆滞停顿,两人都一动也不敢动,最后还是燕七歌回过神来,慌张地松开双手,边说着抱歉边从马背上摔了下去。

玉桑看燕七歌狼狈摔了下去,再匆匆从地上爬起来,满面通红,尴尬得无地自容,就忍不住笑了起来,微弯下腰,用手背托着腮支在马背上看他。

发现玉桑盯着自己,燕七歌以为她是生气了,忙慌张地道:"姑娘,是在下失礼唐突了,你若气恼,可尽管朝我发泄,我……我定不还手。"

玉桑本是笑话燕七歌的木讷,可笑着笑着却又笑不出来了,心里觉得有些悲凉难过,从前的那个燕七歌是真的不见了。微微垂目片刻,玉桑无奈地笑着摇了摇头,将手里的马缰丢到他手里,道:"走吧,天快黑了。"

燕七歌愣了一下,似是意外于玉桑的不追究,但又不敢多看她一眼,侧过头认了认方向后就拉着马缰朝前去。

玉桑坐在马背上,看着燕七歌在前替他牵马的背影,心里的那份难过和悲凉更胜。他变成了普通人,这样任她驱使戏弄都不知反抗,从前她在被他欺负时总想着要有这么一天出口恶气,可现在真看到他这样,她却一点高兴不起来。现在的这个人虽然有着和燕七歌一样的容貌,但却只是千千万万个凡人书生中最普通的一个,也许燕七歌就此消失了,也许……世上再没有那样一个人了。

离开小镇到了黄沙地上,走着走着,太阳渐渐西沉,黄沙被晚霞映成了绯红的颜色,十分华丽美艳。

一路行去,走在前面牵着马的燕七歌时不时回头看玉桑,几次欲言又止。

现在的燕七歌真是什么事情都写在脸上,玉桑知道他有话要说,就道:"有事?"

燕七歌停下步子,背对着晚霞回过头来,极为不好意思地道:"姑娘,若你愿意,我愿娶你为妻。"

"什么?"玉桑以为自己听错了,惊讶着反问,随后她才意识到原来燕七歌一直在计较着先才的一吻,按着凡人的规矩,男女有了肌肤之亲便是要结成连理的。

玉桑想笑话燕七歌,可才动了唇角却又觉得分外难受,曾经那么傲慢不凡的一个男子,怎么就成了如今这样?再看燕七歌那一脸诚恳老实,玉桑又突然没了笑意,甚至还生出几分气愤来,狠狠扯过马缰握在手中,自己打马前行。

"我现在虽身无所长,但日后定努力让你过上好日子,不让你担惊受怕,不让你吃苦,我会保护你,守着你,直到白头离世。"燕七歌在身后出声,紧张而不失坚定。

玉桑放缓前行的步伐,背对着燕七歌,坐在马背上闭目,许久,才无奈而灰心地垂下头道:"你果然不是他。"

玉桑拉动马缰迎着夕阳朝前行，马蹄在黄沙上留下一个个脚印，走出几丈后，玉桑还是没能忍住，扭过头去看燕七歌，发现他正立在原地看着自己离开的背影。

"你知道吗？你和我认识的一个人长得很像，可你不是他，他绝不会说这些，做这些。"

"他是谁？"

玉桑又眯起眼看了看天边的夕阳，许久才道："他……他是个很讨厌的人。"

燕七歌踏着黄沙走近，仰头看向玉桑，又问："那他现在在哪里？"

玉桑打量着一脸认真的燕七歌，许久后，她垂下眼皮儿笑了笑，将手里的马缰递给他，示意他继续牵马前行，道："不知道，我不知道他在哪儿。"

天色渐黑，玉桑让燕七歌在一处沙丘上停下。走到最高点，借着天上的北斗星，玉桑认准了方向，屈指念咒搜寻紫凤的讯息，从指间化出一片竹叶，像蝴蝶般飞了出去。

燕七歌拣来些枯树枝在背风的沙丘后升起一堆火，玉桑在旁边坐下，他也坐了下来。两人无话，都对着火光想着自己的心事，直到玉桑犯了困，眼皮儿打起了架，燕七歌才朝近坐了一点，拍拍自己的肩膀，道："你睡吧，我在这里。"

玉桑靠在燕七歌的肩上入睡，不知道过了多久，迷糊间似乎听到什么响动，她猛然惊醒，发现旁边的燕七歌已经睡着，自己的身上披着他的外衣，而前面的火堆边立着一身紫袍的紫凤，正捻着之前她放出去的那片传讯的竹叶。

紫凤看看燕七歌，又看看玉桑，颇为不悦地道："让你离他远些，你将我的话全当耳旁风了？"

"他现在手无缚鸡之力，又迂腐又木讷，丢他在沙漠里就是让他送死。"

"那让他死了不就好了,凡人一世也不过几十年,早死早投胎。"紫凤没好气地出声。

"好了好了,我只是想着好歹相识一场,明日找个商队把他安排一下,以后……以后我就再不会理他的事情了。"

玉桑撒着娇向紫凤服软,紫凤这才松了口,随手从袖里取出一只紫玉罗盘递到玉桑面前,道:"这可是他的东西?"

玉桑一看就认出是燕七歌的紫玉罗盘,忙问:"是他寻妖用的,你从哪得来的?"

"赫连雨与我斗法时掉下的,她现在借着魂器之力法力大增,连我都赢不了她许多。"

"她现在在哪?"

"不知道,也许逃到了天边,也许就藏身在这附近某处。"

"那怎么办?"

"我要回一趟太液岛,你也乘这个时机将燕七歌这个麻烦先给处理掉,一切待我回来再作打算,在此之前不可轻举妄动。"

"好。"玉桑答应着。紫凤又特意提醒了她不要私自涉险出手,这才施法离开。

紫凤消失离开,玉桑偷笑着伸出手来,那只被紫凤没收去的乾坤袋就又回到了她的手里。看了看天色,估摸着还有几个时辰才能天亮,她就坐回燕七歌旁边打算再睡一会儿。

模糊中,玉桑陷入了一场梦境,梦里燕七歌隔着一片大雾在叫她的名字,让她快走,她四下寻看,想找到燕七歌,却只是在迷雾里原地打转,直到一个明黄色的身影从雾间走出,带着万丈光芒刺痛她的眼睛,她迎着逆光去看那人的脸,却被惊吓至醒。

猛然睁开眼,玉桑的眼睛被太阳光刺痛,才恍然明白梦里的金光原来是初升的日光。玉桑轻晃着脖子侧头,发现燕七歌不在,就站起身去找,可走了一圈也不见他的影子,再发现马也不见了。玉桑心中升出不祥之感,伸手就去腰间摸乾坤袋拿法器,却发现腰间空空如也,乾坤袋也不见了。

那里面可是放着她辛苦收来的几件魂器呀,这让玉桑在震惊之余怒火中烧,跃身登上沙丘顶峰,闭目念咒,借着风间的讯息感知几个时辰前的事情。

是赫连雨来过了,燕七歌取下玉桑腰间的乾坤袋骑着她的马朝西边而去,而赫连雨随他之后紧追。

感知到这些残影,玉桑再不能淡定,亦忘记了紫凤让她不许妄动的提醒,看到正巧有商队自沙丘下经过,她飞身过去将一人从马背上踢落,劫了一匹马就直朝西边赶去。

一路向西,越走越是荒凉,玉桑却感觉到了越来越浓的魂器之力,现在是四件魂器加在一起,力量非同小可。

红日当空的正午时分,玉桑到了一座破败的土城外。入城后,城中空无一人,到处是断壁残墙,一处高高耸立的院落立在城中央,大门处歪歪斜斜地挂着一块蒙尘的金匾,上书三个大字:赫连堡。

玉桑下马,把白玉毫笔握在手中,小心地推开半掩着的大门进入堡内,寻着魂器的讯息进入后院,穿过一道圆形的石门,最终确定魂器就在面前的那座石雕白楼里。

白楼高三层,皆由白色大石建成,上雕各色花鸟图案,十分漂亮。虽然心里明白这一去可能会遭陷阱,但玉桑还是毫不犹豫地推开了一楼的石雕门。

门被推开,玉桑立刻被吓了一大跳,并不是因为里面有什么厉害的陷阱,而是她看到了一具面目可怖的尸身。赫连雨握着一支羌笛躺在那里,双目圆瞪,眼珠凸出,鲜血在她身下淌了好远。

玉桑走近尸体看了看,从赫连雨手中取下羌笛时,发现尸体尚温,应该是刚死不久。目光扫过旁边通向二楼的楼梯,发现有血迹向上,玉桑的心猛然一揪。

"燕七歌。"玉桑顾不得害怕,大叫着飞快朝二楼跑去。

上到二楼,玉桑一眼看到紧拧着眉头靠坐在墙边的燕七歌,他的肩膀处受了伤,正在渗血,手里紧紧攥着样东西,似乎是在与人争抢那东西时因不肯放手才被人重伤。

"燕七歌,你怎么样?"玉桑慌忙在他身边蹲下,边叫着他边试了试他的脉搏,在确定他没死之后,她才长舒一口气。

"给……给你。"燕七歌勉强睁开一线眼缝,忍痛抬起受伤的胳膊,松开紧攥着的手,里面赫然躺着玉桑的那只乾坤袋。

"你知道这里面装的是什么吗?"玉桑接过乾坤袋后问燕七歌。

燕七歌摇了摇头。

"那你还这么拼命,真是笨死了。"玉桑笑骂着,心里却止不住有些温暖,想到一楼的尸身,她又疑惑甚多,问道,"赫连雨,就是楼下那个女子,是怎么死的?"

听到玉桑这样问,燕七歌的脸上显露出奇怪的神色,刚想要说话,却在目光越过玉桑的肩头时像是看到了什么可怕的东西,忽然坐直身子,拥着玉桑翻身倒向旁边。

一声轰然巨响响起,整座阁楼开始摇晃坍塌。玉桑从燕七歌的肩头看到在通往三楼的楼道口立着一个模糊的身影,她震惊地想看清那是谁,却在还未回神之际被一股强大的灵力迎面冲击,失去知觉。

再次睁开眼,玉桑发现自己躺在一处沙地上,旁边是一眼望不到边的黄沙,那黄沙被风吹着,正慢慢移动。太阳正值当空,将沙子晒得发烫。

玉桑撑着胳膊坐起来,发现肩上搭了一只手,扭头一看,发现燕七歌也昏躺在旁边,他肩上的伤已经没有再渗血,伤口处结了痂,身下的沙子被血染红了不少。

玉桑顾不得其他,边唤着燕七歌的名字边扶起他,用手试了试他的脉搏和额头,发现他正在发热,许是失血过多所致。

玉桑施法,给燕七歌渡了些灵力,听到他咳嗽醒过来,这才放下心来，用手小心地将他伤口上的沙子拭掉，笑道："醒了就好，你还真是命大。"

燕七歌睁开眼睛看着玉桑，苍白着一张脸微微皱眉，似乎想说些什么，但话到嘴边又止住，停顿了一下后问："发生了何事？"

"你不记得了？"玉桑反问。

燕七歌摇头。玉桑咋舌，无奈地抬手抚上自己的额头，本来还想问他在赫连堡里发生了何事，是谁杀了赫连雨，这下看来，燕七歌是什么都不记得了。

"算了，你现在就是个普通凡人，本就不能对你指望太多。走吧，不赶紧找个大夫给你看看，你还是会死的。"玉桑站起身，边苦笑着说，边伸手将燕七歌拉起来。

燕七歌借着玉桑的手站起身，玉桑看他实在没力气，就索性将他的胳膊搭到自己肩上。燕七歌借着玉桑的力站住，看了看四周后，指了一个方向示意玉桑向前走。

玉桑本是有些不信他的，不过燕七歌却坚持说那边有条商道。玉桑现下也分不清方向，就只能按着他指的路朝前走。果然，走了不久，前方有马蹄声传来，戈壁沙道上有一队商队正从前面经过。

半个时辰后，玉桑与燕七歌坐在商队用以托运货物的马车后面。玉桑靠坐在堆放着的货物旁，挪动身子，找了个较舒服的位置，看到腰间的紫玉罗盘，就取下来拿在手中拨弄，想到从前燕七歌拿着这东西收妖的样子，不禁有些出神。

"你在想什么？"燕七歌发问，打断玉桑的思绪。

玉桑抬头笑了笑，道："没什么。"

"你在想那个和我很像的人？"

玉桑不置可否地嗯了一声，看了燕七歌一眼，没再说话。

"你看起来很悲伤，他……他对你就真的那么重要吗？"燕七歌试探地问。

"什么？"玉桑一下子没反应过来，皱着眉瞥了燕七歌一眼，才明白他这是在把从前的自己当成了完全无干系的另一个人来探听，不由笑了，收起紫玉罗盘，道，"他呀，特别讨厌，老爱欺负我，自以为是，高傲又坏脾气，还爱赖皮……"

"可你喜欢他，你现在很想念他，还很担心他。"燕七歌打断了玉桑的话。

听着他认真的语气，玉桑脸上的笑有些僵住，尴尬地咳了两声，不再说话，燕七歌也不再说话。

几个时辰后，商队在一处边关土城落了车。玉桑在镇上帮燕七歌寻了个大夫看伤，好在他伤得不重，上了药也就无事。在镇上的客栈住下，玉桑想到燕七歌挑嘴，荒村野店的吃食实在是色味俱差，又念在他有伤在身，就好人做到底，又做了几个小菜，煲了些汤给他送去。

燕七歌看着玉桑布菜上桌，却还是一直不说话，玉桑叫了他两声，他也不应。玉桑有些生气了，将小菜放回食盒就要出门，道："当我白好心了。"

玉桑转身欲走，燕七歌这才急了，赶紧站起身伸手拉住她的胳膊，可却还是不说话。玉桑甩开他，道："你没话说，我就走了。"

"你对我好，不过就是因为我与那个人长得像，对吗？"燕七歌出声，语气有些怨念。

玉桑停步愣了一下，随后恍然大悟，这个燕七歌一直不说话竟然是在和从前的自己较劲儿呢，想到这些，她忍不住就笑了，可却不转身，只等看他接下来还想怎样。

"我向你保证，今后我定不欺负你，对你说过的话我一定都做到，我会照顾你，不会再让你孤身漂泊。"

燕七歌说得认真，玉桑起初只是当笑话来听，可越到后面越是笑不出来，不自觉地握住了腕上的玉镯，半晌才道："这些话那个人也说过，可他后来忘记了，今晚这些话，你明天一早起来也会忘记的。"

"他忘记了什么？"燕七歌追问。

玉桑想起了那日在大靖城的事，那时燕七歌也曾信誓旦旦地做出承诺，可在他离开那里之后就忘得一干二净。

"他说再不欺负我，会保护我，照顾我，会一直陪着我，可是他后来全忘记了，他任由别人羞辱欺负我，甚至还为了别的女子而重伤我，他对我好不过是把我当成了别的女子的影子……"

玉桑将长久以来压抑在心里的秘密絮絮叨叨地吐出，有一种轻松之感，同时更觉得有些悲凉落魄。真是世事无常，从前她一直费心隐瞒关于大靖城的一切，隐瞒自己的身份和目的，可现在即使当着他的面讲出来，他都丝毫不知。

"还有他不知道的吗？"

玉桑吸了吸鼻子，抬起头看着屋顶，眼眶有些发酸地笑着弯唇，道："有呀，好多好多，我向他隐瞒了身份，其实我跟着他只是想要他的一件东西；我引他去冒险，只是想利用他得到自己想要的东西；还有，我看到他和别的女子好时我会很生气，特别生气；我更生气的就是我走了，他竟然不来找我；他总以为自己很聪明，其实他一点都不聪明，他好笨的，是天底下最最最大的笨蛋。"

"你喜欢他？"

"无所谓了，他永远都不会知道这些的。"玉桑扭过头看了一眼燕七歌，涩然地笑了笑，将食盒放回到桌上，转身离开。

入夜，玉桑按着北斗星的方位登上小镇旁边最高的一处沙丘，她闭上眼感受着夜风，取出羌笛吹起一首幽怨的曲子。

随着曲音悠扬，玉桑的周身形成一股由灵力幻成的结界，但她还未来得及高兴，一股炙热的古怪力量就从羌笛中发出，四周以乐声围筑的结界破碎倒塌，羌笛应声断成两截。

玉桑回到客栈，在燕七歌的门外立了一阵儿，从自己腰间取下紫玉罗盘放到门口后下楼。玉桑去找商队的管事，将准备好的一包银两交与他，让他们将燕七歌送到江南之地安顿，随后又换了一匹马，借着月色悄然离开。

骑在马背上离开土城的时候，不知怎么的，玉桑忽然觉得有些难过，这一次她是真的要走了。以后的路还很长，燕七歌只是个普通凡人，而她还要去收集魂器，去找引魂灯笼，不管从前发生了什么，今后他会过着一个普通凡人的生活，生老病死，然后轮回转世，他们也将再无交集。

"燕七歌，这样也许是最好的，你永远不会知道发生了什么。"玉桑最后看一眼简陋的边镇客栈，翻身上马拉动马缰。

"若我知道呢？"一个声音突然自背后传来，吓了玉桑一跳。

"你是不是又想像上次一样一声不吭就自己走掉？真是只小心眼的妖，我不过是骗你，作了一场戏，你就连解释的机会都不给我一个，还在背后对我说三道四，你才是个笨蛋，笨妖。你说我不去寻你，却不体谅我就是在去寻你的路上被人算计，封了修为，成了个一事无成的书生遭你笑话……"

那是玉桑熟悉到不能再熟悉的声音，几分倨傲，几分自负和淡漠，一如从前。玉桑听在耳中，许久都不敢相信，慢慢拉马转身，发现前面的通道阴暗中央有一人骑在马上。

"燕七歌，你是燕七歌？"玉桑出声，嗓音微微发颤，不敢置信。

"不是我是谁。"阴影中的人轻踢马肚向她而来，在月亮的映照下，玉桑看到了那张再熟悉不过的面孔，丰神俊朗，贵气天成。

终于确定这不是自己的错觉，玉桑感觉有好多东西涌上心头，却又说不出一个字，只目不转睛地盯着前面的人，生怕一眨眼那里的人就消失了一般。

燕七歌扯马一步步靠近，最终在玉桑面前停住。玉桑仔细打量他的脸，眼眶忽然就发了酸，伸手捂住了自己的嘴才没让自己哭出声来，眼泪却簌簌滚落。

"哭什么，脸都花了。"伸手过来轻轻拭过玉桑的脸，手是温热的，指腹有些粗糙,但那种感觉却是真的。

"你知道我是谁吗? 你记得我吗?"玉桑呜咽着发问。

"自然,你是只烦人的小妖,喜欢偷吃我收集的妖丹,还喜欢躲在树上睡觉。"

玉桑破涕为笑,但眼泪却流得更多,拍掉燕七歌的手,道:"要你管,你以为你是谁!"

"长脾气了,也不怕我了。"燕七歌笑着,轻轻一弹玉桑的额头。

"谁怕你了,我才没怕过你。"

"好好好,没怕过,没怕过,你最厉害了,别哭了。"燕七歌温言哄着,又伸过手来为玉桑拭去眼泪。玉桑一皱鼻头,顺手就扯过燕七歌的白色宽袖在脸上一抹,鼻涕眼泪全涂在上面。

燕七歌爱干净,自然眉头皱得能夹死只蚊子,可现在他不怒反笑,看着玉桑,直到玉桑拭干净了脸抬起头。四目相撞,他眨了眨眼睛,忽然就伸手将玉桑揽抱住。

玉桑在毫无防备之下将脸颊贴在了燕七歌的肩颈上,下巴支上他的肩头,后背被他紧紧拥住,力量之大,勒得她骨头都在生痛。

"你……你……"玉桑僵如化石一般立坐在马上,抓着马缰的手攥得紧紧的,心跳得飞快,脑中却是一片空白。

"以后别一声不吭就独自走掉了,我担心你。"燕七歌抵在玉桑的耳边轻声说着。玉桑握着马缰的手攥得生痛,盯着远方的一半弯月亮,竟不知如何应对。

"你什么时候记起来的?"半晌,玉桑才出声问了一句。

燕七歌松开玉桑,低头自腰间取下那只紫玉罗盘,道:"我看到你将这个放到门外,看见你走了,我就拿起它,忽然就想起来了。"

"就这样简单?"玉桑有些不信,总觉得事情似乎没那么简单。

燕七歌显然并不想多解释什么,转而又在玉桑额头轻轻一指,道:"你这小妖真是没良心,当日在花都,招呼都不打一声就丢下我自己跑了,亏得我当初对你那样好,如今又想再来一次?"

"我……我不是看你身边有别的人了嘛,我可是很识趣的。辰妃多好,又漂亮,又聪慧,还知道你爱喝菊花茶呢,我可比不上。"玉桑不服气地嘟囔。

"你这不叫识趣,叫心胸狭隘、小心眼。"

玉桑翻了一个白眼后拉马离开,没好气地抱怨道:"你一回来就欺负我。"

燕七歌拉动马缰,随后跟上玉桑,与之齐肩向前,看着天际的月亮,若有似无地叹道:"辰妃再好,可都不是你呀。"

原本还赌着小气的玉桑一听到这个,立刻就换了好脸色,笑着抬起下巴追问道:"真的? 你真的觉得还是我最好?"

"嗯,真的。"

玉桑乐了,下巴抬得更高,眼光瞧着天上,得意地笑道:"我就说嘛,看看我,长得漂亮不说,还能收妖,能扮戏,上得厅堂,下得厨房,这上天下地举世难寻的好妖,也就是你从前没眼光,老欺负我。"

燕七歌难得夸她,玉桑就想着机会难得,要多听些好话,便又接着追问道:"对了,还有那个赫连雨,她不杀人的时候也很漂亮呢,又会吹羌笛摄魂,我比她好吗?"

"赫连雨? 那是谁?"燕七歌蹙眉疑惑。

"你不记得了? 你还是人家的姑爷呢,还对人家笑得跟朵花似的。"玉桑将信将疑地打量燕七歌。

"我不记得了。好了,快走吧。"燕七歌笑着轻踢了一下马肚,领先向前朝土城外而去。

"去哪?"玉桑打马跟上发问。

"去拿回我的东西,也帮你找到你要的东西。"

"你……你都知道了?"玉桑语气有些僵硬,小心地发问。

"嗯。"燕七歌看着前方,淡然地应了一声。

"什么时候？你……你怎么不说，我还在为……"

"你以为就你那些把戏就能将我糊弄住？"

这样被燕七歌嫌弃，玉桑多少有些不服气，撅嘴挑衅着道："好呀，那你倒是说说，从何时发现我另有所图的？"

"我们是在云碎城相遇的，在云碎城之前我在追一只鼠妖，它却费心引我入城，起初我有些不明白，但后来便知那是有人故意安排的。自第一次见到你，我就知道你是只不同寻常的小妖，不点破你，只是想看看你的目的是什么，直到你偷偷拿去了第一件魂器，我才恍然明白你的目的。"

"那你还让我跟着你？"

"起初是好奇想看你还能弄出什么把戏，后来便是有些习惯了，况且……况且我总觉得你眼熟，似乎从前见过你。"

"原来还是因我长得像你那青梅竹马的辰妃，要我帮你扮戏。"玉桑没好气地翻了个白眼开口。

燕七歌不屑地瞥一眼玉桑，道："我若要谁死谁生，就是千军万马也不放在眼中，你以为我费心带你回花都，让你进宫，就只是演场假死的戏码吗？"

"那是什么？"玉桑一下子疑惑了。

燕七歌拉马停下，扭过头看着玉桑，盯着她道："你真不记得曾在何时见过我？"

"有吗？"

燕七歌看着玉桑的脸，认真地道："我一直在做一个梦，我被困在皇宫的花苑中不能离开，后来一个女子出现，用掌心血帮我破了封印，她让我记住她的容貌，来日定会与她相遇……"

听着听着，玉桑慢慢张大了嘴，想起那日她误入到皇宫地下的幻影结界，在那里遇到只是一缕魂魄的燕七歌，又帮他投胎到当时的燕妃腹中，之前她只当那是一个意外，但现在看来，那日发生的一切，也许确有其事。

"燕七歌,你实话告诉我,花都皇宫地下的那处地宫,真的只是幻影结界吗？"

"你想说什么？"燕七歌忽然皱眉,脸色变得十分怪异。

"我一直未告诉你,那日我不小心进入了那里面,我遇到你的魂魄被困在皇宫的花苑里……"

"原来真的是你……"燕七歌蹙眉,脸色变得很奇怪。

"你倒是说呀,那到底是什么？"

"那是一笔易魂。"燕七歌回答着,停隔一下后又接着道,"二十五年前,当时的皇帝独宠燕妃,燕妃怀胎后皇帝更有意废后改立,当时的皇后,也就是后来的太后,她受一高人指点寻到一支步摇,高人告诉她,这步摇乃是神器,只要她肯付出代价,可让她成心愿。

"太后一心想求得皇子以保后位,经指点,她将她的永泽殿改建,在宫殿下以五行之局建成一个和皇宫一模一样的幻影结界,用那步摇放在其中引灵,在里面结出魂胎让她有孕,但结出来的魂胎毕竟是没有走过阴府的死魂,所以赵璋生下来便没有心智,而那结界里的世界就定格在她如愿生子的那一日。十年前,先帝驾崩,皇后用她余下的寿命换得赵璋的开智登基,我将她的魂魄送进结界保存,十年之期一满,再放她的魂魄入地府投胎,这样既不违背轮回章法,也成全了她一片爱子之心。"

玉桑听完,仔细想了很久才慢慢理出头绪,点着头哦了一声,随后又皱起眉道:"那……这和我有什么关系？"

燕七歌微偏过头迎上玉桑疑惑的眼神,并不回答。玉桑起初不明白他这是什么意思,盯着燕七歌的眼睛看了一阵,忽然明白他所指,惊讶地瞪大眼睛指着他道:"你不会是指我吧？那怎么可能,我从未去过皇宫？"

"太后曾绘过那位指点她的高人的画像,与我梦中所见帮我的女子一模一样,当时我便知晓确有那样一女子,后来见到辰妃,我便更相信自己没有猜错。辰妃本是一只在皇宫修炼成精的春燕,妖类修成人形,多会按着自己见过的容貌生长,她与你长得一模一样出现在宫中,这又岂会仅是巧合?"

"春燕?"玉桑想起那日在结界里的确救过一只在风雨中的燕子,但她还是不肯相信,道,"我当时只是误入其中,后来就逃出来了,应该只是碰巧。"

"不可能。当时皇宫有镇妖局,你根本不可能施法,若真陷进结界,又怎可能逃出来。"

"我……我……"玉桑茫然地张着嘴,一点点回想那日在结界里的事情,之前未觉得,现在经此一提,她越发觉得有些不对劲儿了,似乎当时在结界时所着衣衫有些不对,而且从结界出来后她手心的伤也一点痕迹都没了。

"那日你并没有闯进结界,你只是昏倒在了那里,受结界的影响,你看到了从前相关的记忆,醒来时就误认为是自己闯进了结界。"

"不可能,我怎么一点都不记得曾经见过你,二十五年前,我在……我在……"玉桑急着辩解,回想自己二十五年前的事情。二十五年的时间,对一个凡人来说也许很久远,但对一只妖来讲,仿佛就在昨天。玉桑努力去想自己当时去了哪,话到嘴边却拧着眉说不下去了。

"你在哪?"燕七歌微蹙眉头追问。

"我……我怎么一下子忘记了,我想不起来了……"玉桑拧着眉努力地想,可脑中却一片空白,想得久了,额角处竟然传来阵阵痛意,她忍不住抬手抱住了头。

燕七歌见玉桑显得很痛苦,就赶紧伸手扶住了她,道:"想不起来就算了,你们妖类活得久,记性不好也属正常。"

"是吗?"玉桑迷茫地抬头看燕七歌,感觉十分疲惫,脑中一片空白,一股心痛和难受让她的眼睛被水汽给蒙成模糊一片,可她却什么都记不起来,不知道自己为何会心痛难受。

由于玉桑不舒服,两人停止了赶路,在一处背风的沙丘处下马。看到旁边有一棵被风干的枯树,燕七歌扶着玉桑下马,过去坐下,又折了些树枝来堆在一起点燃。

燕七歌将马系好在树后,见玉桑一直在出神思索,他拍了拍身上的沙尘在玉桑旁边坐下,道:"别想了,睡会儿。"

玉桑嗯了一下,疲倦地闭上眼靠到身后的树上,但因为没留神儿,头却被树干上突出的疙瘩撞到,疼得她龇牙。

燕七歌看着玉桑那样,笑了,伸手帮她把撞痛的后脑揉了揉,顺便把她的头靠上自己的肩头,道:"靠这儿睡会吧。"

"这才像话,我可是你的救命恩人,对我好才是正事。"玉桑得了便宜还卖乖,嘟着小嘴说了一句,抿唇笑了,原本心里的那些迷茫疑惑暂且放下。

睡在半梦半醒间,玉桑觉得似是有人在看着自己,猝然惊醒,睁开眼睛就看到面前的沙地上站着一身锦袍的紫凤。

玉桑看了一眼旁边正闭目休息的燕七歌,小心地将头离开他的肩,轻声站起来示意紫凤到旁边的沙丘上说话。

夜风生凉,一轮半月挂于大漠之上。站在沙丘上,紫凤朝下面的燕七歌打量了一眼,随后就瞪向玉桑,道:"我说过多少回了,让你在我没回来之前别轻举妄动,你偏不听;让你别再和这个凡人纠缠,你也不听。还真是我说什么,你就非要逆着我的意思来。"

"紫凤,他没有恶意,而且要找到引魂灯笼还需他帮忙。"

"借口,全是借口,你心里明白,以你我的能力根本不需要一介凡人帮忙。若是你一早听我的将引魂灯笼抢过来,哪还有这么多事。"紫凤厉声打断,眼中显露出从未有过的愤怒,瞪着玉桑片刻后又问道,"宇文桑,你老实说,你是不是喜欢上这个凡人了?"

玉桑的脸有些发热,看了紫凤一眼,想要说话,却已被紫凤先堵了口,道:"我知道你无意嫁我,我并不介意。你若寻得喜欢的,我还能亲自为你筹备婚礼,把你当妹子一般风光大嫁出去,只要你看中,不管是仙是妖我都不介意,可就是这个燕七歌不行。"

"为什么,就因为他是凡人?"

"凡人?他若是个凡人,我倒省心了。你看他那一身修为,是个凡人能有的吗?凡人顶多酸儒些,可他全身上下一点人气没有不说,妖不像妖,仙不像仙,之前还好些,现在越看越觉得不对劲儿,连我都弄不明白他到底是个什么身份。这六道之中长得好看的、修为高深的多了去,你犯不着为了这样一个来历不明的角色搭上身心。"

"紫凤,我知道你是为我好,可这次我不能听你的,我要自己做决定。"

"这次不听我的,你倒是说说看你哪次听过我的。我知道,你从来就没当我的话是回事儿,当初你就信白芷不信我,现在你就信这个燕七歌不信我,我早就不对你作任何指望了。得了,你爱怎样就怎样吧,以后吃了亏,别来找我哭。"紫凤越说越气,将手里摇着的纸扇猛然一收,一个挥袖间就化作一道紫光消失不见。

第二日,朝霞将大漠照亮时,玉桑与燕七歌重新上路,经过商议,两人决定再去赫连堡一趟。

燕七歌拿着紫玉罗盘认了方向后带着玉桑朝前去,行了没多久,就到了一处残破的城墙外。燕七歌示意玉桑停步,自己下马到城墙边走了一小圈,最后在墙根处发现了个小洞穴,将洞穴扒开,里面就露出一小堆的朱砂,再朝前走过几步,又是一处小洞穴,里面也是朱砂,如此朝前走过十丈,每隔十步就有一堆朱砂。

"这些是干什么用的?"玉桑下马,凑上前来发问。

燕七歌拍掉手上的朱砂粉,牵起马缰入城,边四下打量空空如也的旧城边道:"朱砂是辟邪之物,墙下的那些还掺了雄黄和多金粉,看来是有人用来防止妖邪入城的。这城内的布局是按着五行隐身之术所建成,阵法结得缜密,一般的人或妖别说进来,也许看都看不见这座城。两百年前,红沙城连着赫连堡一起消失,想必就是用了这个结界。"

"是吗?那我不仅能看见,还能进去,是不是说明我很厉害?"

"是呀,你真厉害。"燕七歌拖长着声音没好气地瞥了玉桑一眼,顺手取过腰间的紫玉罗盘辨认方向,一看之下,他不禁微蹙起了眉头。

"怎么了?"看燕七歌神色不对,玉桑上前也去看罗盘,发现里面的指针在迅速地打着圈。

"坏了?"玉桑出声,立刻得了燕七歌一个白眼。燕七歌合上紫玉罗盘四顾看了看,随后朝一堆废墟走过去,转过一处墙角,就看到在废墟之上凌空悬挂着一只月白色的引魂灯笼。

似乎是感觉到主人的出现,引魂灯笼在空中移动着,飞落到燕七歌面前。燕七歌伸手接住,屈指捻诀,四周的废墟发生了颤动,随后一柄由软皮包裹着的长剑破土而出,在空中一个转回后落到燕七歌的后背。

"都说引魂灯笼是上古风间族的圣物,你一个凡人怎么也会和这引魂灯笼有灵犀?"玉桑终于问出自己在心里疑惑了好久的问题。

"我不知道,只记得某日醒来这灯笼和剑就挂在床边,似是我很早就拥有的东西,到底是怎么得来的,我却是怎么也想不起来。"

"看来,记性不好的也不只我一个嘛。"玉桑有点幸灾乐祸地双手环胸看着燕七歌。

"真是越来越聒噪。"燕七歌瞥了玉桑一眼,随后收起引魂灯笼去牵马。

玉桑和燕七歌出城离开,既是这里的事情已经了结,就决定向南面而去,离开大漠。

玉桑这次虽没能收集到魂器,但也为终于能离开这个干燥的地方而窃喜。她骑在马背上,一路高兴地哼着小曲,相比之下,反而是燕七歌有些走神失落。

发现燕七歌一路的不对劲儿,玉桑就唤他,可连唤了几声都没人应答。玉桑就用马鞭轻轻打了一下燕七歌的马,马儿一颠簸,他才猛然抬头。

"你怎么了,找回了自己的东西,怎么不高兴?"玉桑问。

"我只是觉得有些奇怪,觉得好像有点不对劲儿。"

"什么不对了?"

"赫连族既然有能力让一座城堡消失无踪,实力自是不可小觑,但却在遇到你之后像是一切都变得简单了,赫连族的人毫无作为不说,赫连雨死了,赫连云失踪,你拿到想要的,我的东西也全都轻易找了回来,这样顺利地离开,好奇怪。"

玉桑听着,先是若有所思地点点头,随后眼珠一转,又叫了起来,道:"唉,你不是说你不记得赫连雨了吗?你个骗子。"

燕七歌没理玉桑的叫嚷,依旧面色凝重地道:"别打岔胡闹。"

"那你觉得应当怎样?难不成,你还真想当赫连堡的姑爷?"

"说正经的呢,闻闻你那一身的酸味儿。"燕七歌挑起眼皮儿看了玉桑一眼,目光在落下之际看到玉桑悬在马鞍下断成两截的羌笛,道,"那羌笛是不是你从赫连雨那里拿的?"

玉桑拿起断掉的羌笛,道:"本以为它是我要找的东西,为了它差点连小命都没了,结果却不是,看来是我感应错了,就只能挂在这里当纪念。"

"我看看。"

燕七歌伸手取过羌笛来看了看,忽然用力一捏,那羌笛就碎成了粉末。在玉桑惊讶得还没来得及叫出来时,羌笛的粉末已在燕七歌手心被风吹散,余下一片红色的纱巾碎片。

"这支羌笛并不是什么特别的东西,特别的是藏在其中间的这片碎纱。"燕七歌将碎纱递给玉桑,玉桑握在手里闭目,一经试探,果然蕴藏着灵力。

"你要找的不是这羌笛,而是这片纱巾,有人想用这羌笛作幌子打发你离开。"

"那怎么办?"

"马上回去。"燕七歌说着,调转马头往红沙城的方向打马而去。玉桑也一刻不犹豫地紧跟其后,两人在沙漠中跑了一阵儿,就回到之前旧城所在的位置,但却发现那里只有一望无垠的黄沙,半点城池的影子都没有。

"明明就在这里的,怎么会不见了?"玉桑拉马在原地打转,显得十分不解。燕七歌四下打量着,正待说什么,大地忽然开始微微震动,在西方的天边,有一线黄沙开始慢慢聚拢。

"看来是有人不想我们回去。"燕七歌看着那黄沙,冷笑出声,侧身扯动马缰控制住因受到惊吓而不安的马。

眨眼的工夫,黄沙已经近身,漫天的黄沙在狂风中呼呼作响,吹得燕七歌和玉桑睁不开眼睛,更分辨不清方向。

在玉桑被狂风吹得险些要从马上掉下去时,燕七歌一把拉住她,跃身坐到她的身后环住她的腰,而燕七歌原本骑着的那匹马就立刻被狂风吹翻在地,连着混沌黄沙被卷走。

"把头低下。"燕七歌在风中大声提醒玉桑,随后他迅速出手,自背后抽出了那把从未出鞘的剑,对着前面的混沌黄沙狠狠一斩一收,剑风带着刺目的光在狂风之中劈开,硬生生将狂风分成了两半,开出一条路,而路的尽头就是红沙城。

燕七歌提醒玉桑坐稳,环着她的腰打马向前,马儿飞奔入城,刚一入城门,身后的城门砰的一声关上,狂风突然消失,四周立刻变得安静。

燕七歌跃身下马,随后扶着玉桑落地。玉桑边抖落着身上的沙粒边随燕七歌沿着街道朝前去,转过街角,玉桑停下拍着沙子的动作,忽然惊讶得微微睁大了眼睛。明明几个时辰前才见过赫连堡化成废墟,但此刻赫连堡却还光鲜地耸立在这里,白色的大理石高墙,鎏金门匾,半点也没有损坏。

第八章

 风间公主

赫连堡的大门打开，已经死去的赫连雨和赫连云兄妹正背着包袱走出来，似乎正要离开，看到两个不速之客，赫连兄妹惊呆在原地。

半晌后，赫连云微叹了一口气，将肩上的包袱取下，随手放到了旁边的廊下，神情颓败地道："你们既然能找到我们，想必赫连堡这一劫是过不去了。"

"赫连堡主不必担心，我们只是有些不解之处前来请教，并无他意。"

"雨儿，去煮些茶来待客。"赫连云冲立在旁边的赫连雨发话。

赫连雨看着对面的燕七歌，眼神幽怨中带着些悲伤，似乎不太乐意。赫连云扭头看了她一眼，她这才不情愿地应了声，转身重新进了大门里面。

赫连云请燕七歌和玉桑进门，在院中的石桌边坐下，道："想问什么，便问吧。"

"不如堡主自己讲来。"燕七歌撩袍坐下，语气淡然而不失客气。

赫连云点点头，道："事情要从很久之前说起。想必你们也知晓，我赫连一族靠的就是赫连族始祖随始皇帝铸造兵器而名扬天下，始皇帝建立人间第一个王朝后，赫连族始祖不求拜将封侯，携全家到这西域之地立足。外人只道是先祖深谙官场风云多变，只图小富安乐，却不知实

情，这乃是先祖秘密接下了皇帝的一份旨意。皇帝将一只檀香木匣交与先祖，据说是一次大战得来的战利品，是件圣物，让先祖立誓守护此物，不可妄启，更不能用这圣物图以私利，否则必遭天谴。

"世人都说，官有损，富有溃，赫连堡到底还是在两百年前遇到了不利的时候。当时的皇帝是起兵谋反称帝，登基之后因害怕再有人如他一般起事，就不许民间私铸兵器，对负责铸造之人严加控制，而赫连堡更是成了他的眼中钉、肉中刺。就在赫连族受灭族威胁时，先祖为保一族平安，请出了那件被赫连族收藏供奉了近两千年的圣物，打开檀香木匣，取出了里面的东西。"

"是什么？"

"一块纱，红纱。那红纱当真神奇，谁戴上它，立刻就能法力无边，先祖就是凭着它将偌大的赫连堡隐藏在沙漠中。在皇帝的亲兵到来时，赫连堡平空消失，赫连堡亦成了西域沙漠中的传奇神话，被喻为天匠，皇帝只得放弃对我们的围剿。但这仅仅只是一个开始，接下来才是赫连族噩梦的来临，赫连族数百口人接二连三地死去，却药石无灵，他们死的时候都面色通红，就如覆了一层红色的面纱，这正是动用圣物后所遭的天谴。

"那一次，赫连族几尽灭族，红沙城里的赫连堡一夜之后全是死人，唯有我父上一脉逃离西域，到北府之地改名换姓才活了下来，随后在北府安居两百年。本以为就此结束，可是，就在半年前，府里突然又发生怪事，一府上下三十余口一夜之间暴毙过半，死时面色通红，如覆红纱，是圣物又在报复赫连族了。父亲当即大病，午夜时候有位高人来了赫连堡，他道与我赫连族的先祖有交情，有意帮我们避过此劫，只需我听他的话，演一场戏。

"高人说再过不久就会有人来寻圣物，让我与妹妹回归赫连堡，留守在那里，等待有人来找那件圣物。只要我们将来者驱走，我们就是遵守了当年先祖守护圣物的誓言，圣物就会原谅我族曾经的妄动，赫连族的诅咒就会解除。"

"那么他呢？"玉桑指着燕七歌问。

赫连云看向燕七歌,道:"就在我与妹妹出发前一日,你忽然出现,与父亲密聊了一些话后,父亲就暴毙了。等我们发现时,你昏倒在父亲屋中,醒来后便什么都不记得了。当时我与妹妹举府西迁,就带上了你,雨儿也喜欢你……"

"咳咳。"燕七歌轻咳两声打断了赫连云要说下去的话。

赫连云发现了燕七歌的不自然,侧目看到玉桑脸色不善,便明白了一二,脸上显露些许笑意,跳过这一段,继续道:"我们回到赫连堡几日后,玉桑姑娘你就进了大漠,知道你是要来寻找圣物的,我与妹妹就按计划行事布局。"

"你接我们入赫连堡,让赫连雨用羌笛施法,使我误以为羌笛就是圣物,然后赫连雨死掉,我得到羌笛,以为这样我就会死心?"玉桑发问。

赫连云笑了笑,道:"自然不是,假的终究是假的,总会被发现。这不过是缓兵之计,本想骗住你一时,只要你们再晚些时辰,我们就能离开这里,这里也会被一场风沙淹没。那位高人将圣物带走,解除赫连族的诅咒,以后便再没有赫连堡。"

"那个高人到底是何方神圣,若他真那样厉害,怎么不直接帮你们阻止我来此?"玉桑不解地皱眉向赫连云询问。

赫连云看着玉桑,露出很奇怪的神色,似乎是有话想说,忽然,他身子剧烈一颤,双目开始突出,脸上浮现出一种赤红的颜色。

"哥哥。"一声瓷器碎裂的声音响起,赫连雨从廊下飞快地跑过来,伸手就要去扶赫连云,却被燕七歌伸手拉住。

赫连云睁大眼睛努力地想要说什么,但最后只是倒在地上,身上散发出红色的烟雾,如一层红纱升起来。

"哥哥,哥哥……"赫连雨挣扎着要去碰赫连云的尸体,但燕七歌紧拉住她不放,她就哭着伏倒在燕七歌的怀里,紧紧扣着他的肩,颤抖不已。

玉桑看着他们，顿时觉得自己有些多余，但还没来得及说话，脚下的地忽然颤动了一下，她趔趄着险些摔倒，一股强大的力量正朝这里靠近。

"风沙又来了。"燕七歌出声。

"大厅下有一处地宫。"赫连雨胡乱地拭着脸上的泪，最后看了一眼赫连云的尸身后，指了指赫连堡的大厅。

燕七歌揽着赫连雨朝后大厅去，玉桑心里很不是滋味，脚下就稍有些迟疑，却不想燕七歌一顺手就握住了她的手腕。

"跟上我，别丢了。"燕七歌头也不回地提醒着，带着两人飞快进入赫连堡的大厅，也不知赫连雨动了哪里的机关，一条通往地下的台阶就从墙边露了出来。

燕七歌领先带着赫连雨下去，玉桑随后，还未来得及关上地道的门，一股强大的风沙就刮了进来，四周顷刻陷入黑暗，灌进来的风沙将几人掀翻，几人就顺着通道朝下滚落。

玉桑感觉到身子在向下坠落，本以为是要摔到地上伤筋动骨，却不想周身一凉，她就被冰冷的水给淹过头顶。

玉桑挣扎了好几下才从水里露出头，大喘着气拭掉脸上的水睁开眼睛，立刻就被眼前的一切惊住。赫连堡在西大漠中央，但谁能想到就在这下面竟有一个数十丈的活水渠，水渠按八角建成，每个角上都有一处吐着水的龙头，八个龙头吐出的水汇集到中央的水池，正是她现在的位置。水池中央悬浮着一只黑色的檀香木匣，玉桑游过去打开木匣，看到上面刻着一个属于风间族的印记，想必就是放着那件圣物的盒子，可在打开后却发现里面空空如也。

"哗！"头顶传来巨响，随后有巨石和流沙从头顶落下，玉桑被一只手拉着重新进入水里，她方才露出头的地方立刻落下块白色大理石，激起一阵水花。

在水下，燕七歌冲玉桑打着手势，指了指前面一个在散着光的洞口。玉桑点点头后朝那洞口游过去，游了半盏茶的工夫，她感觉到头顶变亮了，从水里探出头，发现是在一处小小的石洞里。

燕七歌带着赫连雨随后上来，赫连雨身子抖得厉害，被燕七歌拥在怀里，模样十分惹人怜惜。

发现玉桑在看自己，赫连雨看了一眼旁边的燕七歌，似乎有意退开些距离，但因身子发软，她险些摔倒，又被燕七歌揽住肩扶稳。

"这是哪？"玉桑转过头打量周围发问。

"就像皇室会有龙脉一样，地下渠是赫连堡的脉气所在，也是赫连祖先用以存放圣物之处。这里是水渠旁边的密室，很安全。等风沙过了，就可以打开这里的门出去。"赫连雨有些虚弱地出声解释。

"哦，那就等吧。"玉桑毫不留心地应了一声，找了处干净的地方就坐下，摸了摸腰上，东西一件不少，这才放下心来。

那边燕七歌与赫连雨坐在一处，赫连雨先是失去至亲，后又经此折腾，身心俱疲，靠上燕七歌的肩，没一会儿就沉沉睡去。

燕七歌不说话，玉桑也不吱声，就这么一直沉默着。依稀可以听到上方地面上风沙呼呼作响的声音，直到过了几个时辰，头顶上再没了响动，燕七歌才将赫连雨叫醒。

赫连雨站起身，在黑色的墙壁上动了个机关，右侧的墙壁就裂开了一处大口子。一些沙子从入口处流进来，阳光也照了进来，外面已经是青天白日，一片平静。玉桑走出去，朝左右看过去，这里四下都是黄沙，再没有半点赫连堡或红沙城的影子。

半日后，西域黄沙大漠的一处沙丘上，赫连雨与燕七歌作别，玉桑拉着马立在沙丘之下远远看着他们，却听不见他们在说什么。

玉桑看到赫连雨拥抱了燕七歌，伏在他的肩头似乎说了些什么，随后她转身跃坐到马背上，燕七歌将马缰递给她，她接过，笑着说了句什么后，从头上取下那块她用以遮面防风沙的红色纱巾递给燕七歌。

随后，赫连雨打马从沙丘上下来。玉桑怕她发现自己在偷看，就赶紧转过身，装作帮马儿顺毛的样子。

"能问你一个问题吗？"赫连雨的声音传来。玉桑扭头，发现她正驻马立在自己身后。

"你说。"

"阿桑……哦不，燕七歌他对你好吗？"

玉桑愣住，她没想到赫连雨会问这个，抬头看向还立在沙丘上的燕七歌，一时之间脑袋十分混乱，迟疑了半晌，才道："呃，应该……应该不太好吧，他总自以为是，还总是对我毒舌。"

"不过，他不舍得你受到伤害。"赫连雨挑了下眉，随后又有些感叹地道，"知道为何我们叫他桑公子吗？因为那日他醒来后什么都不记得了，却一直念叨着这个字。他到底还是喜欢你这类的女子，不过还好，现在想想，他就是长得俊些罢了，我也不是特别喜欢他。"

玉桑有些汗颜，不知该如何应对。赫连雨又像是想起什么一般，从身后取出一只长形锦盒丢给玉桑，道："对了，下次若再见到紫凤公子，替我问声好，就说雨儿还是多谢他的大恩。"

"什么意思？"

"你真不知道？"赫连雨将信将疑地打量玉桑。

"知道什么？"玉桑觉得一头雾水。

"算了，当我没说吧。"赫连雨神色有些奇怪地笑了笑，随后一踢马肚，从玉桑身侧打马而过，朝着前面的沙漠急驰离开。

玉桑打开锦盒，发现里面放着把折扇，一眼就认出这是紫凤的东西。

夕阳渐渐下沉，晚霞如烧得通红的火将大漠之上的天空点燃，璀璨华丽。玉桑走过几步，看着赫连雨一身碧色衣裙骑着白马渐渐消失在灰黄的大漠里，如一片碧叶消失在秋风中，直到再也看不到的地方。

"走吧，天快黑了。"燕七歌从沙丘上下来，站在玉桑旁边出声。

玉桑侧头看了他一眼，见他手里还握着赫连雨送他的面纱，就没好气地哼了哼，道："你好歹给别人当了一场姑爷，就这么看着人家走了，也还真是狠心无情。"

"那我现在就去追她回来？"

"好呀。"玉桑斜眼看他，脸上写着"威胁"二字。

"瞧你那口是心非的模样。"燕七歌笑着伸手一戳玉桑的额头，随后翻身上马。

玉桑也翻身上马，不甘示弱地道："我就这样了，怎么着了？ 别忘了，我可是你的救命恩人。"

燕七歌看着玉桑，抿唇笑了笑，将手里的红纱递给她，道："你有理，你有理，这个给你。"

"别的姑娘送你的，你再送我，我才不要。"

"真不要？ 那可别后悔。"燕七歌拿着纱巾在玉桑面前挥了一下，玉桑立刻感觉到一股浓浓的灵力，她迅速伸手扯过来，发现那纱巾的一角果然有缺损。

玉桑拿出之前的那片红纱碎片与这纱巾放到一起，缺损处就自动与那碎片连到一起，断掉的纱线重新连上，红纱焕然一新，透出艳红的光，散发出的灵力与之前收集的魂器一模一样。

"我还以为它已经被那个什么高人拿去了呢。"玉桑欣喜地收起红纱，随后又有些感叹，道，"真不知道他们说的那个高人到底是谁，是神还是妖？"

"放心吧，你会知道的。你现在拿着他想要的东西，我若是他，就会来找你。"燕七歌目视远方的夕阳，边说着边打马向前去。

玉桑闻言大惊，边跟上燕七歌，边问："啊？ 那我岂不是会有危险？"

"若害怕，就丢了。"

"才不，若真有谁来害我，你就要保护我，因为我是你的救命恩人，你说过的。"

"真是只聒噪的小妖。"

......

两匹白马带着两个身影渐渐消失在夕阳映照下的大漠之上,太阳在如血残霞中一点点下沉,最后消失在地平线上,黑夜开始降临。当燕七歌与玉桑的背影渐渐远离时,在他们方才立过的沙丘上,一个披着斗篷的男子缓步从金丝楠木的马车里走出,斗篷的帽子拉下,露出白芷湿润如玉的面孔。

"仙尊,现在怎么办?就不出手做些什么吗?"旁边的青衣小童出声。

白芷远眺向前,微微摇头,道:"晚了,我们能做的已然都做过了,四件魂器已然聚齐,被我封存的记忆已重新打开,他到底还是选择成全她。"

六个月前,北府之地,赫连府内。

燕七歌提着引魂灯笼立在一个一脸病容的精瘦老者面前,老者坐在床上,泪眼婆娑地看着燕七歌,颤颤巍巍地取出一只檀香木匣递给他。

"我族守护圣物已整整两千年,历经磨难,如今终于可交付责任了。"老者说道。

"我答应保你赫连族一系血脉流存,但也仅留一脉,你膝下一子一女,只有一人能活过此劫。"

"足矣,足矣,两百年前族上妄启圣物,本就应灭族,如今能留得一血脉传后,已是赫连族幸事。"

"好,那我问你,你可是自愿入灯笼为祭为芯?"

"是的,我愿意。"老者应声,他的魂魄自额心升起,被灯笼收入,仅余一具尸身留在了床榻上。

燕七歌收起灯笼,上前为老人合上双目,打开老人方才给的檀香木匣,看到里面是一块红纱和一幅用稀有白色兽皮制成的小画。燕七歌取出那卷画,在打开画轴看清那画像上的人时不禁微微睁大了眼睛,但还未来得及有其他反应,背后一道白色光芒闪过,在他未来得及回头时,后脑已被一股灵力重重击上。

燕七歌摇晃着倒下，手上的画像坠落，却在落地之前又被一只修长白皙的手接住。随后，另一只手将燕七歌背上的剑抽出，那是一把锈迹斑斑的剑，但却在出鞘之际寒气逼人，将屋内桌上的茶水瞬间冻成冰，桌椅上全结了霜花。

"公子，要将他带走吗？"

"带走他又能如何？他不会听我的话，两千年前不会，两千年后更不会。"有男子悠然轻慢地出声，语气缓慢而淡然，带着优雅。

"那怎么办？"

"紫凤想帮他们，就由他帮吧，我倒要看看他们能如何。"

"那宇文公主……"

"你太多话了。"

锈剑被那只手猛然掷出，夹着剑鸣入鞘，重新收到燕七歌的背后。眨眼间，屋内的人消失不见，再没半点声响，直到赫连云和赫连雨兄妹推门而入，发现昏倒在地上的人和床上已经离世的老人……

北境雪域，大雪封山已经半月，天地一色，茫茫的积雪上空无一物。雾雾山腰的小客栈里已经很久没有人光顾了，遇上这种风雪天，老板也不指望有客上门，所以连门都没留。

午后时分，店老板捂着心爱的小酒壶靠在火炉边打盹，忽然，木门被人推开，风雪立刻涌进来，将桌上放着的一筒筷子吹翻在地。

"把门关上，快关上，冷死了。"老板被惊醒，挥着袖子大声叫起来。

"雪叔，脾气越来越大了呀。"随着调侃的话语，一个身着白色狐绒，头套白色斗篷毡帽的女子进门。

听到这个声音，雪叔停下了指责，眯眼迎着门口灌进来的风雪看去，见到进门的女子扯下御寒遮风的毡帽，露出一张俏丽的面容，正是玉桑。

"呀，原来是阿桑。"雪叔笑了，放下手里的酒壶迎上，接过玉桑手里的东西放到桌上,拉着她坐到火边。

"早先还听说你趁白芷仙君闭关的时候跑下山去了,我就不信嘛……"雪叔笑眯眯地开口。

玉桑坐下,对着火炉边搓手边打断,道:"雪叔,你就别装了,这霁雾山进进出出的东西那么多,哪有你不知道的。"

被人点破,雪叔眯笑起来,道:"我只管守在这里不惹麻烦就好了,其他的事我可不管,也不想管,就当什么也不知道。"

"知道知道,放心吧,我定不牵扯上你。"玉桑拍拍雪叔的手背以示保证。

"那你这是要回山上去?可仙君身边的青童说前些日子仙君亲自下山去接你你都不肯回呀。"

"还说你不知道山上的事,这样的小道消息都清楚。"玉桑瞥了雪叔一眼,雪叔立刻又拿出那张装疯卖傻的笑脸。

"我这次不上山,只是……只是路过这里想上来看看……"玉桑说着,微低下头,将目光落在火炉里通红的火焰上。

"你是不是想探听山上的事?"雪叔看出玉桑的心事,笑着发问。

玉桑抬头看雪叔,点了点头,迟疑着问道:"我不肯回来,白芷仙君他很生气吗?"

雪叔拿起桌上的酒壶小酌了一口,道:"这么跟你说吧,白芷仙君从凡间回来时那脸色真是比山上的千年积雪还要寒凉,虽面上他不说,可凭着你对白芷仙君的了解,你就应该明白他这是很生气喽。"

"他到底还是生气了。"玉桑自责而沮丧地抿嘴,但又无可奈何。

"在六道之中,能惹白芷仙君动气的人真是少之又少,我在这山上活了几千年,也仅见过两次。一次是当年他带你上山后紫凤公子来山上大闹,结果两兄弟反目断交;再者就是这一次了。你呀,白芷仙君可真是对你上了心的,你也尽量给他省省心吧。"

"我知道他对我好,可我总不能一直就在他的保护下过活,一百年,一千年，一万年……就这么一直下去吗？"

"得了得了，你有理，我就不过问喽。"雪叔又咂了一口酒，挪了挪身子，找了个舒服的姿势，闭上眼，又开始打盹。

看雪叔无意再说话，玉桑又坐了一会儿后悄然起身，拿起桌上的狐裘和毡帽重新穿戴好出门。外面风雪正盛，玉桑逆风抬头，眯起眼朝头顶上看去，一处犹如玉笔般的雪山耸立在面前，高不见顶，直入白茫茫的天际，这就是霁雾山。

半个时辰后，玉桑回到了山下的小镇上，带着一身风雪进入一所庄院，立刻有身着棉衣的女童上前引路，带她进到一处暖阁。

外面风雪正盛，暖阁却是温暖舒适，四五个青铜制成的火笼摆在屋内，将屋内烘得犹如初夏时节，竟带了丝丝燥热。

"药吃过了吗？"玉桑边在门边解下狐裘给女童，边小声询问。

女童摇头，刚要解释，玉桑已用眼神示意不必，挥了挥手示意她出去。

女童出门离开，玉桑整了整衣衫，深吸一口气之后脸上摆上笑意，掀开用以隔挡的轻纱和珠帘进到内室，就发现一个身着白色单衣的背影正负手立在窗前。面前的窗户大开着，窗外是一条内城河，河风正夹着雪花飘进来。

"你怎么开窗了，还穿这样少？"玉桑快步走过去将窗户关上，顺手又取过搭在旁边的一件外袍给燕七歌披上。

"总躺着实在乏味。"燕七歌笑着转身，脸色苍白如纸，面颊也相比半年前在西域大漠时消瘦了许多。

"你现在患病，需要静养，这可是大夫说的。"

"那些大夫也就只会这两个字。"

"你这是什么话，病了就要养病，就要吃药，不然怎么好。"

"这病也患了半年了，一直养着，不也没见好嘛，也许就好不了……"

"你瞎说什么呢,天下大夫那么多,总有一个能治好你的病的。反正我是妖,活得久,有的是时间,可以慢慢替你找。"

燕七歌看玉桑一脸认真,一下子笑了,撩袍在窗边的软榻上坐下,道:"行了,当我没说。看你一身寒气,刚才这是去哪了?"

玉桑侧过身装作去倒茶,道:"我……没去哪。"

"方才有人来找过你了。"

"谁?"玉桑端着热茶转过身,边递给燕七歌边问。

"你说我是谁呢?"在燕七歌回答之前,一个妖媚轻柔的声音已经飘进玉桑的耳朵。

玉桑扭头,寻声看去,就见到一个婀娜的身姿正从窗口处显现,一身绯色裙裾,轻摇罗扇,面容美艳,正是许久不见的华仪。

"华仪姐姐。"玉桑笑着出声,刚要迎上去,华仪却一侧身闪过她的手,旋身在燕七歌旁边的位置坐下,道:"亏你还叫我姐姐,一别两年也不捎个信儿。我好心来看你,就是和燕七公子聊聊天,叙叙旧,你还赶着就将我关在窗外,我才不认识你这种妹妹。"

玉桑凑过去,厚着脸皮抱上华仪的胳膊,道:"是我的错行了吧,不过咱们这位燕七公子现在可是纸糊的,经不起风吹,谁让你要待在窗外不进来的。"

"哟,我说呢,这两年不见,燕七公子可真是清瘦了,啧啧啧,真是心疼死人了。"华仪捻着罗扇于胸前,一脸心疼地伸手就去拉燕七歌的手腕。

"华仪姑娘,挂心了。"燕七歌坦然地冲华仪露出笑意。

看燕七歌对华仪这样的殷勤显出十分受用,玉桑就不乐意了,伸手将华仪搭在燕七歌腕上的手扯下来,拉着她就朝外面去,道:"你我许久不见,定是有好多话要说,我们出去说。"

"唉唉唉,你慢点,我这衣裳可是新做的,扯坏了要你赔的。"

华仪被玉桑拉着出门,一路叫嚷着,直到去了离燕七歌所在的暖阁很远的回廊下,玉桑才松开她的胳膊。玉桑朝暖阁的方向看了看,将华仪拉到旁边的一处四角亭中,道:"说吧,怎么样?"

"什么怎么样?"

"燕七歌呀,我刚才看你给他把过脉了。"

华仪抬起下巴,摇着罗扇道:"哟,你倒是眼尖。传了那么多急信给我,让我跑到这天寒地冻的地方来,也不说些好听的,对我客气些。"

玉桑心里着急,没心思和华仪斗嘴,就摇着她的胳膊道:"快说吧,我请你来,就是想让你帮我瞧瞧他现在的情况。凡人的那些大夫都束手无策,我也着实没了办法。你曾跟着紫凤学医药,定比那些凡人大夫要强。"

"说到紫凤少主,你怎么不去求他出手? 他的医术在这天地间可是再难寻出第二个的,他又与你关系匪浅,说破天你也应该找他呀,我这点医术在他面前连皮毛都及不上。"华仪放下罗扇,皱眉看着玉桑。

玉桑的脸色变得有些不太好看,松开拉着华仪胳膊的手,转身看向亭外的积雪,无奈地叹了口气道:"一言难尽,我惹他不高兴了。"

华仪走过几步,并肩与玉桑看着外面的积雪,隔了片刻才道:"燕七歌这不是得病,以我的医术,别说治他,想弄明白是怎么回事都难,你若真想救他,就只能去求紫凤少主了。"

"可……"玉桑想辩驳,可话到嘴边又没继续说下去,点了点头表示明白。

发现玉桑的为难,华仪笑了,用罗扇将亭栏上的一些雪花扇落,笑道:"你说你呀,看上谁不好,偏要看上这么一位,这不是给自己找罪吗?"

"我哪里看上他了。"玉桑争辩。

"哪里? 你是自己看不见呢,还是装作看不见? 你好好的日子不过,放弃一切要去收集魂器,找引魂灯笼,现在呢,魂器你不管了,引魂灯笼在手边也不拿,为了他四下求医问药,你这不是喜欢他是什么?"

"我只是……只是……不想他死。"

"谁都会死，凡人几十年的寿命，妖几百或几千年，即使是神活得久，也迟早有一天圆寂。其实他现在就这样死了对你也不是件坏事，他活着，你当着他的面拿走引魂灯笼就会伤害到他，这样死了，你反而省事……"

"别说了。"玉桑出声，打断了华仪的话。

华仪收声，看着玉桑，眉头紧蹙，微有一声叹息后，摇着罗扇转身离开。玉桑独自在亭中立了半盏茶的工夫后才回暖阁，一进门就瞧见燕七歌正在披大氅，见玉桑进来，就顺手将她的狐裘递给她。

"这是做什么？"玉桑发问。

燕七歌将紫玉罗盘递给玉桑，玉桑打开一看，发现指针正快速地旋转。燕七歌面色漠然，泛着些冰冷，道："自我们离开西域时，这股灵力就一直在跟着我们，之前还好，现下是越来越近了。"

"会是谁？"玉桑边系着狐裘的带子边问。

燕七歌的面色继续泛着冰冷，指了指玉桑腰间的乾坤袋，道："还记得赫连云提过的高人吗？"

玉桑恍然大悟，自从离开西域，燕七歌就开始生病，而自己将全部心思都放在寻医问药上了，这魂器的事就放到了一边，现在燕七歌提起来，她才想起当日尚有个幕后高人一直悬而未决。

"来了，小心。"燕七歌拉着玉桑退后，召出引魂灯笼提在手上，屈指捻诀在面前快速以指画符。随着口诀，引魂灯笼的光越来越亮，一道刺目的光划过，靠近院落的那扇窗户被灵力击碎。屋外的一棵腊梅应声折断，有个身影从院中一闪而过，同时燕七歌的灯笼脱手而出，他后退着靠到墙上，一口鲜血喷吐而出，落到地上。

玉桑赶紧上前扶住燕七歌，一碰到他的手，才发现他全身寒气逼人，肌肤冷得如同千年寒冰。

"是他……"燕七歌闭着眼睛张了张唇。玉桑没听明白是什么意思，但还未来得及再问，燕七歌已闭上了眼睛。玉桑叫了两声燕七歌的名字，发现他已经因气血两亏而昏迷过去。

架着燕七歌走到门外，玉桑立在风雪之中开始施法。狂风卷起雪花呼啸着聚拢，形成一道龙卷风朝玉桑而来。玉桑冲着那龙卷风微笑，取出白玉毫笔用力一划，就将那风眼劈开一道口子，如一扇大门打开。

玉桑走进那扇门，眼前刺目的光亮过后，再睁开眼睛，发现已经在一处繁花似锦的樱花林中。一群身着彩裙的花灵笑着从树后显现出来冲玉桑行礼，将燕七歌从玉桑身上拉开，放到一顶罗圈乘轿上。

"宇文公主，少主在太液湖边垂钓，公主请吧。"花灵笑着向玉桑侧手示意后，飘然前行引路。

太液湖，那是当年她与紫凤一起摸鱼的地方，风间族的神树就长在那里。自镇定神树的四位守魂尊者离开，神树就枯萎了，冥渡之门关闭，风间族灭亡后族人的魂魄却不能投往轮回，那里成了一处荒凉而充满怨恨的地方。

走过一段小路，来到太液湖边，远远看到前方水面上凌空长着一棵千年枯树，那就是风间族的神树。它曾经常年繁花盛开，四季不败，每一朵花代表着一个风间族人的灵魂，是所有风间族人心目中美好的象征。每天在太阳升起之前，神树会打开冥渡之门，让族人将从六界中收集来的游魂送走，让它们前往冥界安息投胎。

但就在风间族灭族的那一日，守护着神树的守魂尊者从树中离开，被四件遗落在树下的物件吸附后散落凡间，神树枯萎了，所有的花叶全部凋零，被太液湖水所吞噬淹没，冥渡之门再无法打开，以至于连那些死去的风间族人都无法投往冥界，只能留在一盏灯笼里聚集结成灯芯，成为风间族最后一盏引魂灯笼。

树下有身着紫色锦袍的男子正侧身半卧着执一根鱼竿，姿态闲静而优雅。玉桑轻身跃起飞落到了树下，在她尚未出声之前，紫凤先打了个噤声的手势，将她就要出口的话压了回去。

玉桑顺着紫凤的目光看过去，见到水里有条红鱼正在绕着垂在水里的鱼钩游动，似乎有上钩之势。

"你是来找我给那个凡人医病的吧？"紫凤慵懒地开口发问，目光盯着水下的鱼儿，并不去看玉桑。

"华仪说这天地间能治他病的也许只有你了。"

"华仪？她当初离开太液岛去了凡间，如今你也一样，执意要在凡间行走。到底是我留不住你们，还是我就真的如此惹你们厌呢？"紫凤微侧过头，挑起眼皮打量玉桑。

"紫凤，我当你是朋友，也是亲人，这和燕七歌，和凡间没有半点关系。"

"那比起白芷呢？若让你在我与他之间必须做一个选择，你会怎么选，你会信谁？"

"你和白芷对我都一样重要。"

"敷衍！"紫凤冷哼着挥袖，侧过头不理玉桑。

"我不知道你和白芷间是为何结怨，可你们毕竟是兄弟，何必……"

"我还轮不到你来教训。"紫凤打断玉桑的话，丢掉手中的钓竿起身，瞪了玉桑一眼后道，"我可以救燕七歌，但需你付出代价。"

"什么代价？"

"把你收到的魂器给我，永远不许再图复仇之事。"

玉桑看着紫凤，惊讶地睁大眼睛，半晌才道："紫凤，你知道我是多么辛苦才走到这一步的，你怎么能提出这样的要求？"

"你的族人和父王母后拼尽所有让你活下来，就是要你好好活着。你的命承载着多少人的心血和希望，你却一直在为几千年前的事而自寻烦恼，苦苦执著。风间族已经灭亡了几千年，灭亡了就是灭亡了，即便是你让神树复活打开冥渡之门，找到了当年灭你一族的人，就算杀了他，你又能如何？你什么也改变不了，只会让自己越来越深陷其中，越来越不是你自己。"

"正因为我的命承载着那么多人的心血和责任,所以我才必须找到答案。"玉桑大声地回应着,牙根微微发痛。

"你会后悔的。"

"你不救就不救,当我没来过。"玉桑愤然转身打算离开,却被紫凤扣住肩头。

"想走,没那么容易,从前由着你,这次我可不依。"

与紫凤的交手,是玉桑从未想过的,几招过后,玉桑显了败势,一招躲闪不及,肩头被紫凤拍上一掌,她跌落到树下,一件东西从她身后掉落。

紫凤一愣,玉桑扭头看了一眼,正是赫连雨临别时给她的那只锦盒。玉桑想伸手去拾回来,却被紫凤抢先拾了起来。

"这怎么会在你手里?"

玉桑不明白紫凤为什么突然这样紧张,皱眉道:"是赫连雨给的。"

"她还有说什么?"紫凤露出前所未有的紧张,伸手扣住玉桑的肩。

玉桑的肩头被紫凤捏得生痛,眉头拧到一起,道:"没……没什么了。"

听到玉桑这么说,紫凤似是放下了心,但随即眼中又露出了奇怪的担忧和警惕,翻手就朝玉桑的腰间去取乾坤袋,却不想一柄幻刃夹着刺目的光芒而来,阻止了他。紫凤为了闪躲,不得不松开玉桑的肩,待他重新站稳,玉桑已被拉着退后到了数米开外。

玉桑站稳,发现旁边站着燕七歌,他面色苍白如纸,但双目炯然地盯着对面的紫凤,尽是提防。

"赫连雨曾告诉过我,此扇就是那位高人相赠,其中渡有灵力可助她演戏假死。她本是要交与我的,我却让她交与了玉桑。能如此将玉桑的一举一动算计得分毫不差,若真是与她相熟之人,见她得到此扇,定会紧张,如今看来它是找到主人了。你就是那个同样想得到魂器,一直暗中跟踪我们的人！"

玉桑皱眉看着燕七歌，表示不信。随后扭头看向紫凤，希望他否认辩驳，可等了许久紫凤却一直不说话，兀自拿着折扇沉默。

燕七歌看向玉桑，道："到现在你还不明白吗？他从一开始引你去赫连堡，设计你进圈套，再与赫连兄妹演了一场戏让你上当。若不是我带你回去找到赫连雨，想必那件魂器现在就在他手中了，只要他拿着这一件魂器，就算你找到了其他所有的，那也是没有用。"

玉桑摇头，看向对面的紫凤，道："我不信，紫凤你说，这不是真的，你不会这样算计我。"

紫凤看向玉桑，张了张唇却没有说话。

"我们离开这里。"燕七歌拉着玉桑转身，刚想要离开，身后却袭来一股灵力。燕七歌早有准备地将玉桑推到身后，转身回击，足尖点地，后退立于水面上，紫凤亦被击得立到数丈外的水波上。

紫凤本以为燕七歌身体虚弱，不堪一击，却不想交手之下才发现他没有丝毫修为不济，不禁心中暗自诧异，道："你一介凡胎，如何会接得下我一招？这不可能！"

燕七歌冷声笑了一笑，抬手在肩后一挥，他身上那把从不示人的剑自软皮包裹着的剑鞘中飞出，在天际划过一道长虹后被他握在手中。满布锈迹的剑身寒气四散，一片从树上落下的枯叶在靠近剑身之前已被冻成冰凌，掉落到地上，立刻碎成了数片。

紫凤看着那把剑，似是明白了什么，惊讶地渐渐睁大了眼睛，看着燕七歌，露出了不敢置信的神色。

"两千年未见，紫凤君，别来无恙呀。"燕七歌看着紫凤，冷冷开口。

"是你，竟真的是你！"紫凤惊讶地看着燕七歌，垂在身侧的手忍不住微微有些颤抖。

"当年你将苍龙剑封印，万万想不到今日还会再见到我吧？"

"苍龙剑？"玉桑闻言，惊讶转身，目光缓缓落到燕七歌的身上和他手上的那把剑上。无数次在梦中遇见的血腥场面仿佛瞬间在眼前重演，记忆中一个声音在大声喝令着屠城，一柄寒气森森的剑在鲜血中散发出刺目的光，那剑就是灭风间族的人间皇帝所使的佩剑——苍龙剑。

看着燕七歌手指长剑的模样，玉桑忽然意识到了一件重要而可怕的事情，她摇着头恍惚后退，连连道："不……不可能……不可能是你……"

"阿桑，快到我这里来。"紫凤在对面唤她。

玉桑扭头去看紫凤，却没有朝他过去，转而又扭头看向燕七歌，目光殷切而小心地问道："你是燕七歌对不对？你就是个修为比较好的凡人，肯定不是杀我父王母后，灭掉风间一族的那个人。不是你，对不对？"

"阿桑，你听我的，快过来。"紫凤有些焦急地招手。

燕七歌眉眼深邃地迎视着玉桑的眼，一如从前那般冷漠淡然，没有任何回答，倒是紫凤在对面回答了她。

"他就是当年领兵灭风间一族的人间皇帝，上天罚他成为半个风间族人，需要依附最后一只引魂灯笼过活。这只引魂灯笼的灯芯就是风间族亡魂集聚而成，灯在人在，灯灭魂散。四位守魂尊者依附在四件魂器中分散到凡间四方，神树枯萎，冥渡之门就无法被打开，风间族的亡魂们就只能待在引魂灯笼中，但一旦冥渡之门再次打开，灯笼里面的风间亡魂就能全部渡往冥界安息，引魂灯笼就没有了灯芯，他也就无法存活。他一直在骗你，只是在利用你找到魂器，想毁掉魂器，让冥渡之门再无打开的可能。"

"是真的吗？"玉桑微仰着脸与燕七歌对视，五指在袖下攥成了拳头，不敢相信这是真的。她在等燕七歌否认，只要他否认她就能放心，任何理由她都能接受，但是燕七歌却自始至终都没有说话。

"从什么时候开始的？还是真的从一开始你就计划着这一切，每一句话，每一件事，你都是在骗我？"玉桑颤抖着发问。

燕七歌神情漠然地看着玉桑，随后微垂眼睑，伸手扶上她的肩，动了动唇,却又没有说什么。随后,在玉桑还未来得及说话前,燕七歌迅速出手在她的肩头贴上一张定身的符咒。

"玉桑,不要怪我。"燕七歌垂下头在玉桑脸侧低声说出,随后退身到几丈外,扬剑指天,屈指捻诀以集聚灵力。天际有黑云开始涌动,一声闪电之后玉桑听到背后传来交手的声音。

一股股灵力撞击,将太液湖的水面激荡起层层波浪,枯萎了千年的风间族神树上的叶子簌簌落下。这里已经两千年没有吹过风了,安静到死寂,如今全被打破。

一声巨响自身后传来,随后是一声闷哼着落地的声音,玉桑的心猛然揪到了一起,是谁受伤了?是燕七歌还是紫凤?玉桑努力地想要挣扎,想要回头,想要叫他们停手,但奈何她连嘴都无法张开。

有脚步声一点点靠近,最终在玉桑的背后站稳,一只手伸过来将她腰间的乾坤袋取走,然后悄然离去。

"不能,不能这样。"玉桑在心里大声喊着,胸口剧烈起伏着,将牙紧紧咬住,用尽了所有的力量想要阻止这一切的发生,却还是无能为力,直到一口血自胸口喷出。她向后跌退,肩头的黄符飘落在太液湖水面上,化成一道烟消散不见。

玉桑捂着胸口转身,看到风间神树下躺着一个紫色的身影。

"紫凤。"玉桑大叫着,步履跌撞地跑过去,将紫凤扶起来靠在膝上,叫着他的名字,但紫凤却始终都没有回应。

玉桑意识到一件可怕的事情,她颤抖着伸手用灵力去试探紫凤的眉心,在察觉到这只是一具空壳躯体时,吓得跌坐在地上。

"紫凤,你别吓我!你醒醒,我听你的话,我以后都听你的,你睁开眼睛啊!"玉桑念叨着,颤着手去握紫凤的手腕,又惊慌失措地揽住紫凤的肩,但怀里的人却始终没有一点反应。

一道绯色的光影划过,树下多出一个身影,华仪手执罗扇出现在旁边,看到地上的紫凤和玉桑,她微动眉头,走了过去,蹲身试了试紫凤的脉息后,震惊而无奈地看向玉桑,道:"紫凤少主的魂魄是被取走了。"

"为什么,他为什么要这样做?"玉桑揽着紫凤,眼泪滚出眼眶,怎么也不肯相信这是真的。

"他为什么?你心中已然明白,只是不肯承认罢了。你以为你一直在利用他,如今看来,你反倒是被他利用了,到最后来他不过是黄雀在后。"

"他怎么能这样?怎么能这样?!他说好以后再不欺负我的,他说过的。"玉桑紧握着五指,指甲深深陷进肉里,咬着牙问,眼眶里积满了泪水,她却忍着不让它们落下。

"紫凤早说过让我离他远些,是我不听话,是我害了他,全是我!"

玉桑低下头,将脸埋在紫凤的肩上,华仪伸手扶上玉桑的肩,想要说些什么,可话到嘴边,发现树上有什么东西一闪而过,就又轻皱着眉头沉默了。

玉桑一直就那么抱着紫凤呆坐在风间神树下,直到天色渐渐变暗,紫凤的身体完全冰凉,她才慢慢起身将紫凤扶着靠坐到树下,为他整好衣衫和头发,把他还未收起的鱼竿放到他的身侧,看起来就像是紫凤还在垂钓一般。

"你要做什么?"华仪站在玉桑背后发问。

"紫凤不会死,我要救他。"玉桑淡淡地说着,起身,立直身子,闭目开始施法念咒,在临水而生的风间神树下落下结界,将紫凤的身体护在其中。随着玉桑所施法术越来越强,神树下形成一个巨大的结界,玉桑的身体竟出现了涣散之态,痛得她额头生汗。华仪看她是在强行施法,就有意阻止,却被玉桑挡到了一层结界外。

玉桑伸手在空中划过,掌心就多出一道裂口,她将自己的血滴到神树的根上,神树发出轻微的噼啪声,枯萎的枝丫如人的手臂一般开始伸展,随后自四面八方飞来粉色的类似于萤火的小亮点,那些亮点源源不断地飞上枝头,落在枝上,就化成一朵朵粉色小花苞。

　　神树开始主动不停地吸取玉桑的血,玉桑咬紧牙关,额头的汗珠边凝结边滴落,树上的粉色亮点越来越多,偌大的风间神树渐渐繁花满枝。当最后一个亮点飞出灯笼落上枝头时,玉桑一声闷哼跌坐在了树下,引魂灯笼出现,掉落到玉桑脚边,仅有一星豆火在里面维持着灯笼不灭。

　　"我是风间族的公主,他不知道我的血可以召唤任何一只引魂灯笼,只要我将灯笼里的魂魄全部召唤出来,引魂灯笼自然会熄灭,就算他毁了所有魂器也没有用。"玉桑说着,脸上是一派笑意,但眼中却全是强忍的泪水。

　　"伤敌一百,自伤一千,何必呢?"华仪蹲下身握住玉桑的胳膊,眼中露出不忍。

　　玉桑张唇,但却再说不出一句话,胸口的闷痛让她连呼吸都变得吃力。一阵撕心裂肺的痛意传来,浑身像是烧着了一般,她凭着最后的一丝力气推开华仪,翻身投进了太液湖中。

　　冰冷的太液湖水淹没头顶,所有的燥热和纷乱在水下瞬间安静,玉桑放开手,任由身体在水中自由坠落,而之前一些被遗失的记忆忽然就闯进了脑海。

　　二十五年前,太液湖。

　　宇文桑坐在太液湖边盯着对面凌空在水上枯萎的神树发呆出神,旁边坐着一身紫袍的紫凤。

　　"紫凤,我好想看到神树再开花的样子。"宇文桑托着下巴出声。

　　"除非你能集齐所有魂器,让守魂尊者重新归来,打开冥渡之门,将风间族人的魂魄都渡往冥界,所有怨恨平息,也许它还能再开花。"

　　"我会做到的,我已经在做了。"玉桑扭过头,支着下巴,冲紫凤露出自信的笑容。

　　紫凤在看到她这样的笑容时却皱了眉,问:"你做了什么?"

　　"我找到了可以为所有风间族人渡魂的方法,我打开了那个魂魄的封印,将他投胎到了凡间转世为人,过不了多久他就会带着引魂灯笼出现,替我找到遗散的魂器。我会亲眼看着那个灭了风间一族的人一点点灭亡,受到惩罚,我要为族人们报仇,让风间族人的魂魄得以安息。"

"你不能这样做。"

"为什么?"

"不能就是不能。"紫凤显露出了前所未有的愤怒和惊慌。

"算了,不和你说了。"玉桑撇嘴站起身。

"宇文桑,我不许你这么做!"紫凤站起身,拉住玉桑的胳膊。

"你弄疼我了,松开,松开!"玉桑挣扎着大叫。

"你告诉我,你都做了什么?"

"我把苍龙剑和引魂灯笼送给了他……"玉桑正说着,却不想挣扎之中脚下失滑,她在毫无准备之下仰身跌落进了太液湖中。

玉桑张嘴,一个气泡从口中吐出,往水面上升去,她仰头向上看去,见到有人正隔着冰冷的池水在看她,但却没有急着下来救她,只是看着她,然后在指间凝聚灵力向水下的她打了过来。

玉桑惊讶地睁大了眼睛,水下明明灭灭的光线让她感觉这一切是如此不真实,但当她被那股打下的灵力击中,头脑变得混沌,开始记不清事情时,她才知道这是真实的。

"啊。"玉桑似猛然惊醒一般在水中睁开眼睛,发现自己正在冰冷的水中下沉,华仪的声音隔着头顶上的水面传来,似是在遥远的地方。

感觉到有什么东西在她脚下拉扯,玉桑低下头去,发现幽暗的水底正纷纷露出一张张面孔,都是她熟悉的容貌,她的哥哥、族人,还有父王和母后。

"孩子,下来吧,来陪我们。"母后在招着手唤她。

"阿桑,父王教你写字,来呀。"父王在唤她。

"妹妹,我带你去城墙上玩,快下来。"哥哥也唤她。

"公主,公主,下来吧,下来吧……"无数的族人也向她伸手。

玉桑看着身下的一切,慢慢垂下了向上的胳膊,转过头伸手去握父王和母后的手,在他们的笑容中一点点下沉。

忽然,有一股力量从上面扯住了她,蛮横地带着她向头顶的光亮而去。玉桑挣扎着想要拒绝,努力伸着手朝向水底的父王和母后,不愿离开。但她还是被强行带离,只有眼里的泪水溢出,滴落在了水中,一路向下沉去,直到看不见的幽暗中。

再睁开眼,玉桑是在一处熟悉的阁楼中,熟悉的梨花桌椅,她喜欢的碧色纱帐。起身出门,推开窗户,映入眼帘的是满眼的繁花,阁楼下是连片的黄色龙爪菊,在迷雾中兀自安静地开放着。

迷雾中央,似乎有个白色的背影提着灯笼立在那里,玉桑赤着脚匆匆跑下楼,踏着那些花朵跑过去,却在伸手去拉那人时,眼前的背影忽然被风一吹,就在她的指间化散成烟消失了。

然后,面前的浓雾一点点消散,刺目的阳光照下来,她不得不闭起眼睛侧过头,等她再努力睁开眼睛时,忽然就胸口一凉,一股冰冷自胸口向上吐了出去。

"醒了,醒了。"华仪的声音传来,带着欣喜。

玉桑眯着眼睛看过去,见到华仪在自己面前,旁边是一张温淡俊雅的脸——白芷。

"回家吧。"白芷的神色平淡如常。玉桑靠在白芷的肩上慢慢闭起眼睛,同时双手紧紧在袖下握成了拳头。

第九章

相逢初见时

半个月后,霁雾山,玉桑阁。

已经足足半月没有出过门,玉桑一直流连床榻,不语,不动,兀自盯着空白的一面墙发呆出神。

白芷每日来看她,在屋内坐上一小会儿,喝完半盏茶的工夫后又径直离去。华仪一直留在这里陪她,帮她擦脸,喂些茶水之类的,偶尔也会和玉桑说说话,聊聊她听过的趣事儿,或是她在凡间遇到的奇闻,但玉桑都好像是没听见一般。

几日后某个清晨,华仪端着些清粥进屋,发现玉桑正靠在榻上盯着对面的墙出神,看她这半月消瘦了许多,华仪显得有些心疼,端着粥在她旁边坐下,边用勺子舀动粥,边道:"那墙上什么都没有,你已经盯了差不多半月了,不累吗?"

"就是什么也没有,我才一直在看,为什么会什么都没有呢?"玉桑有些发痴地呢喃着,随手推开了华仪递过来的粥,赤脚下了床榻。

走过几步,玉桑立在屋中,对着那面墙努力思考,出神地自语道:"为什么没有呢? 为什么呢……"

"什么'没有'? 什么'为什么'?"华仪起身,将粥放在桌上后与玉桑并肩站着,也去看那面墙,却怎么也看不出有什么特别之处。

"我在这里住了几千年,从来没觉得这面墙原来是空的。"玉桑出声。

"你若觉得太空,我就去取幅画来挂上。"华仪接话。

玉桑微微张了一下唇,像是忽然想到了什么,但却没有说出来,神色平常地转过身,冲华仪笑着摇摇头,道:"不用了。"

玉桑在桌边坐下,端起清粥开始喝起来。华仪眼中露出欣喜,似乎是终于松下了一口气。

"华仪姐姐,我一直未问过你,当初你本在太液岛上待得好好的,怎么突然就离开了那里,放着岛上的花灵仙子不做而要去凡间当只妖?"玉桑边喝着粥,似是不经意地发问。

华仪似乎是没料到玉桑会突然问这个,愣了一下才笑道:"能有什么,就是厌倦了呗,我生性就好玩乐,这你是知道的。"

"若我未记错,你离开太液岛就是二十五年前,在此之前你一直是紫凤最得意的弟子,也是他的知己,你就不觉得可惜吗?"玉桑放下勺子抬头看向华仪。

"瞧你说的,太液岛上的花灵又不只我一个,就当是我不好,是我待得厌烦了吧。"华仪一脸笑容地说着,玩笑般拂袖转身去收拾玉桑的床榻。

玉桑重新低下头去喝粥,边吃边略有感叹地道:"当年我和紫凤在太液岛的花林里遇到刚修成人形的你,之后我们就一起长大,我知道你是喜欢紫凤的,当初我还去求过父王退了我和紫凤的婚约撮合你们来着,若不是风间族灭亡,你现在应该过得很好,也许就是紫凤的夫人了……"

"哐。"一声裂响自榻边传来,将玉桑的话打断。玉桑拿着银勺微侧过头,看到榻边放着的一只薄瓷小鱼钵被摔到了地上,清水洒了一地,两条红色的小鱼正在地上痛苦地挣扎着。

"紫凤与你一开始就有婚约,他是凤凰神族之后,出身高贵,我可配不上,你就别拿我开玩笑了。"华仪蹲下身子边去收拾地上的残局,边笑着带过话头。

玉桑看着华仪将那两条小红鱼放进了另一只瓷钵里,隔了片刻后,她放下手里的碗和银勺站起身,在屋中走过几步后,伸着懒腰开口道:"今日雾雾山天气似乎不错,我出去看看。"

华仪站起身,伸手挽了玉桑的胳膊,道:"好呀,听说山顶的雪颜花开了,我陪你去看看。"

"不了,我想自己在山上走走。"玉桑笑眯眯地将华仪的手取下,又指了指她身上方才溅到的水渍,道,"你的衣裳脏了,快去换吧。"

华仪脸上的笑意略有些僵住,转过身拿起收拾好的碎片出门,走到门外,又回过头来道:"前几日守山的雪叔送了盆花上来,兴许你会喜欢,我替你放在外面了。"

言罢,华仪快步离去。玉桑穿上一双云底绣鞋出门,看到廊下一处不起眼的角落里果然放着一盆龙爪菊。

玉桑走近蹲下,仔细看了看那盆龙爪菊,其花色艳丽,花叶饱满繁密,但却又透着一丝不一样的灵气。玉桑伸手将花叶拨开,发现里面放着一只小小的紫玉罗盘。

玉桑阁外是一大片花林,花繁叶茂,落英缤纷,阳光正透过云层照下来,将带着雾气的花林衬托得如梦似幻。

玉桑去花林里面走动,摸着那些树干一直向前。在花林的尽头是一处悬崖,她远远地看到一身白色衣袍的白芷正盘膝坐在崖边的磐石上入定打坐,这是白芷的习惯,每日清晨的必修早课。

玉桑就站在一棵花树下静静地看着白芷的背影,微风拂山,带着花香,直到白芷发现背后有人,睁开眼睛转过身来看她。

"怎么来这里了,也不出声?"白芷微笑着看向玉桑。

玉桑慢慢在嘴角露出笑意,踩着花叶走过去,道:"雾雾山上什么都没变,你也没变,还是喜欢在这里做早课。"

"这里是雾雾山,不似凡间,几百年不过须臾,自然不变。"

玉桑笑着点头，走到白芷旁边坐下，朝悬崖下看去。那是一片云海，云海之下就是长年不化的皑皑白雪，将凡界和霁雾山阻隔开来。

玉桑伸手挽住白芷放在膝上的胳膊，将头靠在上面，道："白芷，当年你为什么救我？"

"怎么突然问起这个？"

"我在想，若是当年我随整个风间族一起死了，会怎么样呢？"

"不会怎么样。"

"你有没有后悔过救我？"

"自然不会。"

"白芷，你知道吗？这辈子，我多想一直，一直就这样挽着你的胳膊。我敬你如父兄，你是我在被灭族之后的两千年里最敬重，亦是最信任的人，我为不听你的话而无数次责怪自己，我希望你永远永远不要讨厌我，永远都像从前那样对我好……"

"如果你愿意，将来都会是这样。"

"不会了，不会了。"玉桑的脸贴着白芷的胳膊，喃喃地说着，眼泪从眼角悄无声息地滚落。

"这是怎么了？"白芷侧过头来看玉桑。

"没事，这里风大，我先回去了。"玉桑用袖子拭了拭脸，松开白芷，起身离开。

玉桑并没有回玉桑阁，穿过花林后她朝浓雾密布的山下走去，越走越冷，直到前面全是茫茫白雪，她扭头朝山上看了一眼，跃身朝云海跳下去。

玉桑去了雪叔的小店，那里依旧大雪封山，似乎那里厚厚的雪永远都不会化。玉桑站在小店的门前，盯着木门发了一阵呆，刚想要伸手去推门，门忽然就被打开了。

如刀斧镌刻的脸，朗眉星目，薄唇一线总是带着淡漠，正是燕七歌。

"你还敢来见我，你知不知道，我现在有多想杀你。"玉桑看着燕七歌,冷冷开口。

"我知道。"

"那你还来。"

"我要引魂灯笼。"

玉桑笑了,十分张扬地笑着看向燕七歌,最后化成冷笑道:"是么?你以为我会给你吗?还是,若我不给,你就杀了我?"

燕七歌并不说话,微垂下眼睑打开门,屋内空无一物,雪叔平日从不离手的那只小酒壶翻倒在桌上,酒水正从里面流出。

"你以为用一个守山老者就能威胁我?"玉桑冷笑着别过头。

燕七歌眼角微弯,道:"玉桑,你知道吗,你很不会撒谎?"

玉桑脸上的笑意变得僵硬,转头与燕七歌对视,许久之后还是败下阵来,狠狠转身出门。

"点燃引魂灯笼,我把紫凤的魂魄还给你。你只是将那些亡魂召出,只是让灯笼的火变得微弱,却不直接熄灭它,不就是想要做这笔交易吗?"

玉桑的脚步停下,停滞之后转身,虽然脸色极差,但眼里的神色已经表明她答应了这笔交易。

屋外风大雪急,玉桑深一脚浅一脚地走着,燕七歌也跟在她身后慢慢走着。风渐渐停下,只有雪无声地落下来。

因为雪太厚,玉桑一脚没有踩稳,脚下失滑,便重重摔倒在雪地上,冰冷的雪立刻沾了她满身。她暗自呼痛,挣扎着抬起胳膊,不自觉地看向燕七歌,发现他正立在身后冷淡地看着自己,没有丝毫担忧或是拉自己一把的意思。

玉桑忽然感觉眼睛似被雪迷了一样,有些雾气蒙蒙,抬袖在脸上胡乱地拭了拭,撑着冰冷的雪块站起来,边低头拍着身上的雪,边转身继续朝前走。

身侧有个身影擦肩而过,玉桑抬头去看,发现燕七歌已快步赶到了自己前面。她愣了一下,但随后看着地上被燕七歌踩下去的脚印,又似是明白了他的用意。玉桑抬脚朝那些脚印上试了试,刚想踩着那些脚印继续走,一下子想到紫凤和族人们,她又缩回了脚,绕过那些脚印,沿着旁边继续向前。

玉桑带着燕七歌去了大靖城,那里依旧很安静,因为没有风,一切静止到诡异。走在残破的恢弘宫殿中,玉桑一直默默低着头,这里曾经的恢弘与破败,一个接一个的记忆出现在眼前,让她不敢直视。

在太液湖岸边,玉桑停下脚步,燕七歌也在她旁边站定。对面平静湛蓝的湖面上凌空生长着一株粗壮的大树,树上无叶,只有无数闪着亮光的粉色花苞,每朵花苞里都栖存着一只风间族亡魂,树枝下悬挂着一只灯笼。

玉桑对着那树屈指捻咒,树就开始摇晃,无风自动,树上的粉色花苞明明灭灭,显露出极度的不安,一个个亮点自花苞中飞起,朝灯笼里汇集,同时四周传来了无数凄厉的声音,有责怪,有谩骂,有哭泣……

"我们不想再回去,我们不甘心。"

"我们恨。"

"报仇,报仇……"

那是风间族人的声音,他们的魂魄因为怨恨而汇集不散,在灯笼里为芯千年,现在玉桑又要重新将他们收进灯笼点燃,他们的恨意全都疯狂地向玉桑倾泻而来。

玉桑咬着牙,双手颤抖着不敢放松,眼眶被泪水撑得发酸,却不肯让眼泪掉下来。当她将树上所有栖倚在花苞里的风间族亡魂收进引魂灯笼时,还被几个满怀恨意的风间亡魂迎面撞上,后退着趔趄几步,险些摔倒在地。

燕七歌似是本能反应一般伸出手去,欲要扶住玉桑,但却在手碰到玉桑的肩之前又停住,五指缓缓捏起,垂了下去。

玉桑瞥了一眼燕七歌收回去的手,嘴角冷冷失笑,掸了掸衣袖,忍着痛意站起来。放眼朝对面生在水上的大树看去，树下的灯笼已经点燃，树上原本粉亮晶莹的一树繁花此时全部黯然枯萎，只是因为没有风，那花瓣并没有凋落。

玉桑飞身跃起，足尖点水，一起一落就立在了风间神树下，燕七歌随后而至。似是感觉到主人的召唤，引魂灯笼明明灭灭了几下，就从树枝上掉落。燕七歌伸出手去，玉桑也在同时伸出手来，结果那灯笼就被两人同时握在了手中。

感受到燕七歌手心里的温度，玉桑的身子微微颤动了一下，两人的目光都落在引魂灯笼上，不去看对方。

"燕七歌，你知道吗？今天之后，不论下次见面如何，我都会杀了你。"

"那就不要手软。"

玉桑缓缓抽回握在灯笼上的手，燕七歌转身离开。

"能问你一件事吗？"玉桑在背后开口。

燕七歌的脚步停下，却没有转过身，停滞了一下，淡漠地道："你说。"

"第一次我带你到大靖城的事，你真的都不记得了吗？"

燕七歌的目光落向面前平静的水面，隔了片刻后道："记不记得，现在来问，已无任何意义。"

玉桑握紧了五指退后，看到自己腕上的玉镯，她取下来狠狠朝燕七歌掷过去，道："还给你！"

燕七歌没有回头，只是抬腕轻弹手指，那玉镯就被他挡开撞到了玉桑身后的树干上。金玉碎裂，鸣叮一响后，玉镯断为三节落到树下，同时因为这一击之力，树上凋零的花瓣纷纷落下，如大雪骤降。

"为什么是你，世上那么多人，怎么偏偏就是你？"玉桑在大雪般的落花中大声质问，愤怒的同时，更多的是无奈和悲伤。

隔着花瓣，燕七歌静立在原地不动，片刻后，他轻身跃起，足尖点水,飘然离去,消失在玉桑眼前的花瓣之间。

花落尽,风间神树上仅余枝丫。玉桑在满地残花中转过身,看到树下的紫凤还闭着眼睛,她走近,蹲下身为紫凤将额头的花叶拭掉,用手探了探他的眉心,却见他的魂魄已经不知何时被还了回来,只是因他的魂魄离体太久,不知何时才能醒来。

半日后,玉桑回到霁雾山,路过山腰的小店时,看到雪叔已经在那里了,他依旧抱着心爱的酒壶倚在火堆边打着盹儿。

玉桑进门,然后轻声将门掩上,走到火堆边,在雪叔面前坐下。雪叔在霁雾山很久很久了,有多久她也记不清楚,只记得雪叔一直对她很好,陪她玩,给她寻好吃的,几百年如一日,直到白芷和她渐渐长大了,雪叔才不再上山,留在了这山腰处,守着这样一间从没有客人光顾的小店。

这是玉桑第一次打量雪叔,发现他其实也是个相貌英俊的男子,只是他发须皆白,穿着粗布麻衣,不修边幅地终日闭目打盹,以至于玉桑都从不留心他的样貌。

"有什么事吗?"雪叔在玉桑盯着他发呆的时候醒来,迷糊着问了一句。

"没事。"

"我方才做了个梦,梦见山主回来了。"雪叔迷迷糊糊地出声。

"山主?你是说白芷吗?"

"不是,不是……"

"霁雾山的主人不就是白芷仙君嘛,雪叔,你醉了。"玉桑笑了笑。

"是他,是他……"雪叔迷糊地念叨了两句,头歪到旁边,又昏昏睡去。

玉桑起身离开,披上狐裘出门,回了霁雾山。回到玉桑阁时,玉桑见到了白芷,她并无太多意外。白芷坐在桌案前看着书,旁边的桌上放着她最喜欢的五色糕,红泥小灶炉上煮着茶水,正向外冒着白烟。

"你出去了大半日,山下正值隆冬,冻着了吧?过来喝些茶水驱寒。"白芷冲立在门口的玉桑招手。

玉桑进门,解下狐裘挂在屏风上后走过去。白芷放下书册抬头,见玉桑只是立在自己面前并不坐下, 就伸手拉过她的手腕将他带到自己旁边的位置坐下。

"去干什么了? "白芷边提起茶壶沏茶边随意问道。

"我把引魂灯笼重新点燃了。"

玉桑开口,白芷的手微微有一点抖,两滴茶水洒落到桌上,但他的神色却依旧平静,丝毫没有意外。

"你一直想为你的族人渡魂,做了那么多,怎么到头来又退回原点了呢? "白芷平静地问着,端起桌上的茶递给玉桑。

玉桑接过茶盅捧在双掌之间, 盯着青碧色的茶水, 许久都没有说话,白芷也不问。直到茶水不再升起热气烟雾,玉桑才抬起头道:"白芷,我一直忘记了些事情。"

"忘了什么? "

"我忘记了当初是我自己去凡间帮燕七歌转世投胎的,忘记了是我从你那里偷走了引魂灯笼和苍龙剑送到他身边, 忘记了其实是我一手安排了他的命运。"

白芷正欲拿起放在膝上的书册的手僵止在半空,停滞了一下后,垂下来落到膝上,袖袍带过,那卷古书就被带进了火炉中,迅速燃起火焰。

玉桑侧头看向白芷,白芷却只是目光平静地看着正在燃烧的古卷,半晌才出声道:"你都记起来了。"

"二十五年前,我落到太液湖中,是你赶了过来,然后出手重击我,你当时是想我死在那里的,对吗? "玉桑淡问。

白芷没有出声,玉桑的嘴角显露出些许冷清的悲凉笑意,道:"既然当时你想杀我,为什么要手软呢? "

"是紫凤,他用性命救了你,封了你的那段记忆,不许我伤你半分。"

"紫凤的魂魄离身，他的封印便没有了效用，我便会记起那些事情，难道你就不担心吗？"

"该来的总是要来的，就如你所言，你已经长大，再不是当年那个需要我带着、守着的小公主，你有你的想法和执念，我已然无法阻止。"

白芷波澜不兴地说着，玉桑一直看着他的侧脸被火光映照着，带上了光芒。听着他这样承认一切，玉桑的眼泪悄无声息地从眼眶滚落下来，滴到火中，发出刺啦的声响。

"为什么，告诉我为什么好吗？你曾经那么努力地救我，又是为了什么要杀了我？"

"桑儿，有很多事情，做了就是做了，无法改变，甚至无法后悔，也许将来你会明白我做这一切的最终目的，但却不会是由我来告诉你这个答案。你长大了，得偿所愿，终于找到了你一直想找到的灭族仇人，我为这样的你感到欣慰。"白芷终于抬起头来，脸上带着一贯温和的笑意。

"白芷，你知道吗？我宁愿当初你没有救我，让我随着所有族人一起死亡，或者当日你不顾紫凤的阻拦杀了我，这样我就不会知道这一切，就不会像现在这样难过。"

"你走吧，以后，你就是你了，再与我没有任何关系。"

"白芷……"玉桑伸手去拉白芷的衣袖，满眼的不忍。

白芷冲玉桑露出微笑，伸手将她紧紧拉着自己衣袖的手一点点拉开，松开她的手，道："走吧。"

玉桑在白芷微笑的注视中退后到门口，狠下心闭眼拉开门迈了出去，在关上门的那一刻，她的眼泪似断了线的珠子一般朝下掉落。玉桑紧紧捂着自己的嘴不让自己哭出来，难过得只有扶住旁边的廊柱才能勉强站稳身子。

一直被视为父兄的人，一直被当作自己守护神的人，却是想要杀自己的人，这比世间任何一件事情的真相都要残忍可怕。

许久之后，玉桑站起身离开，玉桑阁外渐渐安静下来，风息树止，平静无声。再过许久之后，房门缓缓被打开，白芷从屋内走出来，负手立在台阶上，仰头看向天边的一轮半月。

"你既是来了，看她伤心，为何又不现身呢？"半晌，白芷对着天际明月淡淡出声。

一阵轻风拂过，眨眼间，白芷身侧多了一个清俊男子，燕七歌负手仰头看着天际明月，隔了一会才道："今晚的月亮与那夜大战时的明月真像。"

"我做了那么多，到底还是没能阻止她，以后的事只能靠你自己了。"

"这些年，多谢你了。"

"我眼看着你一步步把自己逼上绝路，却阻止不了你，也改变不了什么，又有什么好谢的呢。"

"白芷，最后再帮我一次，在一切结束前不要告诉她任何事。"

白芷没有回答，只沉默着仰望一轮皎皎寂月。

玉桑回到大靖城，去了大靖皇宫最高的一处大殿，那里已经残破不堪，殿内到处都是积灰，安静至极。她打开大殿的门，坐在高高的门槛上，倚着门框发呆，直到睡着了，做了一个奇怪的梦，然后惊醒，才发现天已经亮了。

看着太阳从宫墙外一点点升起，直到将整个皇宫照亮后，玉桑才站起身离开。她去了凡间的小镇，回到燕七歌和她曾住过的庄院，白雪厚厚地积在院内，将一切掩盖住，雪厚过膝，雪地上有一串脚印向前通往暖阁。

玉桑沿着那串脚印向前走，她并不去踩脚印，而是在旁边又走出一步步的印迹，直到来到暖阁的门前。她伸出手去放在门上，却又犹豫着不去推开，手几次放上去，又垂下来，最后又还是轻轻推门而入。

屋内并没有人，但却置着暖炉，十分暖和，桌案上放着瑞脑香鼎，麝香正飘着袅袅青烟升起。玉桑进屋，走到桌案边坐下，推开窗户，侧过头去看窗外的河水。隆冬时节,烟波缭绕,一切如在梦幻中。

有脚步声传来,玉桑侧过头,看到一身白衣的燕七歌已经立在自己面前几步开外。

"你的目的已达到,我以为你会走得越远越好。"

"习惯了这里。"燕七歌语气平静地回答。

玉桑扭过头,支着下巴继续看向窗外河上的雾气,慢慢地,似有感叹道:"半年前我们来这里住下,当时我只是想治好你的病,甚至我当时还在想,若是能治好你的病,以后就住在这里,一直住在这里。"

燕七歌并不应声,玉桑就侧过头来看他,问道:"你没什么要说的吗?"

"没有。"

玉桑不再说话,缓缓站起身,手指在胸前划动。随着时间的推移,屋外开始刮起大风,狂风将暖阁的门窗全部吹开,呼啸着灌进来,将屋内的一切全都吹翻,桌椅用具纷纷被卷走或是撞成碎块。

"把引魂灯笼和魂器给我。"玉桑将凝聚着所有灵力的手置于胸前,最后向燕七歌开口。

"不能。"

玉桑闭目,手上凝聚的灵力朝燕七歌击去,一声巨响散开,大地为之震动。玉桑可以听到四周房屋倒塌碎裂的声音,许久之后,她慢慢睁开眼睛,看到燕七歌还立在自己的面前。

眨眼间,有一点猩红从燕七歌的唇畔溢出,滴落到胸口的白衣上,如梅花绽放。

"你明明知道现在自己的修为已经所剩无几,为什么就是不肯认输、不肯放弃?我只是想为我的族人渡魂,你为什么就非要阻止我、非要逼我?"玉桑忍着眼泪咬牙发问,那难受的模样竟似方才的一击是落在自己身上一般。

"玉桑,用引魂灯笼把我的魂魄收起来,就差一个了,加上我的就够了……"燕七歌浅带着微笑开口,才说出半句话,血就自口中汹涌吐出。

"你说什么?"

"这只灯笼,不能熄,你要好好活着,好好……"燕七歌的话没能说完,就闭上眼仰面缓缓倒在雪地里,激起身下些许白色的雪花。

玉桑紧咬牙关看着,双手在袖下紧紧握成拳头,指甲掐进了掌心,血从她的掌缝渗出,一滴滴落在白色的积雪里,滴成了一个个红色的小坑。

燕七歌的脸色渐渐变白,引魂灯笼自他的身侧显现,灯光明明灭灭几下后漂浮着升起,落到玉桑面前。

一阵风拂过,有衣袂之声传来。玉桑微微睁开眼睛向前看,发现面前的雪地上多了一双锦面缎靴。白芷看着雪地里倒下的燕七歌,眉头微动,似是已明白了一切。

"我还是来晚了一步,你到底是动了手。"

"为什么他最后要笑?为什么要让我收走他的魂魄?我是不是错了?为什么我好难过?真的好难过好难过!"玉桑抬头看向白芷。

白芷看向那只悬在玉桑手边的引魂灯笼,道:"这是风间族最后一只引魂灯笼,你是风间族最后的公主,一人一灯,灯在人在,现在你还不明白吗?这只灯笼系着他的命,也系着你的命。"

玉桑木然地接住灯笼,看着那团光亮,像是忽然明白了什么,再看那灯笼,她似是见到了可怕的东西一般,把灯笼丢到地上,退后了几步。

"不可能,不可能是这样的。"玉桑摇头,不敢相信脑中跳出的想法,觉得胸口闷痛难受,忍不住捂着胸口蹲下身去,在雪地里蜷缩着,不停颤抖。

"我早在一开始把引魂灯笼和苍龙剑送给他的时候就知道我会杀了他的,我只是想借他之力收集魂器,他是我的灭族仇人,我应该恨他的……杀了他就是为族人报仇,我终于可以为族人渡魂了,应该高兴的,我应该高兴,我要高兴……"玉桑自言自语般说着,努力想要扬起嘴角，可眼泪却不停滚落，身子颤抖不停。

"一直以来，紫凤都认为是燕七歌想毁掉魂器阻止你打开冥渡之门。其实他错了，燕七歌是在帮你，他之所以取走紫凤的魂魄就是不想让紫凤阻止你或是告诉你实情，也让你更恨他，让你能狠下心按着从前的计划毫不犹豫地出手杀了他……"白芷淡淡出声。

"别说了……求你别说了……"玉桑摇着头紧紧闭上眼睛，出声恳求，摇晃着起身退后几步，趔趄着转身跑开。

玉桑跌跌撞撞地消失在纷纷大雪中，四周变得安静，燕七歌的身体在雪地里渐渐冰冷。白芷走近地上的燕七歌，蹲下身看着那张已经被雪遮盖了眉头的清俊五官，深深叹息了一声。

"早知如此，何必当初呢？天下那么多女子，隔了两千年，你偏偏就看上了她，真是因果报应。"

风雪越来越大，不出片刻的工夫，一切都被大雪掩埋。

一日后，大靖城皇宫。

玉桑在空荡荡的宫殿醒来，一只胳膊被压在额下，另一只手放在胸前，褐色的桌案上有些许的泪痕。她坐起身子朝窗户处看了看，外面透着隐隐的白光，似乎已经是将近天亮时分。

起身走到门口拉开大殿的门，随着些吱呀声，大靖城的一切都被收于眼底。远处的太液湖在晨雾中若隐若现，风间神树在水上安静地矗立着，这样的影像如幻似真，与记忆中小时候的大靖城几乎一模一样。

华仪来看玉桑，登上高高的台阶在她旁边站定，顺着她的目光向前看过去。许久后，华仪指了指大靖皇宫外正在升起的太阳，道："记得吗？小时候你就喜欢看日出，所以你住的宫殿是大靖城里最高的。"

"我记得，所以那日大靖城破灭时，我是最后一个才知道的人，等敌人到我的宫里时，其他人都已经死了。"

"这不是你的错，要怪……要怪……"说着说着，华仪的声音淡了下去。

"我也不知道是谁的错,也许从一开始我就不应该活下来。活下来了,我就承担着所有族人的希望,不能退步,再难也不能退。"

"现在只需用魂器唤醒神树,冥渡之门就能打开,风间族的那些亡魂们就能渡往冥间,但燕七歌会死,会魂飞魄散,你舍得吗?"

玉桑盯着前方,没有说话,但这样的沉默已经让华仪明白了她的答案。

"就算燕七歌会死,你还是决定要继续下去,是吗?你就不难过吗?"

玉桑侧过头看着华仪,眨了眨眼睛,然后又将目光重新投往在晨曦中若隐若现的大靖城。她脸上带着笑,眼里却全是无奈和悲伤,道:"我很难过,真的真的很难过,这是我从来没有经历过的痛苦难过,但我已经没有了退路。也许,我会用以后的几千年,几万年,甚至几十万年,一直到我生命结束前所有的时光去思念燕七歌。我会恨自己,责怪自己,但,我没有选择,自风间族灭亡的那一刻我独活下来开始,我就没有选择,我已没有了退路,你知道吗?"

华仪侧过头看向玉桑的侧脸,玉桑的脸在朝阳中泛着苍白,她眼眶里强忍的泪水和露出的笑意竟让华仪不忍直视,只得匆匆别开眼睛,道:"我懂了。"

两人没有再说话,都兀自盯着天边的一线鱼肚白出神,在太阳将要露出头之前,玉桑提着引魂灯笼朝宫殿下面行去。

提着灯笼穿过重重宫殿,在阳光没有照到的甬道里,静谧而沉重,玉桑仿佛听到了族人们的声音,有哭声,有哀号,临死前的种种挣扎,这一切都曾在这所宫城里发生,墙上的刀斧痕迹是曾经一切的见证。

在路过一处大殿时,玉桑停了脚步,那是第一次带燕七歌来大靖城时他们坐过的地方。那时候燕七歌说的话似乎还在耳边响动,一切的记忆此时竟是如此清晰,残忍到直白。

在日出之前,玉桑到了太液湖畔。站在风间神树下,玉桑仰头打量那些枝丫,伸手抚摸过树干,然后在树下开始建结界。

将收集好的魂器一件件在树下摆好,将自己的掌心划破,看着自己的血一点点将魂器染红,魂器中的守魂尊者一一出现,凌空立在风间神树下,面含微笑看着玉桑。

"宇文公主,恭喜你将我们都重新送了回来。"守魂尊者齐声开口,如出一体。

"四位尊者流散在外两千年,辛苦了,现在尊者们已经回来,就请重新镇守神树,为风间族守护永世。"

"这是自然。"尊者莞尔微笑,优雅而神秘。

"那就请四位尊者归位吧。"玉桑退后一步,低头恭敬地冲树下的尊者行了一个礼。

四位尊者微笑着点头,随后又相互对视一眼后看向玉桑,道:"宇文公主,我们是守魂尊者,向来有着可替人成全心事之力,你可有什么事要我等帮忙?"

玉桑抬头,看向面前笑容优雅的尊者,张了张唇又将话咽下,低下头似要放弃,可最后又抬起头,道:"那就请尊者成全我一件事。"

守魂尊者重归风间神树,不出片刻,枯萎的大树开始一点点透出青绿,干枯的树皮开始变松,长出青色的树皮,树干上的脉络一点点清晰,树下盘错的根节一点点饱满,树上也长出了细碎的青碧色叶子。

看到太阳已经从天际露出头来,玉桑将引魂灯笼高高举起,屈指在唇边念咒,开始召唤那些在灯笼里的亡魂。随着灯笼里一点点飞出的粉色魂灵,树枝上开始生出一朵朵花苞,每个风间族亡魂占据一朵花苞,只需静待他们在其中苏醒,再以引魂灯笼为指引,他们就能投往冥界安息。

"宇文公主,下一个日出之前我们会打开冥渡之门。"守魂尊者的声音自神树传来。

"我知道了。"

玉桑点头,随后提着灯笼离开。

玉桑去了霁雾山,到了玉桑阁。从不下雪的霁雾山上此时大雪纷纷,玉桑阁外落下了厚厚的积雪,将精心种植的龙爪菊全掩在了雪下。玉桑站在风雪中远远了看了很久,才一步步踏着积雪靠近,立在门前,玉桑捂了捂自己的脸,在嘴角带上了些许笑意后才去推门。

屋内还是如从前一样,她喜欢的桌椅,熟悉的陈设,一切的一切似乎都是为她量身而制。一个身着白色衣衫的男子正靠坐在软榻上,旁边是一只取暖的鼎炉。玉桑走过去,在他旁边坐下,看着他的脸,不过只是两日,他苍白消瘦了许多,甚至像是老了一般,头发成了花白,皮肤起了褶子,伸手去拉他的手,在碰触时竟发现冰到刺骨。

门被人推开,一股冷风灌了进来,玉桑扭过头去,看到穿一身玄色斗篷的白芷站在门口。见到坐在那里盯着一面空白墙面发呆的玉桑,白芷没有任何意外。

"这里原本是他的屋子,后来我说喜欢这里,就住进来了。我因为习惯了,就将他的喜好当成了自己的喜好,我记得墙上原本是有一幅画的,是他为我画的,直到有一日我知道了他的身份,偷袭了他,把他的魂魄摄走放到人间的皇宫,再装作不认识他,助他转世投胎,按着我的计划一步步收集魂器,被我利用……"玉桑絮絮叨叨地说着,忍不住失笑,眼睛被蒙上雾气。

白芷没有出声,在门口顿了一顿后回身出门。玉桑转身走过去跟上,出门后轻轻关上房门。

两人并立在廊下,看着面前的茫茫大雪,隔了一阵儿白芷才开口道:"当初那一战,其实并非是他有意挑起,让风间族灭亡其实是上天对他的一道命令。大战时他也并不是没有发现被藏在结界中的你,而是在最后他心软了,他请我将你带走照看。正是因为对你心软,风间族并没有完全消亡,上天对他降下诅咒惩罚,让他成为半个风间族人,必须守着这盏灯笼,若将来风间族魂器再聚,冥渡之门再打开,他将成为冥渡中的一个渡魂者，永远在冥渡中孤寂迷茫地游走。"

"就没有别的方法吗？"玉桑出声发问，伸出手接了一些雪花在指间。

"有。"

"什么？"

白芷没有直接回答，而是侧过头看向玉桑。玉桑对上他的目光，停愣一下后似乎明白了他的意思，微微动了下唇角却没有说出话。

"没错，就是你，只要将你的魂魄收入灯笼为芯，他就算是完成了当年的天命，就能解除诅咒。当年你动了收集魂器归位的念头，乘他不备时将他的魂魄摄取放到凡间，帮他解除封印，让他转世投胎，从那时起他的诅咒就开始应验。你将引魂灯笼和苍龙剑送给他，利用他在凡间收集魂器，殊不知，你每收集一件魂器，他身上的诅咒之力就更重一分，修为就失去一分，直到魂器归位，冥渡之门打开，他的魂魄也就一点点散去。

"其实当年救你，为你续命，让你活下来的人不是我，而是他，他才是这雾雾山真正的主人，我只是因为一个承诺，替他担下了这个虚名。你们的命运，因为一只引魂灯笼，从一开始就被联系在了一起。我见你一步步要将他逼上绝路，想要阻止，但却不知道如何下手，只能看着你们互相伤害，直到一生一死才能方休。"

"白芷……"玉桑侧头看他，想要说话，却被白芷摇头止住。白芷仰头望了望飘着大雪的天空，随后抬步下阶离开。

"我替他守了两千年的秘密，现在终于完成了对他的承诺，雾雾山是他为你而建的，你留下吧。"

白芷离开，玉桑在廊下立着，一直看着白芷的背影消失在大雪中，愣愣出神。直到感觉旁边多了一个人她才回神扭头，发现华仪不知何时已经立在了旁边。

"华仪姐姐，你怎么来了？"

"我来看看你。"华仪笑着开口。

玉桑笑了笑,微低下头,如往常一样拉了华仪的手握住。

"玉桑,记得你曾问过我当初为什么离开太液岛,你还想知道吗?"华仪微笑着问。

玉桑脸上的笑容有些许的僵滞,随后又用一个笑容掩饰过,道:"只是随口问的,不必非要告诉我。"

"现在可以告诉你了。那是因为当日我知道你偷了苍龙剑和引魂灯笼,知道你将燕七歌的魂魄投入凡界,我就告诉了白芷。白芷知道后,为了保燕七歌这个执友,竟然想杀了你以绝后患。紫凤知道后,恨极了我,我只得离开。"

"这不是你的错,你也只是不放心我,是紫凤迁怒于你……"

"不是迁怒。"华仪将玉桑的话打断,望着外面的大雪,隔了许久,才像是狠下决心一般开口道,"其实我曾是想你死的。"

玉桑脸上的笑意僵住。

"其实,你也都察觉了,对吗? 否则那日你不会问我为何要离开,你不过是在试探我。"

"华仪,我那日没有逼问你,以后也不会,你可以什么都不用说。"

"不,我要说。"华仪摇头否定,微微睑目,道,"我受够了这两千年的自责和内疚。"

玉桑的脸色变得越来越淡漠,拉着华仪的手渐渐松开,收回,她意识到,当一个真相被渐渐揭穿时,那个被视为姐姐的人正在一点点远离自己。

"你做了什么?"玉桑发问。

"两千年前,敌军围住大靖城时,是我悄悄打开了城门。"华仪微仰起脸,闭眼说了出来。

玉桑侧头看着华仪闭目的侧脸,脸上看似平静,但身子却止不住微微颤抖,半晌,才声音发颤地问道:"为什么,我对你就像亲姐姐一样呀？"

华仪的眼角溢出了泪水，却还是没有睁开眼睛，道："你说得没错，我喜欢紫凤，从一开始就喜欢他，可他注定会娶你这个公主，那时我真的恨你，恨透了你！"

"就为了这个，你就当了内应，把大靖城所有人的性命送了出去？华仪，你糊涂呀，你好糊涂！"玉桑扬手，狠狠一巴掌落到了华仪的脸上。华仪丝毫未动，玉桑却早已泪流满面。

"紫凤一直想要阻止你寻找魂器，他是在保护你，也是在保护我，他怕你知道真相，担心你发现所有人都在那场灭族战争中扮演着不可告人的角色，甚至包括你自己。走到结局，对任何一个人来讲都不是胜利，都没有任何可值得高兴的，甚至是为所有人带来了更大的痛苦和失败。"

玉桑听着华仪徐徐道来，缓缓扬手，在指间凝聚灵力指向她的眉心，华仪慢慢睁开眼睛迎视她，露出微笑，没有丝毫的害怕或是闪躲。玉桑狠狠扬手一击，但却没有落到华仪的身上，而是将旁边压着厚厚积雪的一处木制廊檐齐腰断掉，瓦砾和积雪轰然塌下，发出一声巨响。

"我一直将燕七歌当成杀我族人的凶手，把白芷当成是骗我的人，甚至也怨紫凤对我隐瞒欺骗，可是你，我一直当作姐姐的人，你才是从一开始驱使整件事情的源头。华仪，我真的好恨自己，恨我现在不能狠下手杀了你！"

"我后悔了，我真的后悔了，那天看到大军入城，我就立刻后悔了。我不是故意的，我只是一时糊涂……原谅姐姐好吗？求你了，求你！你一直不问我，不去想这件事，其实就是不想失去我这个姐姐，不是吗？"华仪伸手欲拉玉桑，声音恳切而无助。

玉桑挡开华仪伸过来的手，冷笑道："后悔有何用？你的后悔能换回风间族人的性命吗？你能让燕七歌不死吗？你能让我忘记这两千年吃过的苦，受过的煎熬吗？你说得没错，是我一直故意不去想，故意装作不知道，是我不想失去你这个姐姐，但现在你已经讲出来了，我再也不怕了。"

玉桑甩袖转开身。华仪站在廊檐下，看着玉桑的背影，眼泪滚落，眼中是不舍和难过，却再没有出声请求。

忽然，玉桑听到背后有东西落地的声音，一声重重的关门声传来。玉桑猛然回过头去，发现面前多了一层结界将她阻挡在了原地。

在玉桑还不明情况之时，华仪的声音从屋内传来，道："如今你已将神树复活，冥渡之门将再度打开，你的夙愿会得以实现，希望……希望风间族所有亡魂都能安息。"

"你想做什么？"玉桑心中升出不祥的预感。

"玉桑，你已为风间族背负太多，如今还要看着自己心爱的人死在自己手下，这一切皆是由我挑起，我带来的灾难，却要你承受这样残忍的惩罚，对你太不公平了。我再不愿活在愧疚之中，我欠你的，欠风间族的，也许是还不起了，我能做的，就只能这样了。"华仪的声音自屋内传来，随后屋内便散发出一股强大的灵力。

玉桑凝力在掌心，狠狠一击，破了华仪的法术，快步跑回去击落门后的插销推开门，却发现屋内已经没了半点华仪的影子，华仪平日从不离手的罗扇掉落在燕七歌的脚边。

玉桑微微睁大眼睛，挪动步子走过去，弯下腰拾起罗扇，就看到两朵绯色的樱花自画扇上飞了出来，如蝴蝶般绕着在她面前飞了一圈。一朵花落在了玉桑的手背，一朵落在了燕七歌的掌心，碰到两人肌肤时，两朵花都像是墨汁一样溶化，在彼此肌肤上留下了一个相同的花形印记。

随着肌肤上像是纹身一样的印记显现，在炉边昏睡着的人动了一下手指，随后醒来，慢慢放下了支着额角的手，缓缓抬起头来，看到是玉桑，露出了笑意，道："是……是你来了。"

燕七歌拉过玉桑的手，将她朝暖炉边牵了牵，让她坐下，语气平淡地道："风间族的神树应该复活了吧？我方才感觉到那些亡魂正在苏醒，明日日出之前冥渡大门就会打开，你就能将他们全部渡往冥界了。"

"为什么不早些告诉我？你早在一开始就知道所有事情，知道我跟着你的目的，知道我早在最初就计划着要用你的命报仇渡魂，甚至应该知道引魂灯笼和那把苍龙剑就是我当初送到你身边的。你故意不说，还骗我说不记得，你明明有很多机会可以先下手的。杀了我你就能解脱，为什么不下手？"

燕七歌看向玉桑，少有地露出了调侃笑意，帮玉桑将垂在脸边的被雪水沾湿的碎发拂开，道："我可没有手软，只是……只是你比较聪明，你是我认识的最聪明、最厉害的小妖，我败在你的手下，你应该感到自豪高兴，要知道，你可是唯一一个能赢我的……"

玉桑抬手，狠狠推开燕七歌的手打断他，语气哽咽地吼道："我不聪明，也不厉害，以我的修为对你出手，连你的衣角都沾不上。你个骗子，你算计我，设好了局让所有人都帮着你来骗我。"

"好了，别生气了，是我不该骗你。"燕七歌从未有过的向玉桑赔起笑脸，想要去拉她的手腕，却被玉桑又一次狠狠打掉。玉桑红着眼眶瞪了燕七歌一眼，转身跑开了。

屋外风大雪急，玉桑深一脚浅一脚地在前面快步走着，齐膝的雪地里，才走出一小段路就摔了好几次。燕七歌一直跟在玉桑的后面，但却不出声，任由她在前面摔倒再爬起来，然后再赌着气朝前而去。

又一次摔倒，玉桑的脸上和胳膊上都沾满了雪，她龇着牙抬起头，从雪里爬起来，拍掉身上的雪粒之后，终于忍不住了，狠狠地扭头看向燕七歌，道："我在摔跤，你都不扶我一下！"

燕七歌微动眉头，似有笑意，道："我若扶你，你定会狠狠推开我，然后说不稀罕。"

"你……"玉桑一句话哽到了嗓子眼，伸手指着燕七歌，咬得牙根儿生痛却半天都说不出一句话。

"你的那点心思,全写脸上了,不过就是想出气撒泼。"燕七歌笑说着上前,伸手将玉桑胳膊上的雪拍落,将她拉起。

"燕七歌,你就是这么讨厌,永远不知道哄我开心,不知道温柔些。"玉桑将手上的一些雪粒朝燕七歌身上抖过去,弯腰又抓了一把雪扔过去,燕七歌没有躲闪,反是笑着伸手一拉,将玉桑紧紧揽进了怀里。

玉桑扬着手拍打燕七歌的肩,挣扎着要推开他,燕七歌却更加用力地圈紧了她,似是用尽了全身的力气,勒得玉桑肩胛生痛。"我不是不想对你好,只是……只是怕你习惯了我对你的好,若哪天我不在了,你就会难过,不习惯。"

玉桑扬着的手戛然停下,挣扎的动作也僵止在当下,手上抓着的雪从指间掉落,她变得异常安静,微微颤抖着手轻轻贴上燕七歌的后背,小心地,慢慢地拥上,不再任性抗拒。

"看见你摔疼了,我更心疼,可我却不能去拉你。你要坚强,要学会自己爬起来。你的生活才刚刚开始,将来还有很多路要走,你还会遇到很多人,很多事,万一下一次你再摔倒的时候没人拉起你,那你岂不是会更难过?

"以后要照顾好自己,就算没任何人在身边也要坚强,你是玉桑,是我见过的最厉害的小妖,没有什么是你办不到的。"燕七歌娓娓道来。

玉桑的下巴抵在燕七歌的肩头上,仰望着灰蒙蒙的天际,感受到燕七歌说话时身体轻微的些许颤动,她努力地眨了眨眼睛,笑道:"我会的,肯定会。"

"玉桑,今后就忘记关于风间族的一切吧,都结束了。不要再为了族人和复仇活着,要为自己而活,去做想做的事,去想去的地方,你自由了。"

"我知道。"玉桑眺目看着一望无垠的雪地,在燕七歌的肩颈上点头。

"如果难过,可以哭出来,我说过不会笑话你的。"

玉桑闭上眼睛摇了摇头。

燕七歌没有再说话，只是紧紧抱着玉桑，大雪纷纷落下，很快在两人的身上落了厚厚一层。玉桑感觉到拥抱着的人越来越冷，直到再也感觉不到身前的一点温度，她慢慢退开身子，发现怀里已经空无一物。

燕七歌就这样在她怀里消失了，玉桑茫然地立在雪地里，手垂下去，积在胳膊和肩上的雪簌簌落下，她伸手去接了那些雪花想要握住，却发现它们在碰到她的掌心时都溶化成了水汽消失无踪。

大靖城，太液湖。

玉桑站在岸边看着越发枝繁叶茂的神树，当第一缕朝阳映照上太液湖时，神树发出刺目的光亮，一扇白色的大门在光与水之间打开，里面涌出风，为已经安静了几千年的大靖城带来了再一次的生气。四周传来被风吹起的响声，远处大靖城楼上响起了金铃铛的声音，像一首悦耳的乡曲。

玉桑提着引魂灯笼走进那扇门，将灯笼高高举起，那些原本长在神树上承载着风间亡魂的花苞慢慢打开，一个个魂魄从里面飞出，朝着灯笼飞去。

玉桑进入冥渡大门，那些魂魄就跟着她一起进去，神树上的花朵纷纷坠落，最后只剩满树碧叶。

一个个风间族的魂魄从玉桑身边经过，当所有风间亡魂都进入那扇大门后，玉桑转头看向旁边的风间神树，扬手将引魂灯笼抛起，挂到了树下，一阵光华萦绕后，昏睡着的燕七歌出现在了神树下。

"玉桑……"岸边传来呼喊声，是紫凤终于醒了，他匆匆赶来，却还是为时已晚。

"玉桑，你在干什么？"紫凤大声地冲玉桑唤着。

玉桑看向岸边，冲紫凤微笑道："紫凤，其实我与燕七歌都是靠着这只引魂灯笼而活，我们的魂魄命格相同，他入灯为祭可让灯火不灭，我的魂魄也可以。"

"你知不知道，一旦你成为引魂灯笼的魂祭，你就会永远在茫茫冥渡里迷失，就会忘记一切？"

"我知道，所以……我把难一点的部分留给燕七歌了，让他活下去，我只需要忘记就好，很容易的。"

太阳从东方开始露出头，阳光照向冥渡大门，大门开始一点点关闭。紫凤还在唤着玉桑的名字，但玉桑并没有应声，只侧过头最后看了一眼闭目躺在神树下的燕七歌，直到冥渡大门关闭，一切被黑暗代替。

"燕七歌，你说要让我自由，却不知，唯有忘记你我才能自由。"

很久很久以后，我忽然自梦境中醒来，不知是何年月，不知是何时辰。我似乎是在等一个人，但也许是等得太久，我已经忘记自己在等谁，甚至已不记得自己是谁。

这是一个混沌的世界，这里没有白天黑夜，没有日出月落，有的只是无尽的迷茫。漫天浓雾笼罩着这片紫竹林，我侧卧在一枝竹梢上，微风拂过时，有似是碎雨的竹叶在白雾中簌簌落下，如雨。

额头几缕银白发丝垂落到眼睫上，我微有些嗔怨地拂开那银发，抬眸的一刹那，在远处的浓雾中看到了一个提着灯笼的白衣男子。

他缓步走来，在离我数丈的紫竹下停住，用一种介于清澈和薄情的眼神看了我很久，然后慢慢弯唇微笑。

叮！听到一声薄瓷碎裂的声音，我以为是身下的紫竹，才发现是我眼角下的一寸皮肤剥落，雪白的皮肤碎片拂过眼梢飞向男子的面，却在碰触到那灯笼的光时化成了烟，散在雾中。

然后，我的脸上出现了线丝般的裂纹，一寸寸地蔓延，一寸寸地剥落，我才知道，原来那么好看的笑容里有蛊，致我性命的蛊。

不过还好，我不是普通的魂魄，即便是我粉碎剥落了，我依旧还在。我的碎片在竹下重新汇集聚拢，丝毫没有伤痛。

他向我伸出手来，掌心有一个像花朵的印迹，我低头看向自己的手背,发现竟也有一个一模一样的印迹。在这个灰暗的世界里,这一点点的绯艳花色异常醒目,他就是凭着这个,从无数与我一样栖息在这里的魂魄中发现了我。

"我来接你回去。"

我迟疑地伸出手去,问:"去哪?"

那男子牵起我的手,朝浓浓的雾气中走去,道:"去一个叫云碎城的地方,然后再去一个叫红珠村的地方,还有很多很多地方。"

"为什么?"

"因为我们要重新相遇。"

"我们从前很熟悉吗?"

"应该不算,从前我们都有自己的秘密。"

"那我们就重新认识一遍吧,你叫什么名字?"

"燕七歌。"

两个声音渐渐远离,他们的背影消失在浓雾之中,一切重新归于安静,唯有那只灯笼被留在了竹林中,在雾气中微微荡漾。

回忆,神树下。

"宇文公主,我们是守魂尊者,向来有着可替人成全心事之力,你可有什么事要我等帮忙?"

"那就请尊者成全我一件事,来日由我入灯为祭,保引魂灯笼不灭,让燕七歌活下来。"

"你可知,燕七歌夺去魂器后,并无意毁掉我们,他只是要我们答应他一事,就是要保你平安。既然你们都如此想让对方活下去,那么我们就打个赌吧,你进入冥渡,若燕七歌能将你寻到,我们将合力为引魂灯笼结芯;但若他放弃,又或是未能找到,你将永远留在冥渡之中。"

"我会赢的。"